rororo

Zu diesem Buch: Erasmus, der hundertfünfzig Kilo schwere Held, ist nicht einfach ein Affe. Er ist in der Evolution den Menschen bereits einen Schritt voraus. Mit seiner Erscheinung wird im Zeitalter geklonter Schafe die Überlegenheit des Menschen über das Tier in Frage gestellt. Und für Madelene ist Erasmus überdies der bessere Liebhaber.

»Wie keiner sonst fordert Høeg die Meinung des Publikums heraus.« (»Der Tagesspiegel«, Berlin)

Peter Høeg, geboren am 7. Mai 1957 in Kopenhagen, studierte Literaturwissenschaft und trat als Tänzer und Schauspieler an dänischen und schwedischen Bühnen auf. Er schrieb Theaterstücke, Romane und einen Band Erzählungen. Mit seinem auch verfilmten Roman »Fräulein Smillas Gespür für Schnee« (Nr. 13599) errang er einen Welterfolg.

Weitere Informationen zum Werk des Autors finden sich im Anhang dieses Buches.

PETER HØEG

Die Frau und der Affe

Roman

Aus dem Dänischen
von Monika Wesemann

Rowohlt Taschenbuch Verlag

Alle aus dem Verkauf dieses Buches resultierenden Einnahmen des Verfassers gehen an den Lolwe-Fonds, der Frauen und Kinder in der Dritten Welt unterstützt. »Lolwe« ist in der Sprache des ostafrikanischen Luovolkes das Wort für den endlosen Raum über den Viktoriasee hinweg nach Westen zu, wo Himmel und Wasser zusammentreffen und hinter dem die Welt der Götter liegt. Das Wort bezeichnet in der Sprache des Volkes, Dho-luo, eine Initiative, die man bis an die Grenzen der bekannten Welt ausdehnen möchte.
Der Lolwe-Fonds wurde vom Autor selbst ins Leben gerufen.

Einmalige limitierte Sonderausgabe April 2000

Veröffentlicht im Rowohlt Taschenbuch Verlag
GmbH, Reinbek bei Hamburg, Mai 1999
Lizenzausgabe mit Genehmigung des
Carl Hanser Verlags München Wien

Die Originalausgabe erschien 1996
unter dem Titel »Kvinden og aben«
bei Munksgaard / Rosinante, Kopenhagen

Umschlaggestaltung Parzhuber & Partner, München
(Foto: © Bavaria / Joyce Tenneson)
Satz Stempel Garamond PostScript (Apple Macintosh)
bei Satz für Satz. Barbara Reischmann, Leutkirch
Druck und Bindung Clausen & Bosse, Leck
Printed in Germany
ISBN 3 499 22844 0

I

1

Ein Affe näherte sich London. Er saß auf einer Bank im offenen Cockpit eines Segelbootes, auf der Leeseite, zusammengesunken, mit geschlossenen Augen und in eine Wolldecke gewickelt, und selbst in dieser Haltung ließ er den Mann ihm gegenüber kleiner erscheinen, als er war.

Der Name des Mannes war zur Zeit Bally, und in seinem Leben gab es nur noch zwei Dinge, aus denen er sich etwas machte: den Augenblick, in dem er in einer Großstadt ankam, und den Augenblick, in dem er sie wieder verließ. Das war der Grund, weshalb er jetzt aufstand, zur Reling hintrat, stehenblieb und der Stadt entgegenschaute, womit er den ersten und letzten Fehler der Reise beging.

Seine Zerstreutheit übertrug sich auf seine Besatzung. Der Rudergänger schaltete den Autopiloten ein, der Gast kam vom Vordeck nach hinten, beide traten an die Reling. Zum erstenmal seit fünf Tagen standen die drei Männer untätig da, versunken in den Anblick der elektrischen Lichter der Vorstädte, die wie Glühwürmchen am Schiff vorbeitanzten und achteraus verschwanden.

Der Wind hatte im Laufe der Nacht aufgefrischt. Die Themse war jetzt von geriffelten weißen Schaumstreifen überzogen, und das Boot, das den Wind direkt von achtern bekam, hatte neben dem vollen Großsegel auch ein großes

Focksegel gesetzt. Diese Segelführung grenzte ans Unverantwortliche, aber Bally hatte eben gehofft, noch bei Nacht ankommen zu können.

Das würde ihm nicht gelingen, das sah er jetzt. Es lag eine Veränderung in der Luft, das erste Licht des Frühjahrsmorgens entwuchs den Häusern wie ein grauer Pelz. Bally dachte wieder an den Affen und drehte sich um.

Der Affe hatte die Augen geöffnet und sich vorgebeugt. Seine eine Hand ruhte nun auf dem kleinen Schalthebel des Armaturenbretts, der den Autopiloten justierte.

Bally hatte die Tiere, mit denen er fuhr, immer an Deck kommen lassen, weil das die Wahrscheinlichkeit erhöhte, daß sie nicht an Seekrankheit sterben würden, und er hatte damit stets nur gute Erfahrungen gemacht. Er hatte den Tieren eine Sicherungsleine umgebunden, sie in Decken gehüllt und ihnen zweimal täglich ein wirksames Neuroleptikum verpaßt, ein Milligramm pro Kilo Körpergewicht. Festgebunden und ohne ihre Umgebung deutlich wahrzunehmen, hatten sie die Reise verdöst.

Diese Prozedur, dachte er bei sich so schnell, wie man zuweilen in einer Zeitspanne denken kann, die zu kurz ist, um physisch zu reagieren, würde man jetzt vermutlich ändern müssen.

Verzögert, im Verhältnis zur Hand des Affen jedoch nur ganz wenig, drehte der Autopilot den Schiffssteven einige wenige, verhängnisvolle Grade aus dem Wind. Das Schiff rollte ungeschickt auf einer kurzen, flachen See. Dann halste es.

In dieser Sekunde sah der Affe die drei Männer direkt an.

Vor vielen Jahren hatte Bally entdeckt, daß das Leben aus Wiederholungen besteht, die jedesmal nach weniger schmekken, und in dieser allgemeinen Abgeschmacktheit war der Mensch selbst nur eine Repetition. Ihm war klar, er hatte in seinem Leben stets die Nähe von Tieren gesucht, und dies hatte etwas damit zu tun, daß in dem allgemeinen mechanischen Überdruß etwas Erhebendes darin lag, Macht über einen Automaten zu haben, der einer niedrigeren Ordnung angehörte als man selbst. Diese Erfahrung der Leblosigkeit aller Dinge wurde jetzt unterlaufen. Die Bewegungen des Affen waren zielbewußt und wohlüberlegt, doch das war nicht das Schlimmste. Das Schlimmste, das in den Rest von Ballys Leben hineinreichte, obwohl es nur den Bruchteil einer Sekunde andauerte, war das, was er in den Augen des Affen sah.

Dafür hatte er kein Wort – hatte zu der Zeit kein Mensch ein Wort. Aber in gewissem Sinne war es das Gegenteil von automatisch.

Der Mast des Segelbootes war siebzehn Meter hoch, die Fläche des Großsegels betrug über fünfundvierzig Quadratmeter, weshalb die Bewegung zu schnell war, als daß man ihr mit den Augen hätte folgen können. Alles, was die drei Männer noch wahrnehmen konnten, war ein leichtes Krängen und ein Knall wie ein Pistolenschuß, als der Großbaum an Backbord zwei Stahlwanten sprengte. Darauf wurden sie in die Themse gefegt.

Mit dem Quietschen überlasteter Lager stellte der Autopilot auf den neuen Schlag ein und korrigierte den Kurs. Mit seiner Geschwindigkeit von zwölf Knoten plus zwei Knoten Flutstrom fuhr das Schiff, das auf den Namen *Arche* getauft war, jetzt mit dem Affen als einzigem Passagier nach London weiter.

Fünfzehn Minuten später wurde es zum erstenmal über Kurzwelle gerufen. Dieser Anruf und zwei weitere blieben unbeantwortet, und danach hörten sie auf.

Doch in einem niedrigen Turm bei der Deptford Ferry Road legte ein Offizier der River Police hinter einer getönten Aussichtsscheibe das Mikrofon beiseite und hob den Feldstecher. Langsam, aber aufmerksam aktivierte sich die Immunabwehr der Stadt, um einen Verstoß gegen die Regel zu identifizieren.

Vor der Tower Bridge, im Yacht Haven, bei The Pool, betreibt der Royal English Yacht Club ein Frühstückslokal. Im Sommerhalbjahr wird auf einer offenen Terrasse zwischen Themse und St. Katharine's Dock serviert, und an diesem Morgen saßen dort selbst so früh bereits ein Dutzend Gäste.

Es heißt, The Pool sei die einzige Stelle, an der die Themse blau ist. Hier gehen die königlichen Schiffe vor Anker. Hierher machen die Londoner Botschaften Ausflüge, um auf ihren nationalen Schulschiffen zu Mittag zu essen. Von hier aus hatten an einem Septembertag des Jahres 1866 hunderttausend Menschen den berühmten Endspurt zwischen den Teeklippern *Taeping* und *Ariel* verfolgt.

Eine ähnlich erwartungsvolle Stimmung erwachte jetzt auf der Terrasse des Jachtclubs beim Anblick der *Arche*. Alle Anwesenden erkannten in dem Boot eine in Poole gebaute Ocean 71, eine schnelle, aber dennoch klassische englische Ketsch, und an der nonchalanten Segeltechnik und der tollkühnen Segelführung sahen sie, daß hier ein Skipper der alten Schule, ein Traditionalist, ohne Hilfsmotor auf den Kai zusteuerte. Nach wenigen Minuten konnten sie über den vergoldeten Delphinen des Stevens den Mann ausmachen, ohne Schutzanzug, ohne Sonnenbrille, nicht einmal mit Mütze, nur in einem gedeckt grauen Mantel. Auf der Terrasse wurde es still, man wußte, was geschehen würde, man hatte davon gehört, wie die Großen das machten, im letzten Moment den Anker raus, alle Fetzen mit Karacho runter, und sanft und sicher würde das Boot um die Kette an den Kai schwenken. Als die *Arche* durch die offenen

Schleusentore kam, schickte man sich an zu klatschen, mehrere Zuschauer hatten bereits die Hände erhoben, und dann war es zu spät. Mit dem apokalyptischen Kreischen von splitterndem Holz rammte die Ketsch das äußere der achtern vertäuten Boote, schnitt es halb durch und rief in der Reihe der Mahagoni- und Palisanderrümpfe eine dominoartige Kettenreaktion hervor.

Keiner der Frühstücksgäste erwachte rechtzeitig genug aus seiner Lähmung, um zu sehen, wie der graue Mantel vom Cockpit und über einen sinkenden Schiffsrumpf hinwegsprang und schnell und hinkend hinter einem Haus verschwand. Aber zwei andere sahen ihn. Auf dem Beobachtungsstand der Schleuse ließ ein Schleusenwärter von Taylor Woodrow, dem Besitzer und Verwalter von St. Katharine's Dock, seinen Feldstecher sinken und griff zum Telefon. Und auf der Ostseite des Docks begann Johnny zu rennen.

2

Johnny lief zu einem Transporter, der neben dem Dock zum Industrieviertel Wapping hin geparkt war. In diesem Laster war er der *Arche* von Klein's Wharf auf der Isle of Dogs, dem vereinbarten Anlegeplatz, bis ins Zentrum von London gefolgt.

Der Transporter war Johnnys einziges Zuhause und alles, was er besaß, trotzdem war er nie abgeschlossen, auch jetzt nicht. Statt dessen hatte er an der Tür ein Schild, das einen Hund im Profil zeigte und in kleiner Schrift verkündete, daß dieses Schild nicht zum Schmuck da hing. In der Koje hinter dem Fahrersitz lag ein fünfzig Kilo schwerer Dobermann namens Samson, der bei den illegalen *run and fight races* in den Immigrantenvierteln fünf Jahre lang zu Englands siegreichsten Hunden gehört und den Johnny gekauft hatte, als er anfing zu verlieren und deshalb eingeschläfert werden sollte. Über ein Jahr lang hatte er ihn dem Leben als Sportstar mit seiner strengen Diät, stark überhöhter Lungenkapazität und extremem Herzschlagvolumen entwöhnt und ihn zu seinem Wachhund sowie zu seinem besten und einzigen Freund gemacht.

Johnny hatte zwei Namen. Der zweite war für ihn ebenso wichtig oder noch wichtiger wie der, auf den er getauft war. Dieser Name lautete Golf Zulu India Thirteen Foxtrott

Whiskey, sein internationales Rufzeichen als Funkamateur. Vor sich, auf dem Armaturenbrett, hatte er sein Sende- und Empfangsgerät, und während er mit der einen Hand das Auto anließ, stellte er mit der anderen den Empfänger auf die hundertachtundvierzig MHz der Metropolitan Police und hörte die letzten Worte der ersten ungenauen Fahndung nach dem Mann im grauen Mantel sowie den Befehl zur Absperrung des Hafengebiets.

Johnnys Gesicht war starr, während er zur East Smithfield Road und über die Tower Bridge fuhr. Er arbeitete seit drei Jahren für Bally und hatte ihn nie einen Fehler begehen sehen. Ratlos flitzten seine Gedanken zwischen der Straße, der *Arche*, der Flußpolizei, dem Unfall, der unmittelbaren Zukunft und dem hinkenden Flüchtling im grauen Mantel hin und her.

»Würdest du sagen«, fragte er den Hund hinter sich, »daß Ballys Arme im Stehen bis auf den Boden reichen?«

Samson antwortete nicht. Aber angesteckt durch die Unruhe seines Herrn, regte er sich.

Während der letzten zehn Jahre hatte Johnny daran gearbeitet, sich unverwundbar zu machen, und das war ihm fast gelungen. Er hatte eine Arbeit, nämlich das Auto, und ein Zuhause, ebenfalls das Auto. Er war mobil und von keinem Menschen abhängig, im Rücken hatte er Samson, und über sein Funkgerät stand er in der gesamten zivilisierten Welt mit Freunden aus dem Äther in Kontakt. Trotzdem saß er jetzt am Steuer und zitterte. Denn eine Schwäche hatte er nie kaschieren können: Johnny spielte, er setzte auf Tiere.

Es war eine anonyme, fast unsichtbare Leidenschaft in einer Welt, die auf alles wettet. Bally war der erste gewesen, der in Johnnys Passion etwas anderes als die Hoffnung auf Gewinn gesehen hatte, und deshalb hatte er ihn an sich gebunden.

Johnny spielte nicht, um zu gewinnen. Er spielte mit dem niedrigsten zulässigen Einsatz, und er spielte seltsam blind, ohne die möglichen Sieger zu kennen und ohne Tips entgegenzunehmen oder zu geben. Er spielte aus einem Grund, den er sich nicht klarmachen konnte, der aber etwas damit zu tun hatte, daß er auf diese Weise in der Nähe der Tiere sein konnte, wenn sie explodierten. Beim Anblick der sechs Greyhounds, die gleichzeitig hinter dem elektrischen Kaninchen herstarten, bei dem Knall, wenn die Flügel der Brieftaube zusammenschlagen und sie sich in die Luft schwingt, beim Derby, auf der Trabrennbahn, beim Galopp in Sedgefield oder Pontefract, beim Hahnenkampf in den indonesischen Vierteln von London, da geschah mit Johnny etwas Unbeschreibliches.

Bally hatte nie erzählt, woher seine Fracht stammte und welches ihr endgültiger Bestimmungsort war, und wenn ihre Zusammenarbeit weiterging, obwohl Johnny von Anfang an das Ausmaß des Risikos begriffen hatte, dann deshalb, weil Bally ihn dem Unbegreifbaren, nach dem er sich sehnte, sehr nahe gebracht hatte.

Hinter sich, in dem an seinen Transporter angekoppelten Anhänger, hatte er für Bally ein javanisches Nashorn gefahren, dessen Haut rissig und hart wie Metall, dessen Wesen aber sonderbar sanft und ängstlich war. Er hatte zwei Regenwaldgiraffen transportiert und in einer Kiste, die fünf Meter über den Laster hinausragte, ein Leistenkrokodil mit einer Rekordlänge von zehn Metern. Er hatte fünfzehn Giftfrösche aus dem Amazonas in seinem Laster gehabt, blitzend, vollendet, wie fünfzehn kleine kobaltblaue Juwelen. Er hatte in zwei Sechstausend-Liter-Aquarien acht seltene Riesenengelfische verfrachtet. Einen halbwachsenen Elefanten hatte er gefahren. Zwei Schneeleoparden aus dem Himalaja mit Schwänzen, die länger waren als ihr Körper. Südamerikanische Teufelsaffen und Kaisertamarins hatte er im Wagen gehabt. Und ein einziges, unvergeßliches Mal eine Familie von Gespenstaffen mit zwei Jungen, die unten in ihrer Kiste den Kopf um hundertachtzig Grad gedreht und ihn mit ihren großen Augen angestarrt hatten, als wollten sie ihn anflehen, doch ja vorsichtig zu fahren.

Er hatte sie nicht enttäuscht, weder sie noch irgendein anderes Tier. Er hatte sie mit grenzenloser Sanftmut und Geduld gefahren. Er hatte die Temperatur für sie eingestellt, ihnen Futter und Wasser gegeben, sie getrennt, wenn sie aufeinander losgingen, und die Fahrt selbst, für die Tiere etwas Schreckliches, wie er wußte, Stunden ohne Licht und Orientierungsmöglichkeit in einem beweglichen Gefängnis, war behutsam wie eine Zärtlichkeit gewesen. Nicht eines von Ballys Tieren war Johnny jemals beim Transport gestorben.

In diesen Stunden auf der Landstraße, im Transporter, mit einem mächtigen oder phantastischen, aber immer zerbrechlichen Wesen hinter sich, war Johnny, wenn er über die Unebenheiten des Asphalts dahinschlich, fast glücklich gewesen.

Damit war jetzt Schluß, mit großer Sicherheit spürte er, daß etwas Nicht-Wiedergutzumachendes geschehen war, daß er nie mehr eine Fuhre für Bally fahren würde, und deshalb zitterte er.

Hinter ihm hustete der Hund trocken, Johnny streckte die Hand nach hinten und streichelte ihn beruhigend. Dann runzelte er die Stirn. Dobermänner haben einen kurzen, dichten Pelz. Was er jetzt zwischen die Finger bekam, war ein Flokati.

Vor ihm auf der Kreuzung zwischen Southwark Street und St. Thomas Street, schräg unter dem Gleisanschluß sprang die Ampel auf Gelb. Er hielt den Wagen an und blickte in den Rückspiegel.

Die Insassen der Autos, die hinter dem Transporter hielten, sahen erst dessen Tür auffliegen, sie sahen Johnny herausspringen und ihn dann mit einem Affenzahn vom Auto weglaufen. Sie sahen ihn danach stehenbleiben, umkehren und zurückgehen. Sie sahen ihn die Tür öffnen und in die Führerkabine hineinschauen. Sie konnten nicht wissen, wonach er suchte, aber in seinem Gesicht lasen sie Enttäuschung, Erstaunen und Sehnsucht, als er sah, daß die Kabine leer war. Sie sahen ihn den Transporter an den Straßenrand fahren, und als sie an ihm vorbeifuhren, sahen einige von ihnen, daß er einen Kopfhörer aufhatte und vor ihm etwas wie ein Stadtplan ausgebreitet war. Einige von ihnen konnten sogar noch den vollen Wortlaut unter dem Hundebild an der Tür des Transporters lesen. Dort stand: *This car is guarded by a dobermann. Fuck with it and find out.*

3

Unmittelbar hinter der Southwark Street teilen sich die Eisenbahngleise. Das eine führt zur Cannon Station am nördlichen Themseufer, das andere auf einer granitarmierten Trasse, schmal wie ein Wildwechsel und hoch wie eine Vogelfluglinie, durch das fashionable Viertel Dulwich.

In Dulwich steht unterhalb der Eisenbahn inmitten großer Gärten eine Reihe von Palais aus dem 17. Jahrhundert. In einem dieser Gärten lag jetzt an dem immer noch frühen Morgen ein Mann auf der Gartentreppe des Hauses und betrachtete den Affen durch das Zielfernrohr eines Jagdgewehrs.

Die Büchse war eine Holland & Holland mit Stecher. Geladen war sie mit einem Fünfzehn-Gramm-Projektil, das mit Leichtigkeit einen Elefanten hätte töten können. Nur die fehlende ganz sachte Zeigefingerbewegung des Mannes hielt den Affen noch am Leben.

Am Stacheldraht, der den Garten zur Eisenbahntrasse hin begrenzte, hing ein Schild mit dem Text *No trespassing*; gemäß englischer Tradition war darauf auch der Gesetzesparagraph über *Aggravated Trespass* angeführt, der das Eindringen auf privates Gebiet behandelt. Der Mann wußte, es machte keinen Unterschied, daß der Affe nicht lesen konnte. Der Mann hatte das Gesetz auf seiner Seite, hinter sich hatte er seine – im zweiten Stock verbarrikadierte – Familie, die es zu beschützen galt, und im Herzen trug er eine alterfahrene Jagdfreude.

Trotzdem hatte er, obwohl er den Affen nun bereits seit fünfundvierzig Minuten im Visier hatte, noch nicht abgedrückt. Schlimmer noch, er wußte jetzt, daß er es auch nicht tun würde. Jedesmal, wenn sich sein Finger am Abzug krümmte, hatte das Tier eine Bewegung gemacht, eine kleine, mikroskopische Haltungsänderung oder eine Kopfdrehung vorgenommen, die bei dem Mann – zum erstenmal in seinem Leben – die Zwangsvorstellung ausgelöst hatte, er würde einen Mord begehen, wenn er dieses Tier erschoß.

Vor zwanzig Minuten hatte er aus Verzweiflung seine Frau im Telefonbuch nachschlagen und mehrere Anrufe tätigen lassen. Jetzt wartete er, wartete und hoffte, und nun klingelte es an der Tür.

Er hatte ein ganzes Kommando oder zumindest ein paar Bewaffnete erwartet. Was seine Frau nun auf die Treppe entließ, war dagegen eine einzelne Frau, Ende Dreißig, in langem Kleid und Hut.

Der Affe saß an einen Baum gelehnt, das Kinn auf die Brust gesunken. Die Frau ging zu ihm. Der Mann wartete zehn Schritt abseits. Er hielt die Büchse schußbereit, sah dabei jedoch nicht den Affen, sondern die Frau an.

Seit er als Zwanzigjähriger begonnen hatte, Geld zu verdienen, hatte er kaufen können, was er wollte, zuletzt dieses Palais und dessen Adresse, und nach seiner generellen Lebenserfahrung und Philosophie war alles käuflich. Ausnahmen von dieser Regel hatte er nur sehr wenige erlebt und sich dann immer gefesselt und ratlos gefühlt, wenn er vor etwas stand, für das noch kein Preis festgesetzt war. An der Frau dort sah er etwas, was er nicht verstand, einen

Mut, von dem er spürte, daß er sich dem gewöhnlichen Handel entzog.

»Warum haben Sie ihn wohl nicht erschossen?« sagte sie.

Der Mann spürte, daß sie, ohne ihn zu kennen, von vornherein begriffen hatte, daß er unter anderen Umständen zehntausend Pfund bezahlt hätte und um die halbe Welt gereist wäre, um in anderer Umgebung ein Tier schießen zu dürfen wie dieses, das sich ihm jetzt in seinem eigenen Garten unentgeltlich darbot. Vergeblich suchte er nach einer plausiblen Antwort, doch die Peinlichkeit der Situation hatte ihn zu einer neuen, unbekannten Ehrlichkeit getrieben.

»Ich konnte nicht«, sagte er.

Zwei Männer in braunen Arbeitskitteln erschienen auf der Treppe.

»Wir nehmen ihn mit«, sagte die Frau. »Helfen Sie uns dabei?«

Der Mann sah sie mit leerem Blick an. Das Tier war so groß wie ein Mann und dabei breiter. Und es war schon sehr lange her, daß er manuelle Arbeit geleistet hatte.

Eigentlich meinte er, die Frau stehe bereits voll aufgerichtet. Doch jetzt wurde sie, ohne sichtlich die Haltung zu ändern, ein paar Zentimeter größer.

»Er stirbt«, sagte sie. »Würden Sie die Güte haben, mit anzufassen.«

Der Mann bückte sich und packte an.

Von seinem Fenster aus sah er wenig später, daß der Affe in einem schwarzen Auto weggefahren wurde, das ihn an einen Leichenwagen erinnerte. Er schloß daraus, daß der Affe sicher sterben würde, und mit diesem Gedanken schob er die Erinnerung von sich. Doch noch lange Zeit danach plagten ihn die Kreuzschmerzen vom zu schweren Heben und der unwirkliche Eindruck, einen Traum gelebt zu haben.

Das Auto war kein Leichenwagen, es war ein Tierkrankenwagen der Kensington Holland Park Veterinary Clinic, und der Mann, der drinnen an der Pritsche die erste, rasche Untersuchung des Affen vornahm, war Dr. Alexander Bowen, der Besitzer dieser Klinik.

»Überlebt er?« fragte die Frau.

»Er muß in die Klinik.«

Mit einem kaum merklichen Nicken genehmigte die Frau die unausgesprochenen, mit der Einweisung verbundenen Ausgaben.

»Ich möchte lieber nicht, daß er registriert wird«, sagte sie.

Der Krankenwagen hielt an, die Frau stieg aus. An der Tür drehte sie sich um.

»Wenn er am Leben bleibt«, sagte sie, »mache ich Sie reich.«

Das Versprechen ließ den Arzt wie einen Schuljungen dienern.

»Aber wenn er stirbt, können Sie ebensogut eine Ihrer Spritzen aufziehen und sich umbringen.«

4

In South Hill Park bei Hampstead Heath, in einer herrschaftlichen Villa, die sich in einem Garten verbarg, der so groß war wie ein Park, vor der Tür zu einem der großen Räume, nahm Madelene Burden einen letzten Schluck aus der Wasserkaraffe, die sie in der Hand hielt, strich ihren Haarknoten zurecht, stieß die Tür auf und trat ans Licht.

»Wie sehe ich aus?« fragte sie.

Adam, ihr Mann, richtete sich auf und sog den Anblick ein.

»Bezaubernd«, sagte er.

Wäre er näher gewesen, hätte er außer der Verzauberung noch etwas anderes einatmen können, nämlich den leisen Duft von Äthylalkohol, der den Poren seiner Gattin und der Wasserkaraffe entströmte. Aber jetzt stand sie mitten im Raum, und auf diese Entfernung funktionierte die Illusion.

Mit Ausnahme einer großen Operationslampe war das Inventar des Zimmers an die Wände geschoben worden, und Madelene begann eine wacklige Reise vorbei an Sofas, Ausziehtischen und Ohrensesseln.

»Soll hier getanzt werden?« fragte sie.

Adam Burden verkapselte bedeutsame und komplexe Phänomene gern in einem einzigen klaren Begriff. Für Madelene hatte er, als er sie in Dänemark kennenlernte, das Wort »taufrisch« gefunden. Das war etwas mehr als anderthalb Jahre her. Damals hatte er es für absolut treffend gehalten. Seither hatte er, so wie jetzt, zuweilen einen Anflug von Zweifel verspürt.

Es klopfte, die Haushälterin öffnete die Tür und trat zur Seite.

Dem Dunkel und der Stille entwuchsen erst Schritte, danach eine Bewegung in Weiß. Zwei Männer schoben eine Tragbahre auf Rädern in den Raum. Hinter ihnen ging Alexander Bowen. Zuletzt trat Andrea Burden, Adams Schwester, ein und schloß die Tür.

Die Krankenwärter schoben die Trage mitten in den Raum. Sie war von einem dünnen blauen Tuch bedeckt; unter dem Tuch erkannte Madelene die Konturen einer Leiche. Nur der Kopf des Toten war frei und lag noch im Schatten.

Andrea Burden rollte die Operationslampe zu der Leiche hin, senkte sie und knipste das Licht an. Die beiden Krankenträger entfernten das blaue Tuch.

Die Lampe eliminierte den Rest des Raumes. In ihrem goldenen Lichtkegel war der Affe einen Augenblick lang das einzig Existierende.

Wie Motten wurden Adam und Madelene zu dem Tier hingezogen. Einen Moment lang vergaß Madelene ihren engen Rock und die hohen Absätze, sie schwankte bedenklich und stelzbeinig, gewann das Gleichgewicht zurück und stand an der Trage.

Sie hörte den Atem des Tieres, verschleimt und betäubt. Hinter sich im Dunkeln spürte sie, wie ihr Mann das Licht umkreiste. Der Raum war still. Doch irgendwo in der Stille hatte ein verstohlenes Gespräch seinen Anfang genommen.

»Lassen Sie hören«, sagte Adam Burden.

Alexander Bowen stellte sich neben den Kopf des Affen.

»Vorgestern. Wir holen ihn aus einem Garten in Dulwich. Der Besitzer hat unter ›Tierschutzvereine‹ nachgeschlagen und sie der Reihe nach angerufen. Irgendwann landet er bei Miss Burden, die mich anruft. Großer Blutverlust, Dehydratation, sekundärer Schock. Kritischer Allgemeinzustand. Ich operiere, sobald er in der Klinik ist.«

Der Zeigefinger des Arztes folgte einem weißen Verband, der sich um Schulter und Oberarm des Tieres wand.

»Nach der Transfusion entferne ich aus dem Bereich um die rechte Scapula vierzig Schrotkugeln Nummer fünf. Geschossen wurde aus einer Entfernung von vierzig Yard, Schußtiefe oberflächlich, aber Schmerzen und Blutverlust. Ich verschließe zwei Risse im rechten und linken Gastrocnemius. Bißspuren, vielleicht von Hunden.«

Er zeigte auf zwei Verbände unter dem Knie des Affen.

»Aus vier Bauchrissen haben wir einigen Rost geholt. Zum Bahngleis hin haben die meisten Häuser Stacheldraht. An einigen Stellen durch elektrische Zäune verstärkt.«

Er drehte die Handflächen des Affen zum Licht hin, die Brandsalbe leuchtete wie Tafelkreide.

»Er ist den Viadukt entlanggekommen, hat die Gärten gesehen und versucht, hinunterzuklettern. Glatter Beton und Granit, deshalb ist er abgestürzt. Teilweise zerrissene Bänder an beiden Knöcheln.«

Er legte dem Affen die Hand auf die Brust.

»London hat ihm seinen Stadtplan aufgedruckt«, sagte er.

»Wie ist er wohl nach Southwark gekommen?« fragte Adam.

»Die Metropolitan Police und die River Police hatten an dem Tag St. Katharine's Dock abgesperrt.«

»Das ist auf der anderen Flußseite.«

Der Arzt machte eine Handbewegung, die beiden Krankenträger wälzten den Affen auf die Seite. Der Biß war lang, schmal, tief, jeder Zahn hatte eine Vertiefung hinterlassen, die genäht oder mit Gewebekleber abgedichtet worden war. Der Pelz um die Wunde war abrasiert, ein Drittel des Rückens lag bloß. Die Haut war schwarzblau verfärbt. Madelene drehte sich um und trat die Rückreise zur Wasserkaraffe an.

»Ein Lastwagen hat das Gebiet verlassen, unmittelbar bevor es abgesperrt wurde. Man hat ihn nicht gefunden. Aber den Dobermann, der vermutlich im Lastwagen lag, den hat man gefunden. Der Affe muß irgendwie rücklings in den Wagen gekommen sein.«

Erneut wurde es still. Madelene fand den Tisch, im Schutz der Dunkelheit trank sie aus der Karaffe.

»Alle suchen also jetzt nach einem großen Affen mit Bißspuren?« sagte Adam Burden.

»Alle suchen nach einem Skipper«, erwiderte der Arzt. »Es hat eine Kollision gegeben. Von einem Tier wurde nichts erwähnt.«

Madelene spürte, daß Adam zur Ruhe gekommen war, daß er in einem Feld von nie ausgesprochenen Möglichkeiten zu einem Entschluß gelangt war, den sie nicht verstand.

»Er kann hierblieben«, sagte er. »Bringen Sie ihn runter in den Wintergarten.«

Die beiden Krankenträger zogen die Trage aus dem Licht.

Madelenes Blickfeld und ihr psychischer Radius waren jetzt kleiner als das Zimmer und zogen sich noch weiter zusammen. Sie spürte die Auflösung der Gesellschaft eher, als daß sie sie sah.

»Mrs. Clapham hatte eigentlich gebacken«, sagte sie. »Waffeltüten mit Schlagsahne. Aber die kann ich ja mit dem Pavian essen. Wenn er aufwacht.«

Eine Tür wurde geschlossen. Madelene wußte nicht, ob

sie allein war. Sie versuchte zu trinken, doch das mißlang. Da legte sie den Kopf auf die Tischplatte. Adam Burden war bei der Operationslampe stehengeblieben. In seinen Ohren klang ihr röchelndes Schnarchen genauso wie das des Affen.

II

1

Jeden Morgen erstand Madelene wieder auf. Die Auferstehung ging vor dem Spiegel vor sich und dauerte eine halbe bis dreiviertel Stunde. Während sie stattfand, war Madelene absorbiert, in dieser Zeit betrieb sie kompromißlos gründlich das einzige, was sie wirklich gut konnte: Sie schuf die Fiktion neu, daß Madelene blendend aussieht.

Das Gesicht, das ihr begegnete, wenn sie sich an den Toilettentisch setzte, war nach ihrem eigenen Urteil ein trauriges Gesicht. Kein welkes oder in Verfall begriffenes Gesicht, denn Madelene war erst dreißig Jahre alt. Aber es war – fand sie – ein blasses und anonymes Gesicht, das aussah, als könnte es im nächsten Moment verschwunden sein, nicht etwa in flammender Zerstörung, sondern schlicht, weil es in seiner grauen Alltäglichkeit mit der Umgebung hätte verschmelzen können.

Auf diese Fläche legte sie jetzt eine sinnliche und zugleich zurückhaltende Maske. Nachdem sie das Gesicht mit Skintonic gereinigt und eine Grundlage fettfreier, geschlossener Poren geschaffen hatte, beseitigte sie mit einer seidenmatten Foundation die letzten zehn Jahre ihres Lebens. Das Gesicht im Spiegel vor ihr hätte in seiner neutralen Glätte jetzt zwanzig oder vielleicht sogar fünfzehn oder zwölf Jahre alt sein können.

Mit einem Korrekturstift eliminierte sie die mikroskopischen Fältchen um die Augen und die nach und nach erworbene Skepsis eines ganzen Lebens. Mit einem feinen Pinsel hob sie die Augenbrauen zum ständigen Staunen eines jungen Menschen.

Alter und Müdigkeit sitzen in den dunklen Feldern unseres Gesichts. Mit einem hellen, dem Rand der Augenbrauen folgenden Schatten vergrößerte sie ihre Augen, bevor sie sie vorsichtig mit flüssigem Eyeliner umrahmte. Sie waren nun offen, klar und kritiklos empfänglich. Danach trug sie auf die Wangen eine feine, goldene Erdfarbe auf, zog die Konturen ihres Mundes mit einem Lippenpinsel nach und machte die Lippen mit einer gewöhnlichen Pomade fülliger. Dann beseitigte sie mit einem erweiternd, doch krank wirkenden kleinen roten Punkt am Ausgang des Tränenkanals ihre eiserne Gesundheit. Ihr Gesicht war jetzt kindlich, strahlend und ganz leicht schwächlich, so gekonnt und diskret arrangiert, daß nur ein Experte hätte sehen können, daß hier Kosmetik benutzt worden war.

Madelene hatte das Schminken von ihrer Mutter gelernt. Nicht durch Fragen oder direkte Antworten – dazu war das Thema zu heikel –, sondern indem sie ihre Mutter anschaute.

Das Leben von Madelenes Mutter hatte aus einer Reihe panischer, doch meist gelungener Verschönerungsversuche bestanden. In erster Linie verschönerte sie den stilvollen und heiklen Alltag der Familie in Vedbæk nördlich von Kopenhagen, wo nicht nur das Geschirr aus Porzellan, sondern selbst die Umgebung kristallartig und ständig vom Zusammenbruch bedroht war und keine Stimme mehr als ein Flüstern wagte aus Angst, eine Glaslawine auszulösen. Doch auch, und anspruchsvoller, die Gesellschaften, die der Familienfonds gab: hier wurden die unbearbeiteten

Tragödien von Einzelfamilien mit den Katastrophen anderer Familien und Personen zu der gut gekleideten und feudal bewirteten Version eines modernen Höllenkrampfes am Ende des zwanzigsten Jahrhunderts kombiniert. Bei diesen Gelegenheiten konnte Madelenes Mutter für ein Essen verantwortlich zeichnen, das als soziale Erste Hilfe fungierte, und mit einer Stimme, die die Leere wie Spachtelmasse abdichtete, »Ganz herzlich willkommen!« sagen. Überdies konnte sie trotz des Drucks der äußeren und inneren Umstände gut aussehen, sie konnte in Dampfschwaden aus der Aufsicht über die Küchenregionen heraustreten, und wenn sich der Dunst gelegt hatte, sah man, daß sie dekolletiert, attraktiv, entgegenkommend, aufmerksam und jungmädchenhaft war, so daß sich selbst das Gesicht von Madelenes Vater im Ausdruck gründlichen Besitzerstolzes kurz entspannte.

Die Familie von Madelenes Vater hatte sich um die Jahrhundertwende in einer selbstmörderischen, kollektiven Kraftanstrengung aus mittelalterlicher Armut emporgearbeitet und die Ingenieurausbildung von Madelenes Urgroßvater bestritten. Auch seine beiden Söhne waren Ingenieure geworden und – in den zwanziger Jahren – unerhört wohlhabend gewesen. Auf sehr gedämpfte und dänische Art und mit einer deutlichen, durch die Familie überlieferten Erinnerung an den Hungertod und die Choleraepidemien vergangener Jahrhunderte hatten sich die beiden Brüder mit diesem plötzlichen Reichtum festgesetzt. Sie hatten investiert und reinvestiert, Grund und Boden gekauft, sich vermehrt und das Vermögen ihrer Kinder gesichert und waren nun eher ein Clan als eine Familie, groß, unauffällig, gelassen, mit direktem Einfluß auf die dänische Außenpolitik.

Das Vermögen war durch den Bau von Stallungen begründet worden, und diesen Teil des Imperiums hatte

Madelenes Vater weitergeführt, wobei es sich nicht um die von Hans Christian Andersen besungenen idyllischen Fachwerkbauten handelte, die in den Katalogen des dänischen Fremdenverkehrsamtes auftauchen, sondern um vierstöckige, durchmechanisierte Industriehallen zur Fabrikation von Nutztieren. Madelenes Vater haßte jegliche Öffentlichkeit, und es war ihm gelungen, außerhalb eines engen Kreises unbekannt zu bleiben. Dieser Kreis erkannte dafür jedoch hinter den im Statistischen Jahrbuch zu findenden Angaben über die dänische Jahresproduktion von 20 Millionen 650 000 Schweinen und 813 000 Ochsen und Kälbern seine ganz persönliche Signatur.

Wie das für Menschen, die schreckerstarrt versuchen, eine Vergangenheit in Armut hinter sich zu lassen, ganz normal ist, respektierte Madelenes Vater nur Menschen, die ein Vermögen gemacht hatten oder bahnbrechende Wissenschaftler waren, und bis sie mit Adam geflohen war, hatte Madelene – auch und vielleicht gerade, wenn sie dabei war – regelmäßig mit anhören müssen, wie ihr Vater von ihr als »Madelene, die ja auch nichts ist« sprach. Man hatte ihr eine symbolische Ausbildung offeriert, aber die ganze Zeit über hatten sie und alle anderen gewußt, daß nur eines wirklich zählte, nämlich ihr Platz an der Seite eines richtigen Mannes, und um diesen Platz einnehmen zu können, reichte es nicht, Erbin eines Vermögens zu sein, man mußte auch gut aussehen, und um gut auszusehen, mußte man arbeiten, auch jetzt, an diesem Morgen.

Gegenüber ihren Eltern hatte Madelene nie den Mut zum Protest gefunden. Mit einem gewissen Trotz, doch ohne einen Ausweg zu sehen, war sie die geebneten, gebahnten und abgesteckten Wege gegangen. Aber sie hatte gequält, richtungslos und heftig von der Möglichkeit eines anderen Lebens geträumt. In diesen Traum war Adam Burden eingetreten, ein Mann, ein freundlicher, aufmerksamer und nicht ungefährlicher Mann auf dem Weg zu neuen Ufern, und Madelene war sofort aufgesprungen, wie die Prinzessin, die sich auf den Schimmel heben läßt, und zugleich wie eine hoffnungslos Schiffbrüchige und bereits zu Dreiviertel Ertrunkene, die nach einem plötzlich aufgetauchten Rettungsring greift.

Madelenes Ehe zählte fünfhundertneunundzwanzig Tage, die alle auf diese Weise, vor dem Spiegel, angefangen hatten, so wie auch deren Fortsetzung festlag. Sie würde jetzt aufstehen, in die Küche hinuntergehen, mit Claphams Frau über den Haushalt sprechen und sich danach auf die Terrasse begeben, um ein paar Worte mit Clapham selbst zu wechseln. Anschließend würde sie in der City Einkäufe machen oder Tennis spielen oder auf Hampstead Heath reiten. Dann würde sie mit einer Freundin spazierengehen, und um siebzehn Uhr würde sie wieder zurück sein, so daß sie um neunzehn Uhr Adam empfangen konnte.

Wer seine Tage gleichförmig und ohne Verlangen verbringt, lebt in einer Art Ewigkeit, und genau so sah Madelene ihr Leben. Als hätte sie die Ewigkeit gewollt, gesucht und gefunden.

Sie zog einen kurzen Plisseerock an und begutachtete sich im Spiegel. Sie sah aus wie die älteste Tochter der Familie auf dem Weg zum morgendlichen Tennisunterricht. Dann verließ sie das Zimmer.

Auf der Schwelle blieb sie wie immer kurz stehen.

Madelene hatte zwei Zimmer, ein Schlafzimmer und ein Ankleidezimmer, die sie verließ wie ein Tier sein Revier, zögernd und wachsam. Die Routine, die vor ihr lag, war ihr bis ins kleinste Detail bekannt. Trotzdem war es keine Routine ohne Angst.

Die beiden Zimmer, die sie jetzt hinter sich ließ, hatte sie selbst eingerichtet. Ohne zu wissen, woher sie die Kraft dazu genommen hatte, hatte sie auf hellen Holzböden, leichten Möbeln und weißen Wänden bestanden. Für sie waren die Zimmer das einzige ihr noch verbleibende Stück Dänemark. An der Schwelle begann das Commonwealth.

Adam Burdens Eltern waren gestorben, als er in den Zwanzigern war, aber Madelene hatte die Stimme seines Vaters gehört. Eines Abends hatte Adam ihr eine Aufnahme aus der BBC-Sendereihe *Tales from the Dark Continent* vorgespielt, in der eine selbstsicher zurückgelehnte Stimme ohne ein einziges »Äh« warm und humorvoll von der herrlichen Zeit in Indien und Britisch-Ostafrika erzählte, und für Madelene war es gewesen, als ob sie das Haus, in dem sie wohnte, sprechen höre.

Das Haus war von Adams Eltern gebaut worden, als sie Mitte der fünfziger Jahre nach England zurückgekehrt waren. Sie hatten es als ein Andenken an das Leben am Indischen Ozean gebaut und ihm den Namen Mombasa Manor gegeben. Es war ein Winkelbau mit Ziegeldach und einem großen, parkähnlichen Garten voller tropischer Bäume und Sträucher. In den Räumen lagen Löwenfelle auf dem Teppichboden, neben den Kaminen hingen Spieße und Schilde, und Madelene wußte, daß andere meinten, sie lebe vornehm, aufreizend exotisch und beneidenswert. Sie wußte auch, daß sie formal die Königin des Hauses war.

Dennoch mußte sie an jedem Morgen, auch an diesem, kurz auf ihrer Schwelle verharren, gebremst von einer instinktiven Furcht, dem Gedanken, ob wohl die Britische Staatengemeinschaft, die sich ja schließlich alles andere Fremdartige unterworfen hatte, nicht auch sie verschlingen würde.

Der Aufenthalt war kurz, an diesem Morgen wie an den anderen. Madelene schüttelte den Kopf, der Gedanke war verrückt, sie gab sich einen Ruck. Während sie so den Korridor entlang, die Treppen hinunter und durch die Zimmer ging, legte sie wie an jedem Morgen ihre Furcht ab, ein Stück davon in jedem Raum.

Clapham hatte einen feststehenden Gruß. Wenn Madelene auf die Terrasse heraustrat, stand er auf, nahm seine Mütze ab, reichte ihr eine Blume und bot ihr eine Tasse Kaffee an.

Er brachte dieses Angebot immer mit leiser Stimme vor. Der Kaffee war das Pfand ihrer Verbrüderung, des Zusammenhalts zwischen ihr, der Ausländerin, und ihm, dem Arbeiter, in einer Welt, die nichts Gröberes kannte als Darjeeling first flush.

Madelene hegte ein gewisses Zutrauen zu ihm. Wie sie selbst war er ein Teil der Umwelt – und wie sie selbst damit nicht identisch.

Sie trat aus der Tür. Clapham schlug die Hacken zusammen und reichte ihr eine Fliederdolde. Sie lächelte ihn über die Blume hinweg an und wartete auf seinen Text. Der blieb aus.

»Mr. Burden hat angerufen«, sagte er. »Er kommt früher nach Hause. Um zu arbeiten.«

Madelene legte die Blume beiseite, griff nach dem Stuhl und setzte sich langsam. Es war noch nie vorgekommen, daß Adam zu Hause gearbeitet hatte. Sie war sich nicht sicher, ob er daheim jemals von seiner Arbeit gesprochen hatte. Sie hatte das Gefühl gehabt, daß es sein heimliches, nur vor ihm selbst erklärtes Ziel war, nicht einmal daran zu denken, wenn er sich innerhalb der Mauern des Parks befand.

»Arbeiten«, wiederholte sie. »Woran?«

Claphams Gesicht verschloß sich und wurde das eines Fremden.

»Sie müssen Mr. Burden fragen, gnädige Frau.«

Madelene sah weg. Seit ihrer ersten Begegnung hatte Clapham sie nicht mehr »gnädige Frau« genannt.

Er erhob sich und stellte die Tasse ab.

»Die Arbeit ruft«, sagte er.

Dann kehrte er ihr den Rücken zu.

Das Ballhaus befand sich unterhalb der Terrasse. Dort holte sich Madelene einen Schläger. Er war der letzte Teil ihrer Maske.

Der Tennisplatz lag auf der anderen Seite des Hauses, und in diese Richtung ging sie, mit elastischen, energischen Schritten, doch sie ging nicht ganz bis dorthin. Schwung und Optimismus ihres Ganges dauerten nur bis zur Ecke, wo sie aus dem Blickfeld verschwand. Von dort an wurden ihre Bewegungen verstohlen und katzenhaft. Vom Kiesweg trat sie durch eine Tür in der Giebelwand in den anderen Flügel des Hauses und direkt in den Arbeitsraum des Gärtners.

Der Raum war warm und feucht wie ein Regenwald, das Dach war zur Hälfte aus Glas, in Blumentöpfen und Mistbeeten standen Tausende von Setzlingen, in einem Süßwasserbecken schwammen blühende Teichrosen. Madelene erblickte ihr Spiegelbild in einer Schranktür aus Edelstahl und lächelte sich tröstend zu. Danach verfuhr sie wie gewöhnlich.

Aus einem Drahtgitterregal nahm sie eine Pipette, aus einem Schrank einen Pyrexkolben, von einem Trockengestell ein kleines Meßglas. Von einem in Holzwolle verpackten Glasballon entfernte sie den Gummipfropfen und zapfte 2,8 Deziliter 99,6%igen, für den Krankenhaus- und Laborgebrauch bestimmten Reinalkohol ab. Aus einem Plastikkanister mit destilliertem Wasser füllte sie danach den Kolben auf. Die Flüssigkeit enthielt jetzt fünfundfünfzig Prozent Alkohol. Sie trank das erste halbe Glas.

Madelene war in ihrem Alkoholismus, wie auch sonst auf der Welt, im großen und ganzen allein. Sie hatte keinen Berater, keinen Begleiter und keine Erfahrung. Sie entdeckte den Alkohol, wie ein einsamer Reisender einen neuen Kontinent erforscht. Weshalb sie das tat, wußte sie nicht und wollte es auch nicht wissen. Aber sie spürte, daß fünfundfünfzig Prozent optimal waren. Bei fünfundfünfzig Prozent verspürte sie, kurz vor der ersten Wirkung, wenn die flüchtigen Dämpfe durch die Gaumenschleimhaut aufgesogen wurden, ein beißendes Brennen, wenn die Zellen der Mundhöhle kaputtgingen. Dieses Brennen war wichtig. Darin lag Klarheit, in ihm spürte Madelene etwas von der Seele des Mißbrauchs: den tiefen, durchdringenden Wunsch nach Selbstzerstörung.

Danach kam der erste Rausch. Sie sah sich im Spiegel der Schranktür. In ihrer inneren Leere stieg langsam eine heiße, pulsierende Alkoholflamme auf. Aus einem Nichts wurde sie rasch zu einem Etwas.

Mombasa Manor gehörte ihr, der Park gehörte ihr, die Welt gehörte ihr. Und sie sah gut aus. Nirgends gab es etwas auszusetzen. Sie prostete sich zu und beglückwünschte sich. Dann trank sie.

Sie verpaßte ihrer Edelstahlumgebung eine stilisierte Rückhand. Eine Königin brauchte Platz und hatte Anspruch darauf. Sie ließ den Schläger hinter dem Rücken sinken und spannte den Körper zu einem perfekten simulierten Smash gegen die Tür vor ihr. Es war die Tür zum Wintergarten. Sie legte den Schläger beiseite. Die Erinnerung an den Affen traf sie mit der gleichen Gewalt wie der Alkohol. Sie stieß die Tür auf und ging hinein.

Mombasa Manor war eher für afrikanische als für englische Verhältnisse gebaut worden: für afrikanische Dienstbotenlöhne, ein afrikanisches Klima und die administrative Geselligkeit der englischen Kolonialherrschaft. Für London hatte es sich als zu groß, zu teuer und zu kalt erwiesen, weshalb man, abgesehen von Claphams Wohnung im ersten Stock und von den Werkstätten im Giebel, den gesamten Seitenflügel abgeschlossen hatte. Durch den Raum, in den Madelene jetzt eintrat, war sie erst ganz wenige Male gegangen. Sie erinnerte sich an schwere Quastengardinen, an Plastikfolie auf den Teppichen, an Sackhüllen um die Lüster, an Staubbezüge auf den Möbeln und einen schweren Geruch nach etwas, was vorbei war und nie wiederkommen würde.

Jetzt wurde der Raum benutzt.

Es war ein großes Zimmer oder eher ein kleiner Saal, den man durch einen Wintergarten aus Glas und weiß gestrichenem Stahl fünf Meter in den Park hinein verlängert hatte. Die Öffnung zum Wintergarten war jetzt mit einem Eisengitter abgesperrt. Vor dem Gitter hatte man einen Regenwald aus Farnen, Laubbäumen und niedrigem Bambusgestrüpp hochgezogen. Vor der Bepflanzung wurde der Raum in ganzer Höhe und zu zwei Dritteln seiner Breite durch eine Glaswand geteilt. Dort, wo Madelene hereingekommen war, reichte das Glas bis an die Wand. Zur anderen Seite hin stieß es an eine weiße Metallbarriere, die oben bis zur Decke reichende weiße Gitterstäbe hatte.

Neben dem Wald wuchs ein Kletterbaum, wie man ihn auf Spielplätzen findet. Neben dem Baum lagen zwei Traktorreifen. Neben den Reifen stand eine Schubkarre mit Obst und Gemüse. Neben der Schubkarre saß der Affe.

Mit einer Kraftanstrengung entwarf Madelene einen ungefähren Ablauf der letzten beiden Tage. Der Affe war vorgestern gekommen. Gestern hatte sie mit ihrer Karaffe und der schlimmen Migräne im Bett gelegen. Der größte Teil dieser Konstruktion hier vor ihr mußte in weniger als vierundzwanzig Stunden errichtet worden sein.

Der Affe schlief in der Hocke, an die Wand gelehnt.

Als Eingang zum Käfig diente eine Tür in der Metallwand. An der Tür hingen Fütterungspläne, Temperaturkurven und ein Injektionsverzeichnis. Die Tür hatte zwei Schnappschlösser. Madelene entriegelte sie und trat ein.

In dem Moment, als sie die erhöhte Türschwelle überschritt, verspürte sie ein feines Brennen unter der Haut, wie eine Überhitzung des Nervensystems. Das gleiche Gefühl, wie wenn das Äthanol das Epithel in Rachen und Mundhöhle versengte. Den leichten, fast fröhlichen Ruf des Wunsches, zugrunde zu gehen.

Sie schloß die Tür hinter sich.

»Wie sehe ich aus?« fragte sie.

Beim Klang der Stimme schlug der Affe die Augen auf. Madelene ging auf das Tier zu, Schritt für Schritt, bis in ungefähr drei Meter Entfernung, setzte sich auf einen Traktorreifen und stellte den Kolben und das Glas vor sich hin.

Die Grenzüberschreitung hatte sie fast nüchtern gemacht. Aus einer molligen, betäubten Wärme in der Magengrube war sie in eine glasklare Überempfindlichkeit eingetreten. Sie hörte ihrer beider Atem, der eigene war fast doppelt so schnell wie der des Tieres. Sie schenkte ein und trank.

»Prost«, sagte sie.

Einen Moment lang hatte das Wissen, nicht verstanden zu werden, etwas Angenehmes. Dann begegnete sie dem Blick des Affen.

Er war offen, unbestimmbar.

Ein kribbelndes Unbehagen überkam Madelene, als hätte sie sich in einen Ameisenhaufen gesetzt. Sie rückte etwas zur Seite, und immer noch betrachtete der Affe sie. Sie fühlte sich belauscht, bespitzelt, durchschaut, es war, als sähe er durch sie hindurch, als sähe er sie nackt, ungeschminkt, und schlimmer noch, er sah ihr jämmerliches Inneres, ihre Unsicherheit, Wertlosigkeit.

Benommen stand sie auf. Es kam ihr vor, als sei sie selbst ein Affe, denn sie konnte zwar diesen Käfig und auch das Haus verlassen, weit aber konnte sie nicht gehen, bis sie mit dem Kopf gegen die ökonomischen, sozialen oder ehelichen Sperren, die auch ihr Leben begrenzten, anrennen würde.

Ihre Hände froren, sie zitterten, etwas aus dem Glas war auf ihr Handgelenk gekippt, die Verdunstungskälte ließ es eisig werden. Sie stand auf.

»Entschuldigung«, sagte sie.

Vor ihr hing ein Pfirsich. Sie verfolgte den Ast, an dem er wuchs, bis zum Stamm hin – es war der Arm des Affen. Er hatte ihr einen Pfirsich gereicht.

Ganz langsam und vorsichtig nahm sie die sonnengoldene, reife, pelzige Frucht aus der grauen Hand. Danach zog sie sich langsam zurück.

»Danke«, sagte sie. »Stimmt, ich habe heute morgen ganz vergessen, etwas zu essen.«

2

Madelenes Bett maß zwei mal zwei Meter und war mit rosa Satinbettwäsche bezogen. Es war für sie Kokon und Königreich zugleich und der einzige Ort auf der Welt, wo sie sich für Momente völlig sicher fühlte. Jetzt setzte sie sich im Schneidersitz in die Mitte, in der einen Hand die Karaffe, in der anderen ein großes Pillenglas.

Madelene stellte sich gern vor, daß sie in einer neuen Zeitrechnung lebte, deren Beginn zwei ungefähr gleichzeitige Ereignisse markierten, die zusammen einen Strich unter die Vergangenheit gezogen hatten: ihre Hochzeit und ihre Entdeckung der Vitamin-B-Tabletten.

Während ihre Ehe es ihr ermöglicht hatte, Dänemark und der Familie zu entkommen, hatten ihr die in jeder Apotheke rezeptfrei erhältlichen großen 15-mg-B1-Tabletten einen Verbündeten gegen den Kater verschafft und ihr dazu verholfen, so funktionieren zu können, als stehe sie nicht unter Alkoholeinfluß, egal, was sie getrunken hatte.

Jetzt war sie aufgeregt, ohne zu begreifen, weshalb, und auf diese Gefühle goß sie den Inhalt der Karaffe als lindernden Balsam, und um sich trotzdem die Klarheit für das, was sie erwartete, zu erhalten, nahm sie pro Schluck zwei Tabletten und spülte mit einem halben Glas Wasser nach.

Was sie erwartete, kehrte wie alles andere in Madelenes

Leben regelmäßig wieder, in diesem Fall einmal wöchentlich. Während sie jedoch alle anderen Absprachen mit sanfter Gleichgültigkeit einhielt, sah sie dieser voller Erwartung entgegen.

Die Person, mit der sie sich treffen wollte, war als zerknittertes, an Adams gerahmtes Porträt auf dem Nachttisch gelehntes Buskartenfoto bereits im Raum zugegen. Das Gesicht war das einer blassen, sommersprossigen Frau, ihr Name war Susan, und sie war die einzige Freundin, die Madelene jemals gehabt hatte.

Mit zehn Jahren war Madelene nördlich von Kopenhagen in die Englische Schule gesteckt worden, ein internationales Internat und eine von Dänemarks letzten Mädchenschulen. Geleitet wurde sie von Schwestern eines anglikanischen Laienordens, und in die Schule kamen Töchter englischer Geschäftsleute und Diplomaten sowie Töchter dänischer Eltern, die ihre Kinder aus dem Weg haben wollten und es sich leisten konnten, sich diesen Wunsch fachlich vertretbar zu erfüllen. Die ersten drei Jahre der Schule erlebte Madelene als einen totenähnlichen Winterschlaf, umgeben von Lehrern, zu denen der Abstand unüberschreitbar war, und von Klassenkameraden, die einander nicht als Individuen begriffen, sondern als Repräsentanten der grauen Unterschiedslosigkeit, an der sie alle teilhatten.

In ihrem vierten Jahr an der Schule trat eine Naturkatastrophe ein. Innerhalb weniger Monate brach bei allen dreißig Mädchen in Madelenes Klasse das Erotische durch.

Die Klasse war immer bedenklich still gewesen, während der letzten Jahre hatte das Schweigen zugenommen, und die Schwestern hatten diese Zurückhaltung irrtümlich für Apathie gehalten. In Wirklichkeit war der Stillstand eine Illusion gewesen. Von Anfang an waren die Mädchen eine Flüssigkeit gewesen, die die Zeit mit einer abwartenden chemischen Gefährlichkeit gesättigt hatte. In diese Sättigung fiel jetzt ein mikroskopisches Partikel, das nie identifiziert wurde, und an diesem Splitter des Zauberspiegels kristallisierte die Flüssigkeit. Daraufhin explodierte sie.

Die Katastrophe nahm unterschiedliche Formen an. Keines der Mädchen hatte gewußt, worauf es sich zubewegte, und für einige kam die Veränderung als inkurables Trauma. Ihren bis dahin gertenschlanken und jungenhaften Körpern entwuchsen tumorartige Fettwülste, die sie auf dem Sportplatz behinderten, sie aus ihren Kleidern und dem gewohnten Rahmen preßten und sie einer ätzenden männlichen Begierde aussetzten. Andere wurden von den Kräften, die in ihnen emporwuchsen, überschwemmt. Aus einer stillen und zaghaften Kindheit wurden sie erst verbal und dann physisch direkt in eine unproportionierte, promiskuöse Obszönität gestürzt – und stürzten sich selbst hinein.

Es war wie das Ende einer Reise. Sie waren wie dreißig Lemminge gleichzeitig am Meer angekommen. Jetzt gingen sie bei dem Versuch, krampfhaft im Land der Kindheit zu bleiben, zugrunde. Oder sie warfen sich ins Wasser und ertranken.

In diesem Chaos entdeckten Madelene und Susan einander, nachdem sie jahrelang voneinander unbeachtet auf Armeslänge gelebt hatten. Sie sahen sich kurz und nachdenklich an und stellten fest, daß sie sich in dem allgemeinen Untergang beide an der Oberfläche hielten. Im gleichen Augenblick und ohne ein Wort zu wechseln, wußten sie, daß sie beide mit den Kräften, die allmählich ihre Umwelt desintegrierten, ein geheimes Abkommen hatten.

Ausbildung und Erfahrung sowie eine gewisse Portion resoluter Brutalität halfen den Schwestern, mit dem, was ihren Schülerinnen widerfuhr, fertig zu werden. Die in der

Gleichzeitigkeit liegende Kraft aber hatte sie überrascht, weshalb sie nahezu zwei Jahre brauchten, um die Kontrolle wiederzugewinnen. Doch danach, nach einer Reihe von Abtreibungen und Geschlechtskrankheiten, nach zwei gelungenen Selbstmorden und schließlich einer offenen Revolte, der eine letzte, definitive Säuberungsaktion folgte, waren noch neunzehn, zumindest nach außen hin angepaßte und unauffällige Mädchen übrig. Unter diesen auch Susan und Madelene.

Sie verbrachten noch zwei weitere Jahre in der Schule, bevor es schiefging, und während dieser Zeit blieben sie im großen und ganzen unbemerkt. Ihre Umgebung verstand sie nicht, und das Unverständliche ist immer unsichtbar.

Sie fanden eine bei der anderen die Frechheit, die für ihre Klassenkameradinnen und die Schwestern außerhalb des sinnlich Faßbaren, in einer anderen und unzugänglichen Dimension lag. Sie reiften heran wie Tierjunge. Sie umgingen die Panik, die ihre Altersgenossen traf, und wuchsen still und undramatisch in die intensive Gewißheit des Gefühls hinein, wie es ist, wenn es kitzelt. Für die meisten der Schar, der sie angehört hatten, war die Reise zu Ende. Für Madelene und Susan begann jetzt erst die eigentliche Reise.

Sie waren sich nie im Zweifel darüber, wohin es ging. Zutiefst in ihrem neurologischen Fundament wußten sie, daß sich auf der anderen Seite ein Mann befand. Für den sie noch keinen Namen, kein Gesicht oder auch nur einen Körper hatten, dessen Wesen sie jedoch mit instinktiver Sicherheit verstanden.

Auf dieser Reise halfen sie einander. Als der letzte große Rausschmiß Teile der Schule veröden ließ, bekamen sie ein Vierbettzimmer für sich allein, und von diesem Zimmer aus begaben sie sich hinaus aufs offene Meer. Das Bett, das sie teilten, war ihr Schiff, und das Wasser war erst blau, dann rosa und danach dunkelrot und hatte die gleiche angenehme Temperatur wie Badewasser.

Sie schliefen im Laufe der beiden Jahre nachts nur sehr wenig, was auch nicht notwendig war. Ihre Liebe war wie Spiel, ohne Hast, ohne Verzweiflung und im großen und ganzen richtungslos. Sie probierten einfach nur, so lange wie möglich auf der heißen Oberfläche unter sich zu surfen.

Über das, was sie machten, sprachen sie nie, nicht mit anderen, nicht miteinander und nicht einmal mit sich selbst. Sie wußten, je weniger Worte man über etwas verliert, um so ungezogener ist es. Niemand sah jemals, daß sie sich anfaßten; in der Wirklichkeit, die sie mit ihrer Umgebung teilten, deutete nichts darauf hin, daß sie mehr waren als prima Schulkameradinnen und Freundinnen, leicht zu übersehende, stille und mittelmäßige Schülerinnen einer vornehmen Schule. Doch neben dieser Sphäre gab es eine andere. Und darin reichte ein Blick, ein Beben der Nasenflügel, die Art und Weise, wie eine Zungenspitze den gewölbten Teil der Oberlippe befeuchtete, um einen Feuerstrahl auszulösen, der vom Inneren ihrer Schenkel bis zu den Haarwurzeln und zum blauen Himmel emporzüngelte.

Um diese private, farbenprächtige Sinnesorgie herum erschien ihre Wirklichkeit natürlich wie koksgraues Elend. Sie waren umgeben von Lehrern, die sie fürchteten, von einem überwältigenden Gefühl der Unsicherheit und von Kameradinnen in der gleichen Lage wie sie selbst, nämlich für das Geld ihrer Eltern Frauen überlassen, die gefühllos ein absurdes Wissenspensum vermittelten.

Unter diesen Bedingungen wuchs die Freundschaft der Mädchen, und so lernten sie ihr Bett lieben.

Nach zwei Jahren fand Susan ihren ersten Liebhaber außerhalb der Schule, sie wurde ertappt, verwarnt, erneut erwischt und von der Schule verwiesen und danach von ihrem Vater, dem englischen Botschafter in Kopenhagen, nach London zurückgeschickt und damit aus Madelenes Leben herausgesogen.

Zwölf Jahre vergingen, bevor sie sich in London wiedersahen. Sie hatten in diesen zwölf Jahren keinerlei Kontakt miteinander gehabt, dennoch war die Verbindung zwischen ihnen nie abgerissen. So wie sie in der Schule in verschiedenen Ecken des Bettes ganze Tage verbracht hatten, ohne ein Wort zu wechseln, wie Fuchsjunge zusammengerollt und in der ruhenden Gewißheit, daß die andere im selben Raum war, so hatten sie über die Trennung von zwölf Jahren hinweg den Aufenthaltsort der anderen erspürt. In dem Augenblick, als sie einander wieder gegenüberstanden, blickte Madelene hinter Susans zwei Kinder, den Mann und die Nanny, und Susan sah durch Madelenes Schminke und den Geruch von Alkohol hindurch, und sie sahen, daß hinter der Verkleidung, in der sie auftraten, Teile ihrer gemeinsamen Welt noch unversehrt waren.

Seitdem waren sie jeden Dienstagnachmittag, wenn Susans Kinder in der dänischen Kirche zum Dänischunterricht gingen, zusammen im Regent's Park spazierengegangen. Während die Menschen normalerweise versuchen, den Abstand zwischen sich durch das Gespräch zu verringern, hatten sie ihre Unterschiedlichkeit ein für allemal akzeptiert, weshalb der Spaziergang langsam, verweilend und oft schweigend verlief.

Doch nicht heute. Heute kam Madelene zu spät und redete sofort los.

»Du sitzt doch im Vorstand der Royal Society for the Protection of Animals«, sagte sie.

Susan mußte nachdenken. Sie saß im Vorstand verschiedener wohltätiger Vereine. Um ihrem Mann eine Freude zu machen, ihren Müßiggang zu verzieren und um zahlreiche

Ausreden dafür zu haben, nicht dort sein zu müssen, wo man sie erwartete.

»Dann kennst du also Andrea, Adams Schwester?«

Susan schüttelte den Kopf.

»Die Animal Welfare Foundation«, sagte sie.

»Wo ist da der Unterschied?«

Susan schwieg. Sie interessierte sich für Menschen. In erster Linie für gewisse Männer und darüber hinaus für Madelene und ihre eigenen Kinder. Weiter an der Peripherie ihres Bewußtseins auch für den Rest der Menschheit. Für Tiere empfand sie einen tiefen Mangel an Interesse.

Dennoch rief die Frage bei ihr animalische Assoziationen hervor. Sie erinnerte sich, daß sie Madelene immer als Katze gesehen hatte, als laut schnurrenden, elektrifizierten Samt und als plötzliche Heftigkeit mit fünf Springmessern an jeder Hand. Jetzt erblickte sie in und hinter dem vorgebeugten, beharrlichen Fragen der Freundin noch gewisse andere Tiere, weniger elegante, doch hartnäckigere: Schaf, Esel, vielleicht Kuh.

»Das hat was mit Geld zu tun«, sagte sie. »Die Animal Welfare Foundation hat was mit Geld zu tun.«

Zwischen den beiden Freundinnen bestand ein stillschweigendes Übereinkommen, daß nämlich Susan Madelene alles erzählte, Madelene Susan hingegen eine ganze Menge und nie mehr als das. Jetzt wartete Susan ehrerbietig. Doch Madelenes Gesicht blieb leer und in sich gekehrt.

Sie steuerten Arm in Arm auf die Kirche zu. Eine große, sommersprossige Frau, in deren Unterleib sich – vergeblich – der Samen von drei verschiedenen Männern zu vertragen versuchte. Und ein gazellenhaftes Mädchen mit einer Funktionspromille von 1,2, das sich allein durch die Stütze der Freundin, die Vitamin-B-Tabletten und seine Neugierde aufrecht und bei einigermaßen klarem Bewußtsein hielt.

3

Die Zahl der Männer, die Madelene gekannt hatte, reichte, auch wenn sie für eine statistische Quantifizierung zu klein gewesen wäre, insgesamt doch aus, um ihr die Ableitung gewisser allgemeiner Gesetzmäßigkeiten des Verhaltens zu erlauben. Die wichtigste war die Entdeckung, daß sich Inhalt und Entwicklung einer Liebesbeziehung in den ersten vierundzwanzig Stunden bereits voll entfaltet finden.

Adam hatte ihren Vater aus beruflichen Gründen aufgesucht, er hatte sie auf einer Gesellschaft gesehen, und ohne Überstürzung, wie immer, wenn ihm etwas wichtig war, hatte er sich durch die Menschenmenge langsam zu ihr hingearbeitet. Bereits in dieser Bewegung lag sein ganzes Wesen. In seinem Körper steckten sein Kricket und sein Speerwerfen, wie überhaupt die Reihe der physischen Siege über andere Männchen, in seinem Pelz das nötige Selbstbewußtsein und die erforderlichen Mittel, und in seiner Stimme, als er ankam, die Tiefe, die nur diejenigen besitzen, deren Brüllen aus dem Unterleib kommt, sowie das Finish, das man nur auf den teuersten Privatschulen und Universitäten erlangt. Ihn umgab wie eine Mähne oder Aura das Bewußtsein, im großen und ganzen keine natürlichen Feinde zu haben.

Der Rest des ersten Tages bestätigte diesen Eindruck und

ließ außerdem erkennen, daß er rücksichtsvoll und sehr, sehr interessiert war.

Im Laufe dieser vierundzwanzig Stunden, in denen sie einander nicht verließen, lachte Adam Burden nicht ein einziges Mal.

Nicht weil es ihm an Humor fehlte. Er besaß in reichem Maße die Fähigkeit geschliffener, intellektualisierter Anzüglichkeit, die jederzeit aktivierbar war, vor allem, wenn er sich fachlich bedroht fühlte. Wenn jemand sein Wissen anfocht und sich damit der tragenden Konstruktion seines Selbstwertgefühls näherte, konnte er lebensgefährlich amüsant werden. Doch zu keiner Zeit in den fünfhundertneunundzwanzig Tagen ihrer Ehe oder – vermutlich – jemals zuvor oder – wahrscheinlich – jemals danach war es Adam Burden in den Sinn gekommen oder wäre es ihm eingefallen, daß er selbst komisch sein könnte. Was seine erste auf Madelene gerichtete Bewegung gezeigt und alle seine Bewegungen danach bestätigt hatten, war, daß er mit dem monumentalen Geltungsbedürfnis der großen Raubtiere und der großen Diktatoren begabt war.

Nun fragte Madelene in ihrer Ehe auch nicht unbedingt nach Humor. Lachen ist ein Überschuß, ein Luxusphänomen, und Madelene wußte, daß Adam sie vor dem sicheren familiären Untergang gerettet hatte. Für jemanden, der gerade so eben überlebt hat, ist die tägliche Befriedigung der Grundbedürfnisse ein Wunder, und genau so sah Madelene ihre Ehe: als die tägliche gegenseitige mirakulöse Befriedigung der Grundbedürfnisse.

Dieser Bedürfnisaustausch begann normalerweise um neunzehn Uhr, zu dem Zeitpunkt, an dem Adam nach Hause kam. Heute kam er jedoch zwei Stunden früher. Madelene empfing ihn um siebzehn Uhr an der Tür. Zehn Minuten später tranken sie in der Bibliothek Tee.

Die Bibliothek war Adam Burdens Höhle. Sie besaß die Dunkelheit, die Enge und auch den Geruch einer Höhle, das komplexe Duftgemisch von Adam, den Monsunwäldern, aus denen das Holz für die Möbel stammte, und Buchrückenleder.

Sie hatte auch die wiederbelebende Geborgenheit einer Höhle. Wenn Adam endlich nach Hause kam, war sein Gesicht weiß vor Müdigkeit. Doch in dem Moment, in dem er in einen der Sessel des Raumes sank und seinen Terminkalender beiseite legte, begann er sich zu regenerieren. Während ein kleinerer Teil seiner Aufmerksamkeit Tee trank und Konversation machte, sog der Rest die Geborgenheit der Umgebung und die Frau vor ihm in sich ein.

Madelene war klar, daß sie dem Mann, der ihr im Sessel gegenübersaß, im Laufe dieser drei, oberflächlich gesehen zu nichts verpflichtenden Viertelstunden die große weibliche Bluttransfusion gab.

Währenddessen legte Adam Burden schrittweise seine Schutzschilde ab und wurde ein schwächerer Mensch als sonst, und noch nie hatte Madelene diese Schwäche genutzt, um über etwas Wichtiges zu sprechen. Als sie es jetzt tat, kam die Frage hingeworfen, flatternd, als vereinzelter Punkt in einem Schwarm bedeutungsloser Assoziationen.

»Und der Affe?« fragte sie.

Mit halb geschlossenen, desinteressierten Augen sah Adam die Frage vorbeitreiben wie ein Insekt, wie den Dampf der Teetasse.

»Der ist im Wintergarten«, sagte er. »Nur vorübergehend.«

»Was für einer ist es?«

Es wurde still. Das Grenzland zwischen ihnen war noch unerforscht. Aber Madelene spürte, daß sie dicht an einer Demarkationslinie war.

»Eine Art Zwergschimpanse.«

»Warum ist er so wichtig?«

Adams Gesicht lag im Schatten. Jetzt leuchteten in diesem Schatten zwei gelbe Lichter auf, als werde Madelene aus der Dunkelheit von einer Großkatze betrachtet.

»Wenn ein wildes Tier aus der Gefangenschaft entkommt, irrt es entweder panisch herum oder versucht, sich in einer Ecke zu verstecken. Ein Tier kann sich nicht an die plötzliche Freiheit anpassen. Es ist interessant, daß der hier überhaupt so weit gekommen ist.«

Madelene senkte den Kopf. Es war eine Geste der Akzeptanz, fast Unterwerfung. Adam hatte nicht gelogen, das wußte sie. Aber er hatte den kleinstmöglichen Teil der Wahrheit gesagt. Hinter der Tasse aus dünnem Porzellan krümmte er sich mit animalischer Wachsamkeit um seine Beute.

Sie hob das Gesicht und lächelte ihn an, beruhigend, wie eine Krankenschwester lächelt. Dann schenkte sie ihm Tee nach, tat Zucker in seine Tasse und rührte um, während sie bis dreißig zählte, um sicherzustellen, daß die groben, melassehaltigen tropischen Rohrzuckerkristalle vollständig aufgelöst wurden.

In dieser Nacht wartete sie in Adams Schlafzimmer auf ihn. Er kam erst um zwei Uhr morgens. Doch als er sie auf dem Bett sah, fegte ein Lächeln seine Müdigkeit und seine verbissene Verärgerung beiseite, und er begann sich auszuziehen.

Adams Terminkalender war ein kleines graues Buch, in dem er, wie Leute unter starkem Arbeitsdruck das häufig tun, sein Gedächtnis deponierte. Es war Kalender und Merkblock zugleich, er notierte darin die kleinsten Besorgungen wie die größten Verpflichtungen, und ohne das

Buch erinnerte er sich an nichts. Es war eine Selbstverteidigungswaffe, wie der Tee in der Bibliothek, wie das Schweigen über seine Arbeit.

In dieses Buch hatte Madelene noch nie hineingesehen, nie hineinsehen wollen, es war ihr zu gleichgültig und gleichzeitig zu sakrosankt gewesen. In dieser Nacht sah sie hinein. Als Adam ins Bad ging, schwang sie sich auf die andere Bettseite und nahm das Buch aus der Nachttischschublade.

Den Text zu entziffern hatte sie von vornherein aufgegeben, Adams Notizen waren verschlüsselt und stenografisch wie Vogelspuren im Sand. Statt dessen konzentrierte sie sich auf die losen Blätter, die zwischen die Kalenderblätter gelegt waren.

Es waren fünf, etwas größer als DIN A4, mit einer Büroklammer zusammengehalten und beim Datum des Tages eingeschoben. Die ersten drei Seiten waren beschrieben und unleserlich, auf den letzten beiden war etwas gezeichnet.

Die Zeichnungen stellten den Affen dar. Bei den ersten handelte es sich um Profil- und En-face-Skizzen des ganzen Tieres, ohne Einzelheiten, festgehalten waren allein die Körperhaltung und die Proportionen der Gliedmaßen.

Darunter waren aus unterschiedlichen Winkeln mehrmals nacheinander die Nasenlöcher des Tieres gezeichnet. Darunter die Hände, ohne Pelz und ohne Nägel abgebildet, nur die Umrisse, wie sie auf den Knien des Tieres ruhten, wie sie auch damals geruht hatten, als sie ihm gegenübergesessen hatte.

Die letzte halbe Seite war unverständlich. Es war eine Landkarte, eine Inselgruppe, wie zwei einander abgewandte Parabeln geformt, wie ein doppeltes, umgedrehtes polynesisches Atoll. Sie war vielleicht ein dutzendmal so dargestellt, und dahinter war von der Seite gezeichnet, wie sich die Inseln aus dem Wasser erhoben, einige glatt, andere knotig, viereckig, wie Rundtürme, wie Bretter.

Sie hörte, wie sich Adam im Bad das Gesicht einseifte. Hinten aus dem Kalender riß sie ein weißes, unbeschriebenes Notizblatt heraus. Mit ihrem Eyeliner zeichnete sie eine der Karten ab, die einzige, bei der eine Reinzeichnung versucht worden war und die Adam außerdem unterstrichen hatte. Sie zeichnete sie von oben und von der Seite, schnell und genau. Für jemanden, der sein ganzes Erwachsenenleben auf einem Gesicht gezeichnet hat, ist Papier eine dankbare Unterlage.

Gerade als sie die Höhe der Inseln über der Wasseroberfläche aufeinander abstimmte, als sie hörte, wie Adam mit kleinen Schlägen das Rasierwasser auf seinen Wangen verteilte, begriff sie, was sie gezeichnet hatte. Sie hatte die Zähne des Tieres gezeichnet. Sie öffnete die Schublade und legte den Kalender zurück.

In der Schublade lag ein graues Stück Plastik. Eine verschwommene Erinnerung sagte ihr, daß der Affe es am Handgelenk getragen hatte, als er auf der Trage lag. Sie nahm es heraus. Es war ein Streifen, wie er in Krankenhäusern gebraucht wird, um Leichen und Neugeborene zu identifizieren. Auf dem Streifen stand das Wort *Erasmus*.

Als Adam über die Schwelle trat, lag sie zurückgelehnt in den Kissen.

Wie immer schätzte sie seine sorgfältigen Vorbereitungen und seine Sorgsamkeit beim Geschlechtsverkehr. Da war nur eine kleine, geheime innere Abwesenheit, bevor sie sich vollständig auf ihn konzentrierte. Sie dachte an die Verärgerung auf seinem Gesicht und schloß daraus, daß der Affe nicht preisgegeben hatte, wonach immer Adam auch gesucht haben mochte. Nichts hatte er gegeben. Nur ihr. Ihr hatte er einen Pfirsich gegeben.

4

Madelene wachte früh auf, und wie immer allein. Sie hatte noch nie eine ganze Nacht neben ihrem Mann verbracht. Ungeachtet der Hitze und Intimität ihres Beisammenseins kam irgendwann, oft direkt vor dem Morgengrauen, ein Zeitpunkt, an dem Adam sich im Schlaf umdrehte und sie streifte, und wenn er dann die Nähe eines anderen Menschen registrierte, packte ihn eine Art wilde Verzweiflung. Schläfrig, doch entschlossen stand er auf, raffte sein Bettzeug zusammen und flüchtete in das Nebenzimmer, wo er sich wieder hinlegte. Madelene hatte ihn nie gefragt, warum. Zehn Jahre vor ihren Altersgenossinnen wußte sie, daß es nutzlos ist, über Dinge zu reden, die man nicht ändern kann.

Normalerweise erlebte sie das Bett beim Erwachen als unbewohnte Insel, auf der sie im Laufe der Nacht gestrandet war, und erst wenn sie zum Spiegel kam, verschwand das Gefühl einer drohenden Lebensgefahr. Dieser Morgen war anders. Sie erwachte mit dem Gefühl zu schweben. Ohne den Kopf zu drehen, streckte sie die Hand aus und fand unter ihren Sachen das herausgerissene Blatt mit ihrer Zeichnung des Archipels namens Erasmus. Die Zeichnung in der Hand, zog sie einen Kimono an, ging in ihre eigenen Zimmer zurück und setzte sich an den Toilettentisch.

Hier nun passierte das Seltsame, daß sie nämlich verkehrt zeichnete.

Ihre helle, jugendliche Grundfarbe traf Madelene normalerweise unfehlbar sicher. Doch an diesem Morgen, als sie den Blick von der Bürste und dem Detail ihres Gesichts in dem konkaven Schminkspiegel abwandte, sah sie, daß sie danebengetroffen hatte. Ihr Gesicht war jetzt zwar faltenfrei, hatte jedoch dieselbe neutrale Farblosigkeit wie zehn Minuten zuvor.

Sie griff nach der Reinigungscreme, zögerte jedoch. Sie betrachtete sich genauer. Mit dem Eyeliner zog sie einen Fingerbreit unter jedem Auge einen Strich, den sie behutsam verwischte. Er wurde zu einer dunklen Höhlung, zu fünf Jahren Zeiterosion. Mit Lippenstift malte sie einen harten, breiten Frauenmund. Sie setzte eine Sonnenbrille auf. Band sich ein Kopftuch um. Sie stand auf. Sie versuchte es mit leicht hochgezogenen Schultern. Sie hatte sich vergessen. Zum erstenmal, seit sie in einer fernen Vergangenheit die Freude des Kindes an Erwachsenenkleidung abgelegt hatte, zum erstenmal seit dieser Zeit machte sich Madelene älter, als sie war.

Sie stellte sich ans Fenster und spürte den Wind in ihrer neuen Verkleidung. Ihr Blick fiel auf Clapham. Er schnitt eine Rose vom Strauch am Tor, ließ einen Lieferwagen herein, wies einen grauen Mann in einem weißen Auto ab, ging zum Haus zurück. Der Gedanke an die Tagesroutine packte sie. Sie dachte daran, daß Adam heute zu Hause arbeitete, im Wintergarten, mit dem Affen.

Der Gedanke war beunruhigend. Madelenes Ehe bestand nicht allein gefühlsmäßig, rechtlich, physisch. Sie war auch territorial. Bisher hatte sie die Sicherheit gehabt, daß sie vor Ende des Arbeitstages in ihrem Reservat ihrem Mann nicht begegnen würde.

Sie behandelte ihre Unruhe wie üblich. Unter dem Bett holte sie ihre Karaffe hervor, am Fenster stehend trank sie das erste Morgengläschen.

Ihr Mut wuchs. Sie suchte einen dünnen Staubmantel heraus und zog ihn ohne Gürtel an, unförmig wie ein Futteral. Sie fand ein Paar abgetragene Plateausandalen. Sie sah in den Spiegel. Ihre eigene Mutter hätte sie nicht erkannt. Oder hätte sie jedenfalls nicht erkennen wollen.

In einer kleinen schwarzen Tasche sammelte sie, was eine Frau so braucht, Schlüssel, Geld, Lippenstift, Eyeliner, Taschentuch, eine Zeichnung von den Zähnen eines Affen und eine kleine Plastikflasche mit Alkohol. Dann verließ sie ihre Zimmer, schnell, verstohlen und ohne den üblichen Aufenthalt auf der Türschwelle.

Sie nahm die Hintertreppe, ging durch den Küchengarten und schlüpfte durch eine kleine Pforte in der Mauer. Zum erstenmal seit langer Zeit ging sie zu Fuß, gab es zwischen ihr und der Umwelt keine getönte Autoscheibe. Sie genoß die Sonne, die Geräusche, die Klarheit der Farben. Sie genoß das Inkognito ihrer neuen Maske. Sie ging an einem Lastauto vorbei, auf dessen Tür ein Bild von einem Hund klebte; der Mann im Wagen würdigte sie keines Blickes. Sie ging an einem Stubenmädchen vorbei, das den Nachbarafghanen Kasimir ausführte. Das Mädchen und der Hund sahen sie an, ohne sie zu erkennen. Sie kam an einem weißen Auto mit dem grauen Mann vorbei, den Clapham abgewiesen hatte; der Mann sah zu Mombasa Manor hinüber und direkt durch sie hindurch. Sie kam an eine U-Bahnstation und fuhr hinunter.

Auf dem Bahnsteig bekam sie es mit der Angst.

Madelene war in einer besonderen, beschützten Landschaft aufgewachsen, im Habitat der Wohlhabenden. Einen

Großteil ihres Lebens war sie in gewisser Weise von gewöhnlichen Menschen befreit gewesen, zwischen ihr und dem sozial Durchschnittlichen hatte es immer Filter gegeben, große Häuser, besondere Schulen, Kindermädchen und Chauffeure. Jetzt begegnete ihr in der Untergrundbahn Londons Brutalität, wie einer Dame, die mitten in einem Wildreservat aus dem geschlossenen Jeep springt und allein zu Fuß weitergeht.

Natürlich wußte Madelene um das Tragische, um Tod, Ekel und Selbsthaß, die trägt jeder Mensch von Geburt an in sich. Sie hatte jedoch keine Übung darin, äußeres Elend zu verstehen, hatte keine erklärenden Worte. Die Schale, in der sie sich bewegte, war in hohem Maße eine sprachliche. Kurz nachdem sie sich kennengelernt hatten, hatte Adam ihr einige von Debretts Büchern gegeben und ihr lächelnd gezeigt, wie hier ein Verlag im zwanzigsten Jahrhundert unter einer hauchdünnen Decke von Selbstironie Lehrbücher zur Aufrechterhaltung einer feudalen Klassenherrschaft herausgab. Und Madelene hatte sich belehren lassen. Sie sprach nach nur anderthalb Jahren ein akzentfreies, leicht latinisiertes Oberschichtenglisch. Es fehlte ihr jedoch jegliche persönliche Assoziation zu Wörtern wie blutende Fresse, Hunger, harter Schanker, *Wormwood Scrubs*, Schlagring, Hühneraugen, Stempelgeld, Säuferleber, Schädelbruch und Tremor. In der Bahn saß sie steif, still und beobachtend da, vor den Eindrücken nur beschützt durch das, was sie aus ihrer kleinen Flasche saugte.

Sie hatte kein Gefühl für Raum und Zeit, erst als sie instinktiv umgestiegen, ausgestiegen, hochgestiegen und um Ecken gegangen, Raubtieren und Bettlern ausgewichen war, es geschafft hatte, nicht niedergetrampelt zu werden, und vor einem langgestrecken Betongebäude stand und wußte, daß sie angelangt war, wurde klar, daß sie ein Ziel gehabt hatte. Daß eine räumliche Gesetzmäßigkeit sie geleitet hatte, die ein Gleichgewicht wiederherzustellen suchte. Sie hatte sich anders bewegt als Adam, in die ihm entgegengesetzte Richtung. Er war zu Hause geblieben, sie war dorthin gelenkt worden, wo er hätte sein sollen. Sie stand vor dem Institute of Animal Behavioural Research, einer der Forschungsabteilungen, die Londons Zoological Garden angeschlossen waren. Adam war Direktor dieses Instituts.

Bei Madelenes erstem Besuch in London hatte Adam sie zu einem der Nebengebäude von Mombasa Manor geführt, hatte die Tür hinter ihnen geschlossen und Madelene einen Augenblick im Dunkeln und in einem Gestank nach Motten, Formalin und unzulänglich unterdrückter Verwesung stehenlassen. Dann hatte er ein grelles elektrisches Licht angeknipst und sein fachliches Glaubensbekenntnis abgelegt.

Der Raum war mit den Jagdtrophäen seines Vaters und seiner Mutter angefüllt. Mit Stoßzähnen, Löwenfellen, Haigebissen, dem Gefieder von Paradiesvögeln, mit Nashornhörnern, Geweihen, Rehbockgehörn, Pythonhäuten, Walbarten, einem *headmounted* Gorilla und zwei Komodowaranen in moderner plastischer Ausstopfung über einem *full-size*-Mannequin. Adam hatte sie zu einer Fotografie geführt, einem Bild seines Vaters und seiner Mutter, Arm in Arm auf einem Berg aus sechs toten Elefanten. Gedämpft und leise hatte er ihr erklärt, daß es das Ziel seiner Eltern gewesen sei, abzuschießen, einzusammeln und auszustellen. Sie hätten es auf stilvolle Weise getan, doch die Welt habe sich geändert, jetzt sei es an der Zeit, zu studieren, vorzuzeigen und zu erhalten, und das hatte er mit einem Gewicht gesagt, das man hat, wenn man weiß, daß die eigene Familie siebenhundert Jahre alt ist, daß man herausragende Ahnen gehabt hat und man selbst noch besser ist. Dann hatte er ihr vom Londoner Zoo erzählt.

»Es ist der älteste zoologische Garten der Welt«, hatte er gesagt. »Er war mal der beste der Welt, kann es auch wieder werden. Aber dafür muß er erweitert werden, die Erweiterung kommt, du hast davon gehört, aber sie wird umfassender, als jemand ahnt, Andrea und ich, wir sind beide daran beteiligt.«

Er hatte seine Finger über eine Reihe von Fotografien gleiten lassen und hatte bei einer der letzten Last Proms mit Edward Elgar auf der Bühne innegehalten.

»Wohltätigkeitskonzert«, sagte er, »für den Londoner Zoo.«

Seine Finger hatten auf der englischen tierinteressierten Oberklasse herumgetrommelt. Als er weitersprach, hörte Madelene, daß er sie vergessen hatte, daß er zu seiner Klasse und deren Gespenstern sprach.

»Sie haben gearbeitet. Ihre Kinder tun nichts, sie verwalten ein Privileg. Als der Londoner Zoo gegründet wurde, war er ihr Privateigentum. Jetzt können wir kaum noch den laufenden Betrieb bezahlen. Sie haben sich eingelullt. Wenn sie aufwachen, werden sie entdecken, daß es zu spät ist.«

Diese Rede, die Madelene sich gemerkt, von der sie aber nichts verstanden hatte, lag anderthalb Jahre zurück. Seitdem hatte sie das Institut ein einziges Mal besucht, man hatte ihr die Bauarbeiten gezeigt, und sie hatte an einem Dinner teilgenommen, an einer erhöhten Tafel, in strenger Hackordnung, bei dem Adam und sie als *Director* und Gattin am Kopfende saßen und das sie nur durchgehalten hatte, weil sie bereits getrunken hatte, als sie kam, und dann den ganzen Abend über massiv weitertrank.

Jetzt ging sie zum erstenmal ohne Begleitung durch die Glastüren.

Eine Frau schoß zu einer Schranke vor und versperrte ihr flink und terrierhaft den Weg. Einen Moment lang war Madelene drauf und dran, umzukehren und davonzulaufen. Dann fiel ihr ein, daß sie heute eine andere war als sie selbst.

»Ich komme vom Zahntechnischen Forschungscenter der Schlachthöfe«, sagte sie. »Wir haben eine Anfrage zur Zahnstellung eines Tieres.«

Die Empfangsdame zog sich zurück. Hinter ihrer Sonnenbrille verstand Madelene sie völlig. Sie hatten beide eine zu kurze Schulbildung. Sie waren beide von Menschen umgeben, die klüger waren als sie und das gern zur Schau stellten. Und auf beide wirkten Wörter wie »Forschungscenter« und »Anfrage« wie ein unüberhörbarer Befehl.

Die Dame telefonierte und bellte dann einen Namen und ein Stockwerk. Bereits als Madelene die ersten Schritte auf den Fahrstuhl zu gemacht hatte, hatte die Dame sie vergessen, mit der umgehenden Gleichgültigkeit eines Wachhundes gegenüber dem, was sein Herr gutheißt.

Der Mann, der Madelene bat, vor einem großen Schreibtisch Platz zu nehmen, trug seinen Kittel wie ein Cape, und daran erkannte Madelene ihn. Er hatte an der erhöhten Tafel etwas – aber nur etwas – weiter unten gesessen als sie und Adam.

Sie legte die Eyelinerzeichnung vor ihn hin.

»Wir haben ein Problem«, sagte sie. »Wir haben die Zeichnung hier bekommen, und die können sie bei uns nicht identifizieren, deshalb haben sie mich geschickt …«

»Warum zu mir?«

Madelene schätzte vorsichtig und schnell, daß der am weitesten in den Raum hinausragende Teil des Arztes sein Selbstgefühl war.

»Im Center heißt es, Sie seien der Beste«, sagte sie.

»So? Erinnert man sich immer noch an die Wurzelbehandlung, die ich Roberto verpaßt habe?«

»Es vergeht kein Tag, ohne daß das erwähnt wird.«

»Es war der rechte Stoßzahn. Ich brauchte zwei Fünflitereimer Chloramin, nur zum Reinigen.«

»Das ist längst zur Legende geworden«, sagte Madelene.

Der Veterinärodontologe nahm ihre Zeichnung, warf einen Blick darauf und ließ sie fallen.

»Ich will mich nicht lächerlich machen«, sagte er.

Madelene nahm die Sonnenbrille ab und beugte sich vor.

»Das Center hat sie zugeschickt bekommen«, sagte sie. »Und man kann sich überhaupt keinen Reim darauf machen.«

Ein Verdacht durchzuckte den Arzt.

»Sind Sie vielleicht selbst Tierärztin? Oder Zahnärztin?«

Madelene lächelte warm und unwissend.

»Bürobotin«, sagte sie.

Der Arzt entspannte sich.

»Man kann sich natürlich nicht sicher sein«, sagte er. »Mit so einer miserablen Zeichnung.«

Er trommelte auf das Papier.

»Backenzähne, kleine Backenzähne, konische Eckzähne, Schneidezähne und Diastema. Spricht alles für einen Schimpansen.«

»Aber?« fragte Madelene.

»Ich könnte akzeptieren, daß da vier Zähne zuviel sind. An jeder Seite ein zusätzlicher kleiner Molar. Mutationen sehen wir dauernd. Obwohl die Evolution in Richtung weniger Zähne geht. Zur Not könnte ich auch noch die Schneidezähne hinnehmen. Aber warum haben sie Inzisalkanten wie Messerschneiden statt Kauflächen? Und der Zahnbogen, das ist ja wohl doch zu stark, da geben Sie mir doch recht?«

Madelene nickte.

»Diese Krümmung ist bei einem Affen undenkbar, die ist humanoid. Ich will Ihnen was sagen: Man hat Sie zum Narren gehalten. Man hat Ihre Unwissenheit ausgenutzt. Man hat Ihnen das Zahnschema eines nichtexistierenden Wesens zugeschickt.«

Madelene lehnte sich zurück, holte die kleine Flasche heraus und nahm einen gierigen Schluck.

»Medizin«, sagte sie, »Asthma, ich bin Multiallergikerin.«

Sie stand langsam auf.

»Gibt es ein Register für gestohlene oder entführte Tiere?«

»Die Newsletters. Alle einigermaßen wichtigen zoologischen Gärten tauschen täglich Newsletters aus. Jeder Diebstahl wird registriert.«

Der Arzt versteifte sich in der Haltung, in der sie ihn angetroffen hatte.

»Doktor«, sagte sie, »was würden Sie sagen, wenn man Sie nun aber doch mit einem Tier konfrontieren würde, das genau diese Zahnstellung hat?«

»Ich würde nachweisen, daß da ein Mißverständnis vorliegt.«

»Und wenn das Tier nun aber trotzdem daliegen würde, mit offenem Mund und Zähnen wie auf dem Schema?«

Die Stirn hinter dem Schreibtisch runzelte sich, widerwillig und gereizt darüber, von ihrem empirischen Fundament weggezwungen zu werden.

»Bis etwas anderes bewiesen wäre, würde ich mit Sicherheit davon ausgehen, daß eine Fälschung vorliegt.«

Madelene strich ihren Rock glatt und bleckte breit lächelnd die Zähne.

»Doktor«, sagte sie, »wie viele Zähne hat der Mensch?«

»Zweiunddreißig.«

»Dann werde ich jetzt ins Center zurückgehen, mir meine Zähne angucken und mich vergewissern, daß da keine Fälschung vorliegt.«

Der Arzt sah weg.

»Sie können den Spiegel in der Toilette hier benutzen. Ist aber nicht nötig. Ich habe Ihre Zähne und deren Okklusion gesehen. Sie sind völlig normal.«

Auf dem Flur blieb Madelene stehen und ließ das Gebäude auf sich wirken. Es hatte Adams Dynamik, es war jung, intensiv arbeitsbesessen, vorwärtsstrebend kompetent. Ein Ort, an dem jeder ohne relevante Aufgabe sich sehr leicht im Weg fühlte. Um dieses Gefühl zu dämpfen, trank sie aus der Flasche. Als sie die Tränen abwischte, sah sie über ihrem Kopf Adams Namen und Titel. Sie war vor seinem Büro stehengeblieben.

Sie setzte die Sonnenbrille auf und trat ein.

Sie kam in ein Vorzimmer, eine Frau auf einem Drehstuhl schwenkte herum und machte Front gegen sie.

Madelene war Adams Sekretärin fünf- oder sechsmal begegnet, und jetzt hatte sie einen Augenblick lang das Gefühl des freien Falls. Dann füllte sie ihre Rolle von innen her aus.

»Ich bin mit Adam Burden verabredet«, sagte sie.

Die Sekretärin lächelte freundlich, unpersönlich und gewandt, ein Lächeln, das besagen sollte, daß in keiner Weise eine Verabredung vorliegen könne, denn wenn das der Fall wäre, hätte sie diese ausgemacht, was nicht der Fall war, die Vergeßlichkeit lag also nicht bei ihr, trotzdem besaß sie die Großzügigkeit, darüber hinwegzusehen.

»Leider«, sagte sie, »hat er eine wichtige und lange Sitzung in der Stadt.«

»Ist er irgendwo, wo ich ihn telefonisch erreichen kann?«

Das Gesicht wurde nun kalt. Die Höflichkeit, die von Anfang an rationierte Höflichkeit, war aufgebraucht.

»Das ist leider ausgeschlossen. Wie war doch gleich Ihr Name?«

Madelene starrte die Frau vor ihr fasziniert an. Die Perfektion ihrer Kleidung, ihre abweisende Autorität. Adam hatte einmal gesagt, ein großer Chef sorge dafür, daß die Menschen um ihn herum nie Fehler begingen. Die Frau wirkte unfehlbar. Dann dachte sie an Adams Flucht im Morgengrauen, an seinen Widerwillen gegen jede Nähe, an die Türen, die er zwischen sich und die Welt schob. Die Frau vor ihr war eine solche Barriere. Sie beugte sich vor.

»Ich komme nur, um zu hören, wo er letzte Nacht abgeblieben ist«, flüsterte sie.

Die Sekretärin versuchte auszuweichen, indem sie ihren Stuhl zurückschob, Madelene folgte ihr, immer näher, bis die Frau ihr eigenes berstendes Spiegelbild in der Sonnenbrille sehen und das Äthanol einatmen konnte.

»Und dann noch auf dem Fleischmarkt«, fuhr Madelene fort. »Was würden Sie sagen?«

Die Sekretärin hatte den Rücken an der Textverarbeitungsanlage, alle Fluchtmöglichkeiten waren versperrt. Sie hielt die Armlehne ihres Stuhls umklammert.

»Sie können ihm ausrichten«, sagte Madelene, »wenn er keine höllisch gute Erklärung hat, rufe ich seine Frau an.«

Die Hand der Frau fand auf dem Schreibtisch einen gelben Zettel mit Adams Schrift. Sie streckte ihn Madelene hin.

»Vielleicht möchten Sie ihn selber anrufen, um ihm das zu sagen«, sagte sie.

Madelene nahm den Zettel und zog sich zurück.

»Vier Stunden«, sagte sie. »Zwischen Gefrierhähnchen und Naturdärmen. Bestellen Sie ihm das.«

Selbst unter solchem Druck fand die Sekretärin noch die Kraft zu einem letzten Ruck.

»Von wem darf ich grüßen?« fragte sie.

Madelene dachte nach.

»Von Priscilla«, erwiderte sie. »Priscilla vom Forschungscenter der Schlachthöfe.«

Dann schloß sie die Tür hinter sich.

Auf dem Flur blieb sie stehen und starrte blind in die Luft. Madelene hegte vielfältige Gefühle für ihren Mann, nicht alle ungemischt. Ihr Vertrauen war jedoch rein gewesen. Es gab Seiten an Adam und in seinem Leben, die sie nicht verstand. Aber sie war sich immer sicher gewesen, daß sie die meisten mit der Zeit begreifen und akzeptieren würde. Nun stand sie vor der ersten direkten Lüge ihrer Ehe. Adam war zu Hause im Wintergarten, das wußte sie. Aber bei seiner Sekretärin hatte er einen Zettel hinterlassen, auf dem *Earp. Vet. Inst.* stand.

Madelene setzte gierig die Flasche an. Dann ging sie den Flur zurück.

Der Veterinärodontologe saß immer noch so da, wie sie ihn verlassen hatte. Madelene legte Adams Zettel vor ihn hin.

»Doktor«, sagte sie, »da war noch eine Frage, die ich vergessen habe. Das Center erwägt eine Zusammenarbeit mit dieser Institution. Könnten Sie mir im Vertrauen ein paar Worte über das Institut sagen?«

Der Arzt sah aus dem Fenster, über den abgedeckten Bauplatz hinweg, der bald zu The New London Regent's Park Zoological Garden werden würde.

»Ich habe mehr als genug damit zu tun, die Leute hier bei der Stange zu halten«, sagte er.

»Ich hatte wirklich auf Sie gehofft«, sagte Madelene. »Man spricht von Ihren sagenhaften Kontakten.«

Der Arzt warf einen Blick auf das Papier und sah erneut aus dem Fenster.

»Geben Sie es auf. Habe nie davon gehört. Dieses Institut liegt jedenfalls nicht in London.«

Madelene blieb stehen. Der Arzt langte hinter sich und holte ein dickes Nachschlagewerk hervor.

»Royal College of Veterinary Surgeons' Annual Registers and Directory. Führt alle Tierärzte und Hochschulen auf. Vollständig, aber voller unerträglicher Druckfehler.«

Er schlug auf, schloß das Buch, stellte es zurück.

»Man hat Sie schon wieder an der Nase herumgeführt. Es gibt in England keine Institution mit diesem Namen.«

Er sah Madelene über seine Bifokalgläser hinweg an.

»Es ist überall das gleiche. Wir ersaufen in Untauglichkeit und Inkompetenz. Und dann so eine nette und höfliche Dame wie Sie.«

Vorsichtig versuchte Madelene den Schreibtisch loszulassen, um zu sehen, ob sie allein stehen konnte.

»Doktor«, sagte sie langsam, »vielen, vielen Dank. Von mir und dem Forschungscenter.«

Eine Stunde vielleicht lief Madelene zu Fuß durch London, bevor sie ein Taxi nahm, und sie ging so behutsam und vorsichtig, wie ihr Zustand es zuließ.

Sie bekümmerte sich nicht um sich selbst und dachte nicht daran, daß sie einen Betrug begangen hatte und selbst Zeugin eines solchen geworden war. Sie wachte über ein neues inneres Wertgefühl. Zum erstenmal, soweit sie zurückdenken konnte, war sie neben sich getreten und zu einer anderen geworden. Sie war nicht mehr einfach nur Madelene. Am Rande ihres eigenen Wesens ahnte sie die Umrisse einer anderen Frau, die ebenfalls sie war. Diese andere war es, die sie auf ihrem Heimweg durch London beschützte.

Wieder in ihren Zimmern, nahm sie ihr Gesicht mit einem Baumwollappen ab und legte sich auf das Bett. Sie war ohne Erklärung von Mombasa Manor fortgewesen, und niemand hatte etwas gemerkt. Aber in einem anderen Teil der Stadt hatten drei Menschen eine fremde Frau getroffen, die anders war als Madelene und doch identisch mit ihr: Priscilla vom Forschungscenter der Schlachthöfe.

5

Als sie aufwachte, zeigte die Uhr Mitternacht. Die Hitze im Raum war schwer und feucht, sie langte unter das Bett, ihre Karaffe war leer. Sie zog einen Morgenrock an, der Kontakt mit dem Stoff schmerzte, schwindelig und entkräftet machte sie sich auf die Reise zu den Quellen des Nil.

Das Haus versuchte ihr mit seiner Dunkelheit, seinen drohenden Schatten, mit dem Gefühl menschlicher Atemzüge den Weg zu versperren. Die flachen Steine des Hofes brannten unter ihren nackten Füßen, und der Himmel war schwarz. Die Luft aber hatte einen Hauch Kühle. Sie trat auf den Kies und ergriff die Türklinke zum Arbeitsraum. Die Tür war verschlossen.

Zuerst erstarrte sie angesichts dieser neuen und fremden Geheimniskrämerei. Für die Außenüberwachung war Mombasa Manor derselben Wachgesellschaft angeschlossen wie die übrige Straße. Doch die Türen des Hauses waren normalerweise nicht verschlossen. Dann lächelte sie. Wie alle vorausschauenden Expeditionsleiter hatte auch sie auf ihrer einsamen Reise Depots angelegt.

Das große Süßwasserbassin des Arbeitsraumes hatte ein Abflußbecken, das durch die Mauer ging. Darin standen Reihen von Gläsern mit Wasserproben. Madelene schloß die Augen, tastete sich durch Wasserpflanzen und Goldfische hindurch und zog ein Glas heraus, scheinbar wie die anderen. Sie schraubte den Verschluß ab, trank vorsichtig und atmete aus. In dieser Flüssigkeit konnten keine Kaulquappen heranwachsen. Sie war kristallklar, fünfundfünfzig Prozent Äthanol.

Sie setzte sich auf das Steinbecken. Die Wolken über ihr rissen auf, die Milchstraße trat hervor. Aus dem Becken drang ein Rieseln wie von Kopenhagens Springbrunnen und Kanälen. Sie prostete sich zu. Sie fand es gemütlich, dies war ein richtiger traulicher dänischer Abend, der schöne Abschluß eines schönen Tages.

Sie dachte an den Affen. Daran, wie einsam er jetzt sein mußte, ohne kleine Hilfsmittel, um sich die Einsamkeit zu versüßen. Hatte man eigentlich schon jemals von saufenden Tieren gehört? Nein. Andererseits hatte man auch noch nie von Erasmus' krummem Zahnbogen gehört. Und zum Trinkenlernen war es wohl nie zu spät. Schließlich konnte man Schimpansen ja auch die Zeichensprache beibringen.

Madelene legte sich in das Becken. Auf den Knien, das Glas hoch über das Risiko der Verwässerung erhoben, kroch sie in die Werkstatt. Sie trat in den Wintergarten und machte das Licht an. Die Fenster bedeckten schwarze Verdunkelungsrollos. Der Käfig war so, wie sie sich erinnerte. Aber der Affe war weg.

Sie blieb an der Glaswand stehen, bis sie ganz sicher war. Dann schloß sie die Tür auf und trat ein.

In dem Augenblick, in dem wir begreifen, daß wir etwas verloren haben, in dem das Verlangen blutet und das Bewußtsein noch nicht geronnen ist, steht die Bedeutung des Verlorenen am deutlichsten vor uns. Während sie durch den leeren Käfig ging, wurde Madelene klar, daß sie den Affen vermissen würde.

Sie hatte nie ein Tier gehabt. Ohne Neid, ohne sich etwas

Entsprechendes zu wünschen, hatte sie die Shetlandponys, Golden Retriever und Hamster ihrer Freundinnen betrachtet, und von Anfang an hatte sie gewußt, daß das Pferd zwischen den Beinen, der Welpe an der Brust und das Meerschweinchen im Bett für etwas anderes standen. Schweigend, ohne etwas anderes als Mitleid zu fühlen, war sie immer wieder Zeugin dieses Bankrotts der emotionalen Illusion gewesen, wenn die Tiere dann der täppischen Kindlichkeit entwuchsen, groß und aufdringlich geschlechtlich wurden und man sie aus dem Mädchenzimmer in das Freigehege verwies, wo sie die aus der Einsamkeit logischerweise hervorgehende tierpsychopathische Bissigkeit entwickelten, die darin gipfelte, daß sie den Postboten bissen und die Familie fünfzigtausend Dänenkronen Schadensersatz plus siebenhundert Kronen für das Einschläfern kosteten.

Jetzt, hier im Käfig, wußte sie, daß die Tiere damals an etwas anderes, an Kinder, Eltern, Puppen, Männer erinnern sollten, der Affe sie in seiner geduldigen Machtlosigkeit dagegen an sie selbst erinnert hatte.

Die Verlassenheit senkte sich auf sie nieder. Sie trank aus dem Probeglas, als rituellen Abschied, als Leichentrunk, als eine kleine, exklusive Good-bye-Party für einen fortgegangenen Freund. Während sie trank, ging sie langsam quer durch den Käfig und kam damit an die einzige Stelle im Raum, von wo aus der Affe zu sehen war.

Sie bog die Zweige auseinander. Erst sah es aus, als sei die Vegetation unter dem Tier zu einem Bett zusammengewachsen, dann sah sie, daß es auf einem Geflecht lag. Ohne etwas zu brechen oder zu zwingen, hatte es Zweige und Blätter zusammengezogen und zu einer Unterlage geflochten, die auf der Seite zum Glas hin verborgen war durch eine graubraune, abgestorbene Vegetation von der gleichen Farbe wie der Pelz des Tieres, was es von außen her unmöglich machte, die Konstruktion zu sehen. An der einzigen Stelle des Raumes, wo die Vegetation ein Dickicht bildete, das ihn verbergen konnte, schien der Affe in Schulterhöhe in einer virtuosen Tarnung zu schweben.

Madelene setzte sich auf einen Ast.

»Du bist unsichtbarer, als du denkst«, sagte sie. »Dich gibt es überhaupt nicht.«

Sie deutete auf die Zähne des Affen.

»Wie die Hummel. Die kann nicht fliegen, das kann man beweisen. Aber selber weiß sie es nicht. Sie fliegt also trotzdem.«

Sie trank auf die Hummel.

»Machst du mal den Mund auf?« fragte sie.

Sie sperrte demonstrativ den Mund auf.

Die Lippen des Affen teilten sich zögernd, er öffnete den Mund.

Madelene sah den rotweißen Rachen, das kräftige Zahnfleisch, den wie ein Sandboden geriffelten Gaumen, den Speichelspiegel unter der Zunge. Sie sah die beiden kleinen Molaren an jeder Seite, die Inzisalkanten der Schneidezähne, die kegelförmigen Dolche der Eckzähne, den krummen, humanoiden Zahnbogen. Sie sah das Original zu Adams genauem Zahnschema. Doch sie sah es wie im Vorübergehen, als Detail von etwas weit Wichtigerem.

In dem Moment, als der Affe den Mund öffnete, war nicht nur sein Zahnbogen humanoid, sein ganzes Gesicht war einen kurzen Augenblick lang menschlich, und nicht nur menschlich im abstrakten Sinne, sondern menschlich wie ihr eigenes. Der Affe ahmte in diesem Augenblick ihre Bewegungen nach, nicht als Karikatur, denn eine Karikatur ist in ihrer Vergröberung immer unwirklich. Er ahmte sie vollständig realistisch nach.

Das Erlebnis dauerte den Bruchteil einer Sekunde, es war, als blicke man auf eine Flüssigkeit, zum Beispiel reinen Alkohol, hinunter, und auf einmal wird die Oberfläche absolut still, und man sieht sein eigenes Spiegelbild und dahinter einen Abgrund, und man fühlt sich hinuntergesogen und weiß einen Augenblick lang nicht, ob das Spiegelbild das wirkliche Ich ist.

Dann verwischte sich die Reflexion, das Tier lehnte sich zurück, und Madelene leerte ihr Glas. Sie schenkte sich sofort mit beiden Händen wieder ein, trank die Hälfte, mußte das Glas absetzen, um Luft zu kriegen, wollte wieder danach greifen. Aber sie konnte nicht, eine Art Platte lag darauf. Sie sah an der Platte hoch und begegnete den Augen des Affen. Der hatte seine Hand auf das Glas gelegt.

Madelene zog sich zurück.

»Nein«, sagte sie, »du hast ganz recht.«

Blätter und Schlingpflanzen glitten hinter ihr wieder zurück, wie herbeiströmendes Wasser, bald waren nur noch die Augen des Affen zu sehen, dann schloß sich die Vegetation, und das Tier war verschwunden.

6

Als Madelene und Adam ein halbes Jahr verheiratet waren, hatte Andrea Burden in ihrem Haus in Mayfair eine Gesellschaft gegeben, deren Zweck es angeblich war, Madelene in der Familie willkommen zu heißen. Eine Minute nach ihrer Ankunft hatte Madelene versucht auszureißen, aber Adam hatte sie zurückgehalten.

Anwesend waren gut zwanzig Familienmitglieder, ein Ausschnitt der jetzigen und künftigen englischen Machtelite, Männer, die ihren ersten maßgeschneiderten Frack mit fünf bekommen, und Frauen, die seit ihrer Geburt Dienstboten zum Herumkommandieren gehabt hatten. Ungeachtet ihres Alters waren alle, vom jüngsten Teenager bis zum siebzigjährigen Sir Toby, dem Regierungsberater für Veterinärfragen, in Andrea Burdens Gesellschaft so nervös gewesen wie kleine Fische, die den Schatten des Hechts spüren.

Die Gesellschaft war, in Champagner getaucht, durch eine Reihe von Zimmern geschwommen, die sich nach innen öffneten und in ein Speisezimmer mündeten, das aussah wie ein vergoldeter Fischkasten, erleuchtet nur von Lüstern, die sich in den polierten Edelmetallen des Services vervielfältigten, und wo so viele Ölgemälde an den Wänden hingen, daß man die Tapete nur an den Stellen sah, wo ein

Gemälde abgenommen und durch einen kleinen weißen Zettel von Lloyd's Underwriters ersetzt worden war, der Auskunft darüber gab, für welche Sonderausstellung das Bild zur Zeit ausgeliehen war.

Hier hatte Andrea Burden eine Rede gehalten, in der sie jedem einzelnen der Anwesenden – die Madelene alle noch nie gesehen hatte – für seine Unterstützung dankte bei der Einrichtung einer *development corporation* – ein Ausdruck, den Madelene hier zum erstenmal hörte –, für Primrose Hill, Gloucester Gate und Albert Terrace – Örtlichkeiten, die Madelene nicht einzuordnen wußte. Von diesem verbalen Teil der Begrüßung hatte Madelene deshalb absolut nichts verstanden, doch während Andrea Burden sprach, hatte Madelene sie betrachtet und gesehen, daß Adams Schwester weder eine voluminöse Bienenkönigin noch eine sehnige und energische Spinne war, sondern schlank, glatt, engelhaft und lebensgefährlich und daß sie, indem sie alle diese Leute um sich versammelte, unter anderem die Absicht verfolgt haben mußte, so viele wie möglich auf einen Streich zu erwischen. Die Rede war dieser Streich, und danach kam die Gesellschaft nicht mehr hoch. Aufrecht sitzend hörten sich die Gäste die Rede an, den Blick auf die Tischdecke gerichtet, ohne Fluchtmöglichkeit, festgehalten in einer Artgenossenschaft, die einen Ameisenhaufen unter dem scheinbaren Chaos der Oberfläche in strammer Disziplin zusammenkittet. Hinterher aß man immerhin ein Dessert, wobei auch eine zaghafte Konversation in Gang kam. Madelene merkte, daß die Geladenen nicht das erstemal geprügelt worden waren und eine hohe Schmerzschwelle aufgebaut hatten. Doch die Gesellschaft insgesamt war groggy, ein Paar nach dem anderen schlich sich davon und wurde von Andrea Burden, die die fadenscheinigen Entschuldigungen gnädig akzeptierte, mit Wangenkuß zur Tür geleitet.

Als nur noch Adam und Madelene übrig waren, sank die Gastgeberin vor ihnen in einen tiefen Sessel und sah Madelenes mit Cognac gefülltes Rotweinglas an.

»Sie ist nicht so leicht einzuschüchtern«, sagte sie zu Adam.

In diesem Augenblick hatte Madelene gespürt, daß Adams Schwester von komplizierteren Motiven als gewöhnlicher Boshaftigkeit getrieben wurde, und in einem Anflug von Neugierde hätte sie die andere Frau gern verstanden.

Kurz darauf hatte Andrea Burden sie zur Tür begleitet. Sie waren schon drei Stufen die Treppe hinunter, als sie hinter ihnen herkam.

»Tut mir leid, das sagen zu müssen, Adam, aber in der Küche haben sie nachgezählt, es fehlt eine Gabel.«

Adam blieb stehen und starrte stumm in die Nacht.

»Ihr seid natürlich über jeden Verdacht erhaben. Ich wollte es nur sagen. Es ist ja immerhin C. J. Vander.«

»Ich schicke eine neue«, preßte Adam durch die Zähne.

Dann hatten er und Madelene sich aneinandergelehnt, sie quallig weich vom Alkohol, er steif vor unterdrücktem Zorn, und zusammen waren sie in die Nacht hinausgestakst.

Seitdem hatte Madelene Andrea Burden nur kurz und flüchtig gesehen, bis diese vor drei Tagen den Affen abgeliefert hatte. Jetzt war sie wieder auf dem Weg zu ihr. Sie saß zum zweitenmal innerhalb von zwei Tagen in der Untergrundbahn, nun in Richtung Aldgate, und versuchte mühsam, ihr doppeldeutiges Bild von Adams Schwester zu rekonstruieren.

Madelene hatte diesen Tag damit begonnen, ihr Leben zu ändern.

Sie war zwei Stunden früher als sonst aufgewacht, nach einem kurzen, aber tiefen Schlaf, in dem Glauben, die letzten beiden Tage seien ein böser Traum, ein Delirium gewesen und sie werde jetzt von vorn anfangen. Sie wußte, noch bevor sie ganz wach war, daß Liebe der wirkliche Sinn des Daseins ist und daß sie jetzt für Adam leben wollte, selbstlos, nach dem Vorbild ihrer Mutter, vielleicht sogar aufhören würde zu trinken, und nach einem kurzen und intensiven Einsatz vor dem Spiegel eilte sie, noch im Morgenrock, in die Küche hinunter, wo sie Mrs. Clapham überredete, Adam selbst empfangen zu dürfen.

Sie machte ihm Tee und toastete Brot. Sie brachte ihn zur Garage, und als das Auto um die Ecke gebogen und außer Sicht war, ließ ein Impuls sie lostraben, durch den Küchengarten und durch die kleine Mauerpforte auf den Bürgersteig hinaus. Sie wollte dort überraschend und bildschön stehen und winken, wenn er vorbeifuhr. Sie hörte das elektrische Tor summen und hatte bereits die Hände gehoben, als ihr klar wurde, daß sich Adams Aston Martin entfernte, daß er an diesem Morgen zum erstenmal nach rechts und nicht nach links abgebogen war.

Rechts war die verkehrte Richtung, das war Osten, die dem Regent's Park und dem Institut entgegengesetzte Richtung, und zuerst blieb Madelene bloß stehen. Danach streifte sie ihre Slipper ab und begann zu laufen.

Sie bog um die Ecke und erhaschte gerade noch einen letzten Blick auf den Kofferraum des Autos. Während sie noch winkte und rief, fuhr einige hundert Meter weiter ein Wagen von der Bordsteinkante los, und gerade als Madelene sah, daß es dasselbe weiße Auto mit demselben grauen Mann war, den Clapham einmal abgewiesen und den sie selbst später wiedergesehen hatte, bog ein Transporter mit dem Bild eines Hundes an der Tür auf die Straße und folgte dem weißen Auto, das Adam nachfuhr, und keiner der beiden Fahrer der Verfolgerautos sah Madelene, die verlassen zurückblieb, ohne jemanden, dem sie winken konnte, und Zeugin eines Musters, das sie nicht verstand.

Wieder in ihrem Zimmer, auf ihrem Bett, angelte sie mit zitternden Händen ihre Karaffe hervor, sah sich verschreckt wie der Hirsch am Flußufer um und trank schnell nacheinander zwei halbe Gläser.

Sie wurde sofort ruhiger. Normalerweise setzte der Alkohol in Madelene einen inneren Vergnügungspark mit Achterbahn in Gang. Hatte man sich erst einmal hineingesetzt, war es unmöglich, im voraus zu wissen, in welche Richtung man geschossen werden würde. Diesmal wurde sie jedoch nirgendwohin geschossen, diesmal versenkte die Flüssigkeit sie in eine weiche, wollüstige Sentimentalität. Sie dachte an Adam, an seine Unerschütterlichkeit und an seinen Schwung. Sie begann zu weinen. Mit ihren Tränen wässerte sie den rosa Satin, und empor wuchs der Wunsch nach der großen Versöhnung. Sie mußte ihn sofort sehen. Sie mußte ihn haben, jetzt, physisch, in sich. Egal, wo, wenn es sein mußte, in seinem Büro.

Sie griff nach dem Telefon und wählte die Durchwahl, und so stark war ihre Sehnsucht nach seiner Stimme, daß gar kein Erstaunen in ihr aufkam, als die Sekretärin antwortete.

»Kann ich mit Adam sprechen?« fragte sie.

Der Stimme der Frau und ihrer Antwort entnahm Madelene dreierlei. Daß die Sekretärin glaubte, sie spreche mit Priscilla, daß sie von vornherein allen Widerstand aufgegeben hatte und daß Adam die Welt einmal mehr betrogen und zugleich seine Spuren verwischt hatte.

»Mr. Burden arbeitet zu Hause«, sagte sie. »Kann ich ihm etwas ausrichten?«

Madelene lehnte sich an die Wand. Wäre sie allein gewesen, wäre das Gespräch an dieser Stelle zu Ende gewesen.

Aber sie war nicht allein. Die Sekretärin hatte einen Geist beschworen, und der materialisierte sich jetzt. Priscilla nahm Madelene den Hörer aus der Hand.

»Schreiben Sie«, sagte sie. »Dein Körper bedeutet mir mehr als aller durchwachsene Speck auf dem Smithfield-Fleischmarkt.«

Dann hängte sie ein und stand auf.

Sie ging auf den Flur, die Treppe hinunter und durch das Haus, nicht mit einem bestimmten Ziel, sondern weil sie zu aufgewühlt war, um stillsitzen zu können. An der Tür zur Terrasse stand Clapham.

»Darf ich Ihnen eine Tasse dampfend frischen Mokka anbieten?« fragte er.

Madelene nahm die Rose entgegen, die er ihr reichte.

»Wenn er stark ist«, erwiderte sie.

Er war stark, schwarz und dickflüssig wie Ölfarbe, und beim Trinken ruhten Madelenes Augen nachdenklich auf Clapham. Er fühlte sich wohl, entspannt, die Situation war die übliche. Zurückgelehnt tat er seine Pflicht und übte zugleich die autoritative Kontrolle des Hausverwalters über seine ihm nur im formalen Sinne Vorgesetzte aus.

Er glaubte, sie seien wie gewöhnlich allein auf der Terrasse. Nur Madelene ahnte den Schatten der anderen Frau, der auf den Tisch fiel.

»Der Wagen, den Sie gestern weggeschickt haben«, sagte sie sanft, »ich weiß nicht, ob mich das etwas angeht?«

Clapham leerte seine Tasse und stellte sie mit der definitiven Geste eines Handwerkers verkehrt herum ab.

»Die Arbeit ruft«, sagte er.

Madelene wurde es schwarz vor Augen. Gerade jetzt hätte sie es mehr als je zuvor gebraucht, daß er sitzen geblieben wäre. Daß er – im übertragenen Sinne – den Kopf in ihren

Schoß gelegt und ihr Freundlichkeit und auch nur ein Quentchen Achtung erwiesen hätte. Statt dessen schloß er sich jetzt der Karawane an, die an diesem Morgen aufgebrochen war und sie in British Sahara allein zurückgelassen hatte.

»Setzen Sie sich!« sagte sie.

Clapham erstarrte.

»Sie stehen doch wohl nicht auf, wenn ich mit Ihnen rede.«

Der Mann senkte den Kopf. Er spürte den Hieb, wußte aber nicht, wo die Schläge herkamen. Madelene wußte es selbst kaum. Nur Priscilla wußte, daß der Tonfall, den sie jetzt über Claphams Kopf schwang, Adams Tonfall war. Daß es die Stimme seines Herrn war, der der Mann vor ihr gehorchte.

»Das weiße Auto, Clapham?«

»Die Veterinärbehörden.«

Die Bezeichnung war beiden Frauen unbekannt, aber sie waren sich darüber im klaren, daß sie auf einer Welle ritten, die jederzeit brechen konnte, und daß keine Zeit blieb, zurückzuschauen.

»Was wollten sie?«

»Mr. Burden sprechen.«

»Und Sie haben gesagt?«

»Daß Mr. Burden nicht zu Hause sei.«

Madelene machte eine Pause und ließ die Situation für die letzte Frage reifen.

»Wo ist Mr. Burden?«

Claphams Gestalt verschloß sich. Madelene und Priscilla standen langsam auf.

»Wo ist Mr. Burden?«

»In Aldgate. In der Animal Welfare Foundation.«

Madelene setzte ihre Bewegung fort, und Clapham wich aus, als erwarte er wirklich einen Schlag.

Aber Madelene schlug nicht. Behutsam tätschelte sie der unwilligen, abweisenden, verständnislosen Gestalt vor ihr den Kopf.

»Danke für den Kaffee«, sagte sie.

7

In allen europäischen Großstädten gibt es in farblosen Randvierteln kleine Büros, in denen ältere Damen schlichten Vereinen, die sich in aller Unbemerktheit kultiviert für die Erhaltung des Igels, der Feldlevkoje oder der Wasserspitzmaus einsetzen, unentgeltlich ihre Zeit zur Verfügung stellen, und genau unter solchen Umständen hatte Madelene erwartet, Andrea Burden anzutreffen, doch was sie fand, war keineswegs so.

Das Vestibül im dreizehnten Stock des House of Animals in Aldgate war nicht farblos, sondern aktiv grau, und vor dem polierten Grabstein, auf dem das Verzeichnis der Räume eingraviert war, schwante Madelene etwas, was ihr bald zur Gewißheit wurde, als sie von zwei eisengrauen Sicherheitswächtern hereingelassen wurde, die sofort einen Herrn im grauen Anzug herbeiholten, und sie eine Fußwanderung hinter dem grauen Anzug her antrat, daß nämlich die Animal Welfare Foundation nicht in einem Büro oder in einer Bürolandschaft logierte, sondern daß der Verein den schwebenden Kontinent eines ganzen Stockwerks in einem der teuersten Gebäude der Welt besetzte.

Am Ziel dieser Wanderung saßen zwei Sekretärinnen in einem Zimmer, so groß wie das Antichambre eines Mausoleums, und unter anderen Umständen hätte sich Madelene jetzt vom Gewicht der Umgebung möglicherweise bedrückt gefühlt. Heute jedoch nicht. Im Laufe der zwanzig Minuten in der Untergrundbahn hatte sie Trost gefunden. Nicht nur in dem, was sie getrunken hatte, sondern auch und ganz besonders in der klaren Gewißheit, den Zweck ihres Kommens zu kennen.

Sie hatte ihre früheren Begegnungen mit Adams Schwester rekapituliert. Das war zwar ein hartes Stück Erinnerungsarbeit, da sie keineswegs nüchtern war und es damals erst recht nicht gewesen war, aber dennoch hatte es sie schließlich beruhigt, da sie letztlich meinte, daß hinter Andrea Burdens kühler Attitüde ein humanes und warmes Wesen existiere, und wenn Madelene jetzt etwas brauchte, dann Mitmenschlichkeit und Trost. Sie würde Adam in Andreas Gegenwart zur Rede stellen, die andere Frau würde die liebevolle und doch handfeste Schlichterin sein, und alles würde gut werden. Madelene war in den Zug gestiegen wie ein Tier, das flieht, weil ein Waldbrand seine Höhle erreicht hat; angekommen war sie jedoch als ein verirrtes Küken, das sich unter die Flügel der Henne flüchtet.

In Andrea Burdens Lächeln war, als sie in das Vorzimmer kam, auch wirklich etwas Mütterliches, der Kuß, den sie Madelene auf die Wange drückte, hatte Wärme, es lag etwas Beschützendes in der Art und Weise, wie sie Madelene in ihr Büro führte und die Tür hinter ihnen schloß.

Direkt von der Tür aus verpaßte sie ihr darauf leise die erste gerade Rechte.

»Madelene, meine Liebe«, sagte sie. »Was darf ich dir so früh anbieten? Ein großes Glas Gin?«

Der Alkohol war Madelenes persönlichstes Geheimnis. Er war eine innere, von Flüssigkeit erfüllte Herzkammer, und bis jetzt war sie überzeugt gewesen, daß es ihr gelungen war, sie vor der Außenwelt geheimzuhalten.

In der jetzt entstehenden Leere suspendierter Wirklichkeit dachte Madelene daran, daß Tiere sich vom Menschen in erster Linie durch die Konstanz ihres Bewußtseins unterscheiden. Die Dynamik war das Erschreckendste an der ständigen Unsicherheit, deren Opfer sie war. Es gab Tage, da zweifelte sie an ihrem Körper, andere, wo sie um ihren Verstand fürchtete, wieder andere, wo ihr der Glaube an ihre Ehe, ihre Haare, ihre Finanzen, ihre Bewegungen, ihren Geruch, ihre Sinne abging. Und die Liste der Möglichkeiten war unendlich. Immer wenn sie glaubte, jetzt verfüge sie wirklich über eine zwar lange, aber immerhin endliche Liste der Formen ihres Selbsthasses, trat er in noch nie dagewesener Gestalt auf.

Der Gegensatz zu diesem inneren Ungleichgewicht war das Gesicht vor ihr. Andrea Burden betrachtete sie mit der forschenden, gefühllosen Neugierde eines Reptils.

Der Raum war leer, keine Spur von Adam. Wie die Dinge lagen, war es besser so. Madelene ließ sich auf einen Stuhl fallen.

»Ich wollte das hier nur mal sehen«, sagte sie.

»Ein Arbeitsplatz muß anregend wirken. Auf jemanden, der selbst nichts tut.«

Madelene wußte, daß ihre Zeit vorbei war. Sie wollte sich jetzt einen Elefantenfriedhof suchen, zu dem sie sich hinschleppen und wo sie sterben konnte. Sie hatte nur nicht die Kraft, vom Stuhl aufzustehen.

»Ein kleines Glas wäre schön«, sagte sie.

Ein Glas wurde vor ihr hingestellt.

»Weshalb sieht es hier so aus?« fragte sie.

»Die gefährdeten Tierarten und die beliebtesten Nutztiere ziehen große Summen an. Wir verteilen dieses Geld.«

»Hier sieht es aus wie in einer Totengruft.«

»Der Tod ist vertrauenerweckend. Jede Bank ist eingerichtet wie ein Grabgewölbe.«

»Wo ist Adam?«

Andrea Burden antwortete nicht. Sie war hinter den Stuhl getreten, Madelene spürte ihre Hände auf der Rückenlehne des Stuhls.

»Die Aussicht mußt du unbedingt sehen«, sagte sie. »Bevor du gehst.«

Der Stuhl unter Madelene wankte. Die andere Frau hatte sie und den Stuhl um hundertachtzig Grad gedreht.

Madelene schloß die Augen, weil der Gin brannte und wegen des überrumpelnden Machtaufgebots. Jetzt machte sie die Augen wieder auf.

Drei Wände des Raumes bestanden aus Spiegelglas. Unter und vor ihnen lag London, fern und unwirklich.

Andrea Burden war stehengeblieben, wie ein Pfleger hinter einem Rollstuhlpatienten.

»Na, was meinst du?« fragte sie.

London war keine Stadt, das sah Madelene jetzt, denn eine Stadt hört irgendwo auf. Die unregelmäßige, wogende Steinfläche unter ihr hatte keine Begrenzung. Wo die Erdkrümmung den Horizont bildete, waren immer noch Häuser, bis zu den sichtbaren Grenzen des Alls.

Sie sah, daß die Stadt für nur ein Klima zu groß war. Um sie herum, über dem St. Katharine's Dock und der Themse, schien die Sonne. Über der neuen City war das Wetter grau. Nach Osten zu, über den Docklands, regnete es. Über der Südseite des Flusses hing eine gelbe Decke aus Industriesmog.

»Wie kann man hier überhaupt leben?« fragte sie.

»Wir passen uns an. Sogar an eine solche Existenz. An dieser Anpassungsfähigkeit erkennt man den Menschen.«

Andrea Burden trat neben dem Stuhl ans Licht.

»Zwanzigtausendfünfhundert Hähnchen«, sagte sie. »Pro Tag. Um London zu ernähren. Fünftausendachthundert Schweine. Eintausendfünfhundertzwanzig Ochsen. Sechstausend Schafe. Laut Meat and Livestock Commission. Die Stadt nimmt täglich zwei Millionen Kilo tierisches Eiweiß zu sich. Man könnte London als monströse Maschine zur Verarbeitung von Nutztieren betrachten. So sehe ich die Stadt allerdings nicht. Die Schlachthöfe sind ja nur ein kleinerer Teil des Phänomens. Wenn wir mal über die simple Ernährung hinausschauen, kommen wir zuerst zu den Arbeitstieren. In Groß-London gibt es bei den Wachgesellschaften mindestens fünftausend Wachhunde. Mindestens fünftausend Pferde werden als Zug- oder Reittiere benutzt. Viertausend Rennpferde verteilen sich auf fünfzig Ställe. Zweitausend Polizei- und Kavalleriepferde, dreitausend Greyhounds, dreitausend Brieftauben. Darüber hinaus die Tiere, die andere Bedürfnisse befriedigen. Nach Londons Statistik gibt es unter uns schätzungsweise eine Million Hunde, anderthalb Millionen Katzen, fünf Millionen von allen möglichen kleinen Käfigvögeln, zwei Millionen kleinere Nager wie Meerschweinchen, und die Anzahl der Kriechtiere und Fische können wir nur raten. Nicht zu vergessen die Tiere in den privaten und öffentlichen wissenschaftlichen Versuchslaboratorien, in den Pharmafabriken, die Nutztiere in *city farms*, in den Veterinärinstituten und so weiter. Eine Gruppe, die man hier in London und Umgebung auf zehn Millionen veranschlagt, Tiere, die größenmäßig von der Spitzmaus bis zum Moschusochsen reichen. Und all das zusammen, diese mehr als zwanzig Millionen Lebewesen, sind ja nur ungefähr die Hälfte. Die andere Hälfte ist das, was wir das animalische Lumpenproletariat der Großstadt nennen könnten. Die herrenlosen Hunde, die verwilderten Katzen, die Gruppe der halbwilden Tiere, die sich dem Großstadtbiotop anzupassen versuchen, die Füchse, Tauben, Stadtmäuse, Möwen, Ratten, Insekten. Die zoologischen Gärten oder die Aquarien haben wir dabei noch nicht mal erwähnt.«

Andrea Burden war mit dem Rücken zu Madelene an das Fenster getreten. Jetzt drehte sie sich zu ihr um.

»London ist nicht nur ein Organismus, der Tiere umsetzt. Es ist etwas weitaus Umfassenderes. Unsere Biologen schätzen, daß es in der Stadt über dreißig Millionen nichtmenschliche Wesen gibt, auf zehntausend Arten verteilt. Sie sagen, die animalische Biomasse pro Quadratkilometer betrage fünfundsiebzigtausend Kilo. Weißt du, was das heißt?«

Madelene schüttelte den Kopf.

»Das heißt nicht nur, daß es in London mehr Tiere gibt als in irgendeinem englischen Eichenwald, ja als überhaupt irgendwo in England. Es bedeutet auch, daß wir hier ein größeres Tiervorkommen haben als zum Beispiel Mato Grosso in der Trockenzeit. London ist eines der größten Habitate für nichtmenschliche Wesen auf unserer Erde überhaupt.«

Madelene sah auf die Stadt hinaus, in ihr inzwischen geleertes Glas und wieder auf die Stadt.

»Na und?« sagte sie.

Das war nicht grob gemeint, aber ausgesprochene Höflichkeit erfordert Energieüberschuß, und Madelene fuhr auf dem Reservetank.

»Ich bringe dich raus«, sagte Andrea Burden.

Sie half Madelene vom Stuhl auf. Der Teppich unter ihren Füßen hatte jetzt Schlammqualität.

»Wir Menschen«, sagte Madelene, »wir sind ja wohl auch noch von Bedeutung?«

»Wir haben gewählt. Die Tiere wurden einfach hergebracht. Mich interessieren die Opfer.«

Andrea Burden steckte die Ginflasche in eine braune Papiertüte und reichte sie Madelene.

»Nimm die Flasche für unterwegs. War nett, dich zu sehen. Wenn du ein andermal bitte vorher anrufen würdest.«

Madelene stützte sich am Türrahmen ab und inspizierte das Gesicht vor ihr. Ihr ging auf, daß sie bei der anderen zum Examen gewesen war. Und daß sie durchgefallen war, ohne überhaupt zu begreifen, in welchem Stoff man sie geprüft hatte.

»Du hast was vergessen«, sagte sie. »Die Tiere, mit denen die Verhaltensforscher arbeiten.«

Adams Schwester nahm ihren Arm, um sie hinauszuschieben, ihr Blick war bereits abwesend.

In Madelenes Innerem trafen fünf Bilder zusammen, London, der Affe, Adam, Priscilla und die Kälte in dem Gesicht vor ihr, sie verschmolzen und flammten auf.

»Eigentlich bin ich gekommen, um zu sagen, daß ich eine strenge Erziehung genossen habe«, sagte sie. »Mit Ungesetzlichkeiten habe ich mich immer fürchterlich schwer getan. Ich kann nachts nicht schlafen. Kriege Halsentzündung. Es ist der Affe. Bei uns. Und das bei Adams Stellung. Von dir abgeliefert. Der Direktorin dieses vornehmen Vereins. An den Veterinärbehörden vorbei. Vielleicht muß ich zur Polizei gehen. Deswegen bin ich gekommen. Um das zu sagen.«

Andrea Burdens Bewegungen waren bis dahin flatternd und ruckartig gewesen, was Madelene bei ihrer ersten Begegnung als Zeichen von Fahrigkeit aufgefaßt hatte. Seither hatte sie jedoch gelernt, darin den Tanz des Fighters zu sehen, der den Gegner umkreist. Jetzt wurde Andrea Burden still. Sie hatte keine Zeit, ihr Gleichgewicht zurückzugewinnen, bevor Madelene erneut über sie herfiel.

»Vielleicht sollte ich ja auch direkt zur Presse gehen. Ich kann schon seit mehreren Tagen nichts mehr essen. Ich habe die ganze Zeit über gehofft, man würde mir eine Erklärung geben.«

Sie waren wieder am Fenster, und dort blieben sie stehen, am Rande des Abgrunds der Stadt.

Andrea Burden senkte den Kopf.

»Ich möchte dich in den Londoner Zoo einladen«, sagte sie. »Morgen. Bevor die Handwerker anfangen zu arbeiten. Wäre dir sieben Uhr recht?«

»Ich bin seit meiner Kindheit nicht mehr im Zoo gewesen«, sagte Madelene.

Sie gingen zurück zur Tür, Andrea Burden öffnete sie, im Vorraum wartete der graue Anzug.

»Das mit der Presse«, sagte Andrea Burden, »und mit der Polizei …?«

Madelene ließ sie eine Weile warten, bevor sie antwortete.

»Darüber müssen wir morgen reden«, erwiderte sie. »Im Zoo.«

8

Wenn Adam Burden zu Abend aß, war daran auf den ersten Blick nichts Auffälliges. Bei genauerem Hinsehen ging dies jedoch nach Regeln vor sich, die den Höhepunkt der vierhundert Jahre währenden Tischsittenevolution der Oberklasse verkörperten. Er begegnete dem Essen liebkosend, zerteilte es, führte dampfendheiße Bissen in das diskret entblößte Innere des Körpers, ließ unter sanftem Zwang Korken aus engen Flaschenhälsen gleiten, betupfte sensible Lippen mit einer Serviette, die zum Vorschein kam und spurlos wieder auf seinem Schoß verschwand, so daß sich kein Bratensaft an den polierten Gläsern absetzte, die nur am Stiel berührt wurden, damit der pochende Puls die Temperierung nicht beeinflußte. Wenn alles überstanden war und Mrs. Clapham das Geschirr abtrug und die Tischdecke entblößte, war auf dem weißen Tuch keine Spur von dem zu sehen, was sich da abgespielt hatte.

Madelene hatte von Anfang an gewußt, daß sie bei dieser täglich wiederkehrenden Äquilibristik nicht mithalten konnte. Wenn sie aß, hatte sie Hunger, in der Regel großen Hunger, weshalb das Essen fast ihr ganzes Bewußtsein erfüllte, und was noch übrigblieb, konzentrierte sich darauf, möglichst wenig zu kleckern und – immer häufiger – nicht vom Stuhl zu fallen. Deshalb blieben ihr nur sehr wenige überschüssige Kräfte, um Adams geistreicher Konversation folgen zu können. Längst hatte sie – als höfliche Dauerabonnentin – gelernt, mit ihrem Beifall an den richtigen Stellen einzusetzen, während ihre Aufmerksamkeit woanders weilte.

Nicht jedoch an diesem Abend. An diesem Abend war sie müde, aber interessiert. Nicht an dem, was Adam sagte, sondern an den Pausen im Redefluß, die ihren eigenen Auftritt ermöglichen würden. Madelene hatte sich an diesem Abend eine Rolle für sich selbst ausgedacht.

»Da war ein Herr hier«, sagte sie. »Von den Veterinärbehörden. Er hat sich darüber beschwert, daß Clapham ihn abgewiesen hat. Er wollte mit dir sprechen.«

Die Zerstreutheit wich aus Adams Gesicht. Erst wurde es leer. Dann überzog es sich mit einem feinen Angstschleier.

»Eine Dame hat auch noch angerufen.«

Adam erhob sich und zog sich rücklings an den leeren Kamin zurück. Das war eine Wintergeste, allerdings vergeblich, der Kamin war seit April kalt.

»Ihr Name war ... Priscilla oder so ähnlich. Sie wollte wissen, ob hier irgendwelche – Tiere seien.«

Adam gefror vor dem Kamin.

»Die Vögel«, habe ich gesagt. »Die wir im Park füttern. Und Claphams Goldfische. Aber sonst keine.«

Adam lehnte den Nacken an den Kaminsims.

»Ich habe mir gedacht, es sei wohl das beste, den Affen nicht zu erwähnen. Vielleicht ist er ja nicht, wie heißt das gleich? Gemeldet? Also falls Tiere gemeldet sein müssen. Oder wie? Würdest du mir das bitte sagen?«

Es dauerte eine Zeit, bevor Adam antwortete, und seine Stimme war heiser.

»Im Washingtoner Artenschutzübereinkommen sind alle Tiere je nach dem Grad ihrer vermutlichen Gefährdung in drei Gruppen eingeteilt. In diesen Listen aufgeführte Tiere sind offiziell dem dafür zuständigen Büro des Landwirtschaftsministeriums zu melden, das hierzulande die Einhaltung des Abkommens gewährleistet.«

»Was in diesem Fall nur nicht passiert ist«, sagte Madelene.

»Das Ministerium wird sich fast immer an uns wenden. Insofern vertrete ich die Kontrollbehörde.«

»Genau das erschreckt mich ja so«, sagte Madelene. »Deshalb war ich auch drauf und dran, mich dieser Priscilla anzuvertrauen und zu sagen, hören Sie mal, was passiert eigentlich, wenn die – wie heißt das noch gleich –, die Kontrollbehörden, wenn die selber gegen das Gesetz verstoßen, was dann?«

Was Adams Gedanken in dem jetzt entstehenden langen Schweigen erfüllte, waren nicht die Perspektiven dessen, was Madelene gesagt hatte. Es war auch nicht die Peinlichkeit der Situation. Er starrte die Person Madelene an. Er versuchte, hinter der Frau vor ihm den Menschen zu entdecken, den er vor nur siebzehn Monaten geheiratet hatte.

»Fünf Tage«, sagte er. »Er bleibt noch fünf Tage. Dann kommt er weg.«

Wer trinkt, verliert die natürliche, organische Müdigkeit. Während der letzten Monate hatte Madelene immer schwerer einschlafen können. Trotzdem nahm sie in dieser Nacht zwei Koffeintabletten und trank drei Tassen schwarzen Kaffee, um sich ganz sicher wach halten zu können. Dann setzte sie sich hin und wartete.

Um zweiundzwanzig Uhr fuhr ein Auto in den Hof. Vom Fenster aus sah sie, wie Adam zwei Männer in Empfang nahm, die darauf, zusammen mit Clapham, in den folgenden zwei Stunden Kisten verschiedener Größe aus dem Auto in den Wintergarten trugen. Danach fuhr das Auto weg. Um zwei Uhr morgens kam Adam heraus und ging auf seine Zimmer. Madelene gab ihm fünf Minuten, dann folgte sie ihm.

Als sie hereinkam, war der Raum leer, Adam war im Bad. Der lange Tisch an der Wand war von großen Papierbögen bedeckt, und auf den Papieren stand ein Glaskolben mit einem großen Gehirn in Spiritus.

Madelene hatte ihren Verstand bereits vor vielen Stunden abgeschaltet, ihre Handlungen wurden jetzt von Entschlüssen gesteuert, die zu einer anderen Tageszeit gefaßt worden waren, weshalb sie mit der instinktiven Neugierde, die einen Alkoholiker jedes neue Terrain auf ein mögliches Reservoir hin sondieren läßt, ohne nachzudenken, den großen Gummistöpsel abnahm und an der Flüssigkeit roch.

Das Bouquet, das ihr entgegenkam, war der süßliche, widerwärtige Geruch von Formalin.

Sie verstöpselte den Kolben und richtete sich auf. Das Gefühl, das sie erfüllte, war nicht Enttäuschung darüber, daß man zum Konservieren keinen Alkohol benutzt hatte. Es war die Angst, daß es das Gehirn des Affen sein könnte. Daß sie nach beendeter Untersuchung seinen Schädel geöffnet und sein Gehirn herausgenommen hätten.

Die Tür zum Bad ging auf und Adam trat ein. Sein Gesicht war grau vor Müdigkeit, die Augen waren rot wie bei einem Albinokaninchen.

Er blieb stehen. Er sah Madelenes Hand an dem Glas, erriet ihre Gedanken und dachte an das Abendessen.

»Das ist ein Schimpansengehirn«, sagte er. »Aus der Institutssammlung.«

Madelene dachte wieder an ihren Auftrag, trat auf ihren Mann zu und umarmte ihn.

»Ich bin nicht ganz bei mir«, sagte sie. »Aber bevor ich ins Bett gehe, wollte ich dich noch schnell spüren.«

Um ihm diese enge, überzeugende Umarmung zu geben, war sie gekommen. Mit dieser Umarmung wischte sie die Erschöpfung aus seinem Gesicht. Mit ihr löschte sie die Erinnerung an die abendliche Mißstimmung aus. Und mit ihr stahl sie, als ihre Fingerspitzen über seine Pobacken hochglitten, aus dem Schnappschloß an seinem Gürtel seine Schlüssel.

Sie wartete zwanzig Minuten in ihrem Schlafzimmer. Dann schlich sie durch die verdunkelten Räume, fand in Adams Schlüsselbund den Schlüssel zum Arbeitsraum des Gärtners und zum Wintergarten und schloß auf.

Vor dem Käfig und um ihn herum türmte sich jetzt ein Wald von Kisten, Lampen und Instrumenten, durch den sie sich einen Weg bahnte, ohne davon Notiz zu nehmen. Sie wußte, daß sie für den Affen bestimmt waren und daß sie diese Bestimmung nie erfüllen würden.

Sie schloß den Käfig auf, blieb einen Augenblick an der Tür stehen und sah das Tier an. Sie würde es nie mehr sehen, weshalb sie versuchte, sich sein Aussehen einzuprägen, ein mentales Abschiedsfoto zu machen.

Der Affe war beim Essen. Er aß konzentriert, egoistisch, wie sie selbst es sich immer erträumt hatte, alle anderen Sinne außer Geschmacks- und Geruchssinn abgeschaltet, ohne Höflichkeit, jedoch mit der Furchtlosigkeit, die von Anfang an wie eine Frage an sie gewesen war, eine Frage, die, das ging ihr jetzt auf, gelautet hatte: Wie möchtest du wirklich sein? Und auf diese Frage hatte ihr Innerstes geantwortet: Ich möchte – auf eine Art – sein wie du.

»Ich bin hier, um dich rauszulassen«, sagte sie.

Der Affe stand auf. Er stemmte die Knöchel auf die Erde und drückte sich in eine zwar aufrechte, doch immer noch auf allen vieren ruhende Stellung hoch. Dann ließ er den

Boden los, streckte den Rücken, hob den Kopf und faltete die Hände vor der Brust.

Madelene war klar gewesen, daß er in einem Umfang und in einer Weise, die sie nicht verstand, von seiner Umgebung gelernt hatte. Trotzdem war sie erschüttert. Einen Augenblick lang standen sie und der Affe sich ganz still gegenüber. Dann wandte sie sich zum Gitter, öffnete es und machte danach die Tür des Wintergartens auf. Sie traten in den Park hinaus.

Der Wind hatte aufgefrischt. An einem kalten, schwarzblauen Himmel jagte der Wind die Wolken vor dem Pierrotgesicht des Vollmonds vorbei. Der Affe legte den Kopf in den Nacken, als trinke er von Wind und Mondlicht.

Madelene ging an die Mauer, stellte ihre Karaffe auf die Mauerkante und kletterte selbst hinterher. Neben ihr materialisierte sich der Affe.

Bis hierhin hatte Madelene alles geplant. Sie wollte dem Affen jetzt eine Fluchtrichtung angeben, er würde fort- und heimgehen, und sie selbst würde im Mondlicht zurückbleiben und lächeln und eine Träne vergießen und gut aussehen und ein Abschiedsglas trinken.

Sie befand sich in diesem Moment ein paar Meter über dem Boden. Sie hob die Hand und wurde mit einemmal sechzig Meter größer. Sie wuchs zu der Höhe empor, aus der sie im House of the Animals London gesehen hatte. Sie sah die Stadt, nicht wie ein Mensch sie sieht, sondern aus der Perspektive eines Vogels.

Es war kein nüchterner Überblick. Es war eine Vision. Sie sah, daß es die Freiheit, die sie dem Affen hatte zeigen wollen, nicht mehr gab.

Was sie von diesem Gebäude in Aldgate aus gesehen hatte, war eine Großstadt, die sich bis ans Ende der Welt erstreckte. Sie wußte zwar, daß dies nicht möglich war, daß selbst diese bewohnte Steinwüste irgendwo aufhörte, aber ihr Prinzip war unendlich. Das Wesentliche war nicht die Stadt selbst, denn sie war nur ein Punkt an der Erdoberfläche. Das Wesentliche war das Prinzip Stadt, die Moderne, die Zivilisation an sich. Die hatte, das sah Madelene, kein Ende mehr, sie hatte die Erde vollständig eingesponnen. Für den Affen neben ihr gab es kein *Draußen* mehr. Jeder beliebige Zoo, jedes Reservat, jeder Tierpark lag jetzt innerhalb der Grenzen der Zivilisation.

Jeder Mensch – selbst jemand, der so wenig gelesen hat wie Madelene – eignet sich den Traum von der Terra incognita, der unbekannten, unerforschten Welt an. Eine böse Sekunde lang wurde dieser Traum nun von der Wirklichkeit beleuchtet und löste sich dann auf. Madelene wußte, daß er ihr jetzt für immer unzugänglich geworden war. Von nun an gab es keine Suche nach dem Goldenen Vlies, nach Opars Juwelen, keine Reise ins Innere der Erde, in das Gelobte Land, keine Suche nach Shangrila, nach Eldorado, Atlantis, der Insel der Hesperiden oder auch nur nach dem Schlaraffenland mehr.

Sie drehte sich zu dem Affen um.

»Es gibt kein *Draußen* mehr«, sagte sie. »Wenn es noch eine Freiheit gibt, muß sie drinnen zu finden sein.«

In den letzten Tagen war ihr die Sehnsucht ihrer Kindheit wieder in den Sinn gekommen, das Verlangen nicht nach einem Bild der Glückseligkeit, sondern nach der Glückseligkeit selbst. Nicht für sich – dazu war ihr nüchterner Realitätssinn denn doch zu stark –, aber für den Affen. Sie war sich immer sicherer gewesen, daß sie ihn retten konnte, indem sie ihm zur Freiheit verhalf.

Jetzt gab sie diese letzte Illusion auf.

Aus dem Schutz, den Hoffnungen und Tagträume gewähren, herauszutreten ist nicht angenehm, und Madelene sträubte sich wie ein Einsiedlerkrebs, der sein Schneckenhaus hinter sich lassen muß. Die Situation barg eine Hoffnungslosigkeit, die einen stärkeren Menschen als sie dazu hätte bringen können, ernsthaft eine schnellere Art von Selbstmord als den Alkohol in Erwägung zu ziehen, und einen Moment lang dachte Madelene daran, in den Tod zu springen.

Der Gedanke war im Bruchteil einer Sekunde überstanden. Nicht nur, weil sie einsah, daß sie sich ja nicht im dreizehnten Stock, sondern nur ein paar Meter über dem Boden befand, sondern weit mehr noch aus einem anderen Grund. Für die *alter egos*, die sich in den letzten Tagen neben sie gestellt hatten, war der Gedanke, daß man sie plötzlich abschalten wollte, nicht akzeptabel.

Sie hatte das Gefühl, daß sich noch eine Frauengestalt neben sie auf die Mauer setzte. Madelene wandte sich ihr zu und sah, daß es die Verantwortung war. Eine neutrale und zugleich tatsächlich vorhandene Gestalt, wie das Mondlicht und der Wind und der Geruch von Erde.

Madelene ließ sich von der Mauer hinabgleiten, die Frau folgte ihr und danach der Affe, sie gingen den Weg zurück, den sie gekommen waren. Im Käfig schloß Madelene die Tür hinter ihnen ab.

»Es ist nicht so wie damals, als wir klein waren«, sagte sie. »Man kann nicht einfach von zu Hause weglaufen. Es ist zu kompliziert. Es braucht mehr Zeit.«

Sie sah durch die Glaswand, überblickte die Landschaft von Instrumenten. Sie sah ein Anästhesiegerät, Rolltische mit Meßgeräten, eine weiße Kiste auf Rädern wie ein Sarg in doppelter Größe, einen hydraulischen Stuhl, angeschlossen an eine umfassende Apparatur, die in ihrer ganzen elektronischen Zielgerichtetheit aussah wie ein elektrischer Stuhl für den Hausgebrauch.

»Sie sind hinter dir her«, sagte sie, »und es wird schlimmer, als es bisher gewesen ist.«

Sie streckte die Hand aus, und der Affe ergriff sie. Seine Handfläche war so groß wie eine Schaufel, aber entgegen ihrer Erwartung war sie weich wie Seide.

»Ich gehe jetzt«, sagte sie. »Aber ich komme zurück und hole dich.«

Das war keine rituelle Ankündigung wie ein Heiratsversprechen oder ein Neujahrsvorsatz. Es war ein Schwur. Zu so etwas hatte sich Madelene seit zwanzig Jahren nicht mehr bewegen lassen. Es war eine furchtlose Treueerklärung ohne Gedanken an die Zukunft, wie ein Kind sie vor einem unentbehrlichen Spielkameraden ablegt.

9

Als Kind war Madelene von Erwachsenen, die glaubten, ein gutes Werk zu tun, in den Kopenhagener Zoo geschleift worden. Dort hatte sie Fischadler in Singvogelkäfigen, Raubtiere in Tierschaukästen, Flußpferde in Kachelbadezimmern und Menschenaffen gesehen, die in wortlosem Protest ihren Kot und danach sich selbst gegen die sie umgebenden Gitterstäbe warfen. Seitdem hatte sie ihren Fuß nirgendwo mehr hingesetzt, wo Tiere in Gefangenschaft gehalten wurden. Jetzt folgte sie Andrea Burden durch den Londoner Zoo und weiter durch eine kleine Tür in dem sieben Meter hohen Holz- und Drahtzaun, der seit zwei Jahren den Bauplatz zu Gloucester Gate hin umgab, der zusammen mit der Erweiterung nach Primrose Hill und Albert Terrace in weniger als zwei Monaten mit dem Londoner Zoo zusammengelegt und als The New London Regent's Park Zoological Garden eingeweiht werden sollte.

Madelene hatte das Schlimmste erwartet. Bei sich hatte sie eine Papprolle, die aussehen konnte und sollte, als enthalte sie die Skizzen einer Studentin, vielleicht auch einer Architektin, was in gewisser Weise auch der Fall war, die darüber hinaus aber auch einen Pyrexkolben barg, den sie beim Aufstehen aufgefüllt hatte und der jetzt nur noch zu zwei Dritteln voll war. Als sie durch die Tür trat, hatte sie die Augen zugemacht. Jetzt öffnete Madelene sie langsam.

Das Licht schimmerte golden, die Schatten waren lang und grün, die Luft war so frisch und kühl wie eine Tropfenwolke aus zerstäubtem Quellwasser. Vor ihnen erstreckte sich eine Grasebene, an deren Rand Madelene einen großen See ausmachen konnte, an dessen Ufer ein Lama graste. Im See lag eine Insel, auf der eine Antilope stand und aus dem See trank. Hinter dem See erhob sich ein Wald, einer der Bäume war in Bewegung, eine Herde Gorillas war wie eine Kolonie großer, langsamer, schwarzer Vögel dort eingefallen. Nach Westen zu ging der Wald in eine Felsenformation über, auf deren Gipfel sich eine Herde erwachender Löwen faul der Sonne entgegenräkelte.

Was Madelene von den zoologischen Gärten ihrer Kindheit noch im Gedächtnis hatte, waren bepflanzte Gefängnisse für Tiere. Jetzt stand sie in einer Tropenlandschaft, dort, wo die Savanne auf den Dschungel trifft.

Nur eine ferne Skyline, eine vereinzelte Betonsperre, eine Glaswand, ein Asphaltpfad verrieten, daß es sich bei der Landschaft vor ihnen um eine Konstruktion handelte.

»Um diese Zeit meine ich immer verstehen zu können«, sagte Andrea Burden, »wie es dem lieben Gott am Morgen des sechsten Tages zumute gewesen sein muß, als er durch den Garten ging.«

Madelene versuchte vergeblich, sich die Chronologie der Schöpfung zu vergegenwärtigen.

»Wie war ihm denn?« fragte sie.

»Im frühen Morgen liegt Frieden. Man kann klar denken. Er hatte Ruhe, sein Budget für den nächsten Tag aufzustellen.«

Sie setzten sich auf eine Steinbrüstung. Unter ihnen ging es zehn Meter tief in einen Wassergraben.

»Aber er hatte nicht unsere Probleme mit dem privaten Eigentumsrecht an Grund und Boden. Oder mit dem freien Wettbewerb. Das hatten sie auch nicht, als Sir Stamford Raffles im letzten Jahrhundert den Londoner Zoo für ein kleines adliges Publikum gründete, mit einigen wenigen Vertretern der Tiere der Erde und der Vögel des Himmels. Jetzt haben sich die Verhältnisse geändert. Londons Boden, das Grundstück, auf dem wir hier sitzen, gehört der königlichen Familie. Du kannst dir nicht vorstellen – kein Außenstehender kann das –, was wir durchstehen mußten, um das Gebiet leasen zu können. Bis die jetzige Regierung an die Macht kam, lagen die Verhandlungen alle beim Greater London Council. Jetzt ist alles Chaos. Zuletzt haben wir zur einen Seite hin mit den Kommunen und ihren Agenten verhandelt, mit The Borough of Marylebone und The Borough of Camden, The London Borough Association, The Corporation of London Association. Zur anderen Seite hin mit der Schloßverwaltung, die für das Königshaus die Leasinggeschäfte besorgt. Zur dritten Seite hin mit dem Innenminister. Zur vierten mit den Bauunternehmern, den Kontrahenten in Albert Terrace. Außerdem noch mit den Vertretern der Bewohner, die wir auskaufen mußten.«

Sie holte tief Luft.

»Das ist jetzt alles geregelt. Wir haben die Vorrunde gewonnen. Jetzt kommt das Halbfinale. Wenn wir aufmachen, müssen wir mit den Safariparks und den Touristenattraktionen der Stadt konkurrieren. Um Publikum und um Bewilligungen. Wir müssen uns gegenüber sechshundert zoologischen Gärten in den USA und auf dem Kontinent behaupten. Gegen achthundert in der übrigen Welt. Wir müssen laufend Erfolge in Zucht, Forschung und Vermittlung vorweisen, um uns im European Endangered Species Programme und in der CBSG, der Captive Breeding Special

Group, halten zu können, die für die Verteilung der wertvollsten wilden Tiere in Gefangenschaft zuständig sind und festlegen, welcher Zoo das Stammbuch einer bestimmten Art verwaltet. Wir setzen darauf, daß wir im Laufe von zwei Jahren *studbookkeeper* für zehn Arten werden können. Und für weitere zehn in den nächsten zehn Jahren. Wir streben fünfzehn Millionen Besucher im Jahr an. Wir veranschlagen fünfzehn Millionen Pfund für Forschungsarbeiten. Vor zwei Jahren haben wir St. Francis Forest als Zuchtzentrum übernommen. Der Unterhalt dafür und für Whipsnade wird uns zusammen jährlich zehn Millionen Pfund kosten.«

Unterhalb von ihnen kam in Zeitlupe ein Jaguar über die Klippen zum Wasser und begann zu trinken.

»Vielleicht könnt ihr ja die Tiere für Unterkunft und Verpflegung bezahlen lassen«, sagte Madelene.

»Das sind die Bedingungen, wenn man einen Zoo von dieser Größe bauen will. Wenn der liebe Gott die Schöpfung wiederholen müßte, würde er auch nicht noch mal ganz von vorn anfangen. Oder es für zwei Zuschauer tun, die keinen Fetzen am Leib haben. Heute müßte er erst los und sich die Finanzierung sichern. Und hinterher müßte er für ein Massenpublikum sorgen. Und danach …«

»Danach würde er das Ganze vielleicht aufgeben und die Tiere einfach in Ruhe lassen«, sagte Madelene.

Sie hätte den Mund halten können. Vor nur einer Woche hätte sie nichts gesagt. Doch hinter Madelene hatte sich Priscilla auf die Steinbrüstung gesetzt. Nur der Jaguar hatte es gemerkt und starrte die dritte Gesprächsteilnehmerin aufmerksam an.

Andrea Burden stand auf und näherte sich mit den kleinen, gleitenden, halbkreisförmigen Bewegungen, die Madelene inzwischen kannte.

»Man liebt also die Freiheit«, sagte sie. »Man liebt die großen Weiten. Die richtige, paradiesische Natur. Von der einem vorgelesen wurde, als man klein war. Kinderbücher konnte man zu Hause also gerade noch schaffen? Und sonst hatte man wohl noch Zeichentrickfilme.«

Sie deutete auf den Jaguar.

»Weißt du, was den in den Sumpfwäldern im westlichen Brasilien erwartet? Weißt du, wofür die Großkatzen bestimmt sind? Die und alle anderen wilden Tiere. Sie sind für ein Leiden bestimmt, das sich nur statistisch betrachten läßt. Drei von vier Jungtieren sterben noch ganz klein. Von denen, die das erste Lebensjahr überleben, wächst nur jedes zweite bis zur Geschlechtsreife heran, das heißt, jedes zweite kommt um. Eines von acht kommt zur Paarung. Selten mehr als einmal. Danach verhungern sie. Oder verdursten. Oder sie werden von einem anderen Jaguar gefressen. Oder von einem Hirscheber aufgespießt, worauf sich die Wunde infiziert, von Schmeißfliegenlarven angegriffen wird, die durch die Muskulatur hochkriechen und das Gehirn anfressen, worauf ...«

»Stop«, sagte Madelene.

»Der liebe Gott hat das nicht gewußt, damals am Morgen des sechsten Tages, wo er noch geglaubt hat, alles sei gut. Aber allmählich muß es ihm aufgegangen sein – er hat wohl wie die meisten Verhaltensforscher langsam begriffen –, daß er da eine Fabrik zur Leidensproduktion geschaffen hatte. Daß es der Sinn dieses Jaguars ist, sich bis zum Zusammenbruch anzustrengen und dabei eine gewisse Anzahl Schmerzen durchzumachen, die ihn genau so lange am Leben erhalten, daß er es schafft, sich zu paaren.«

»Auf jeden Fall erlebt er dann die Liebe, bevor er stirbt«, sagte Madelene.

Andrea Burden bleckte in einer Art Lächeln die Zähne.

»Da kannst du Gift drauf nehmen«, erwiderte sie. »Soll ich dir erzählen, wie? Jaguare leben ja allein. Eines Tages trifft er nun auf eine Duftmarke, der er folgt, getrieben von einem inneren, chemischen Zwang, den er nicht versteht. Er folgt ihr und steht plötzlich vor einem anderen Raubtier. Er erkennt es nicht als sein Spiegelbild, denn er hat kein Bewußtsein seiner selbst. Er erkennt es als tödliche Bedrohung. Er will weglaufen – beide Tiere wollen weglaufen –, aber sie können nicht. Ein genetisches Joch bannt sie fest. Sie dreht ihm den Rücken zu, duckt sich zur Erde, er bespringt sie und verbeißt sich in ihren Nacken. Und weißt du, warum? Sollte das ein Ausdruck der Leidenschaft sein? Tut er das aus Liebe? Ich sage dir, weshalb. Der Grund ist so einleuchtend, daß selbst die Zoologen ihn nicht übersehen konnten. Weil sie sich, wenn er sie nicht festhalten würde, in ihrer wahnsinnigen Angst umdrehen und ihn töten würde. Danach paart er sich mit ihr. Und in dem Moment, in dem er sich herausgezogen hat und losläßt, da machen alle Jaguarweibchen, alle Gepardenweibchen, alle Tigerweibchen, alle Katzenweibchen auf der ganzen Welt die gleiche instinktive Bewegung. Und weißt du, welche? Weißt du, wie sie sich für den Beischlaf bedanken? Sie recken den Hals nach hinten und drehen den Kopf. Und dann versuchen sie, ob sie es mit den Eckzähnen nicht schaffen, ihm die Halsschlagader aufzureißen.«

Die beiden Frauen umkreisten sich. Der Jaguar und Priscilla folgten ihnen mit ihren Blicken.

»Ihr habt noch nie einen Jaguar gefragt«, sagte Madelene. »Man kann durchaus aussehen, als ob man leidet, auch wenn einem wohl ist.«

»Der Penis jeder männlichen Katze hat Widerhaken. Beim Herausziehen reißen die Widerhaken das Weibchen auf. Dieser Schmerz löst den Eisprung aus. So – durch den

Schmerz – sichert sich die Natur die größtmögliche Wahrscheinlichkeit der Befruchtung und das Fortbestehen der Art.«

Madelene sah weg.

»Trotzdem«, sagte sie, »kann niemand wissen ..., wie ...«

Andrea Burden lehnte sich gegen die Steinbrüstung und sah den Jaguar an. Aus ihrem Gesicht leuchtete die restlose Sinnfülle, mit der eine Mutter ihr Kind betrachtet.

»Nach meiner Überzeugung können die besten zoologischen Gärten den Tieren fast alles geben, was die Natur ihnen geben könnte. Nahrung, Licht, Bedingungen, unter denen sie sich vermehren. Und gleichzeitig können sie bis zu einem gewissen Grad ihre Leiden mindern.«

Priscilla gab Madelene ein Zeichen.

»Und der Affe?« fragte sie.

Andrea Burden antwortete nicht direkt.

»Bis vor wenigen Jahren«, sagte sie langsam, »hat man geglaubt, das Eisbärengehege sei der gefährlichste Ort im Zoo. Ihr dicker Pelz und ihre braunen Augen haben die Leute dazu verleitet, die Hand reinzuhalten, um ihnen den Rücken zu kraulen. Worauf sie mit einem einzigen Klaps den Arm des Besuchers am Ellbogen abgehauen haben. Inzwischen habe ich es mir anders überlegt. Jetzt meine ich, die gefährlichsten Gehege sind – die da.«

Madelene folgte ihrem Blick. Über dem Affendschungel, auf der anderen Seite der Prince Albert Road, erhob sich der graue Umriß des Institute of Animal Behavioural Research.

»Die akademische Voliere.«

Sie zeigte auf den Park.

»Albany Street. Wo die oberste Schicht der beamteten Entscheidungsträger ihre Privatwohnungen hat. Tür an Tür mit dem Finanzbürgertum. Der Hühnerhof der politischen und wirtschaftlichen Macht. Mit der strengsten Hackordnung des Tierreiches. Dem unvorteilhaftesten Verhältnis zwischen Körper- und Hirngröße. Richtige Pfauen rechnen kurz und blutig ab, woraufhin sie in einer vom Sieger gesteuerten, gerissenen Friedfertigkeit leben. Aber dort draußen herrschen Kämpfe und Idiotie ohne Ende. Dort drüben stützen sie den WWF mit der einen Hand und verkaufen mit der anderen Waffen und Regenwaldholz. Dort drüben hatten sie dem Londoner Zoo die Gelder gestrichen und ihn ausgehungert, so daß die Tiere in den Käfigen krepiert sind. Bis wir unseren ... Feldzug eingeleitet haben. Die Mitglieder dieser reizenden Versammlungen entscheiden darüber, wer der nächste Direktor wird, wenn in zwei Monaten die beiden zoologischen Gärten von London zusammengelegt werden.«

Andrea Burden machte eine Pause. Irgendwo schrie ein Vogel einen schrillen, abrupten Urwaldschrei.

»Es wird einer der mächtigsten Posten der zoologischen Welt sein. Für diesen Posten, habe ich mir gedacht, sollen sie deinen Mann nehmen. Der Affe soll seine Wahl sichern. Er soll uns die letzten Zweifler in den Pferch treiben. Es reicht nämlich nicht, daß Adam klüger ist als alle anderen zusammen. Es ist nicht genug, daß er vierzig Aufsätze und drei Bücher in fünf Sprachen geschrieben hat. Es werden Bewerber aus der ganzen Welt kommen. Die Wahl erfolgt unter Ausschluß der Öffentlichkeit und wird durch und durch korrupt sein. Aber wenn er vor den anderen einen Vorsprung hat, drei Wochen allein mit dem Affen, dann kann ihm keiner gefährlich werden. Deshalb ist der Affe bei euch. Unter völlig vertretbaren Umständen. Deshalb haben wir das Artenschutzübereinkommen ein kleines bißchen umgangen. Damit es künftig um so umfassender eingehalten werden kann.«

»Adam sagt, es sei eine Art Zwergschimpanse«, sagte Madelene. »Was meinst du?«

Andrea Burden zögerte einen Augenblick.

»Ich bin keine Zoologin«, erwiderte sie.

Sie nahm Madelenes Arm und zog sie mit sich. Madelene blieb stehen. Jemand – sie selbst oder Priscilla – streckte die Hand aus und packte die andere Frau am Arm.

»Warum Adam?«

Andrea Burden versuchte sich loszureißen. Doch durch Madelenes Hand hielt Priscilla ihren Arm in einem Griff, der den Umgang mit Fleischerhaken und aufgeschlitzten Fünfhundert-Kilo-Ochsen gewöhnt war.

»Adam mag Tiere«, sagte Madelene, »weil ... weil die ihm nichts tun können. Weil er ihnen überlegen ist. Aber er traut ihnen nicht. Er traut nichts Lebendigem. Nicht einmal mir.«

Madelene und Priscilla hatte sich eine dritte Frau angeschlossen, unsichtbar, noch ohne Namen, aber deutlich anders als Madelene. Ein Mensch von einer gewissen direkten Aufrichtigkeit. Jetzt sprach sie.

»Selbst wenn wir uns richtig nah sind, wo man glaubt, jetzt wird es anders, läßt er nie los. Er fürchtet ..., daß ich den Kopf umdrehe und ihm die Schlagader aufreiße. Und jetzt ist es schlimmer als je zuvor. Es hat mit dem Affen zu tun. Er hat große Angst. Sehr gefährlich.«

Andrea Burden hob das Gesicht, und einen kurzen Moment lang war es ohne Vorbehalt.

»Die Internate«, sagte sie. »Man kommt dorthin, wenn man zwischen vier und sieben ist. Ganz üblich in unserer Schicht. Gilt als der denkbar beste Start ins Leben. Sport, Kunst und Literatur, vier Fremdsprachen. Gehobene Hauswirtschaft und Buchführung für uns Mädchen. Man kriegt alles. Außer Liebe. Zehn Jahre lang. Danach ist es zu spät. Den Rest seines Lebens lebt man wie ein Soldat an der

Front. Beschützt sich selbst. Weil es niemand anders tut. Wie in Churchills Erinnerungen. Der Brief aus Afghanistan. An seine Mutter. In der Feuerpause, als sie die Berieselungsanlagen zerstört haben. Über die Zeit in Sandhurst. Schreibt, er sei ein verkrüppelter Baum. Er hatte nicht den Mut, es direkt zu sagen. Deswegen entschließt man sich, keine Kinder zu kriegen. Weil man weiß, was sie durchmachen müssen.«

Einen Augenblick lang waren die beiden Frauen einander nahe, wie es geschieht, wenn man es für Momente aufgibt, auf seinen privaten Masken zu bestehen. Dann schüttelte Andrea Burden die Schwäche ab.

»Du bist Ausländerin«, sagte sie. »Du wirst das nie verstehen. Aber egal, was passiert, Adam ist ein Löwe. Er hat den Stil, den Ehrgeiz und die Sachkenntnis, um mit den Ministerien, den Direktoren und der Universität zu verhandeln. Er kann den Zoo ohne interne Streitigkeiten leiten. Er kann dafür sorgen, daß die äußeren Feinde spuren. Er hat die Umwelt- und Basisgruppen und das Royal Institute of British Architects gezähmt. Dafür verdient er unsere Achtung. Deine und meine.«

»Ich bin mit ihm verheiratet«, sagte Madelene. »Und eine Ehe ist kein Zoo.«

Die beiden Frauen sahen sich in die Augen, und unter anderen Umständen hätte Madelene den Blick gesenkt. Aber sie hatte dem Affen Erasmus in die Augen gesehen. Es war Andrea Burden, die wegsehen mußte.

Sie hatten die Tür im Zaun erreicht. Sie betraten den Londoner Zoo. Der Garten war geöffnet, die ersten Besucher waren bereits da.

»Ich bleibe noch ein bißchen hier«, sagte Madelene. »Um zu versuchen, herauszufinden, was der liebe Gott später am Tag gedacht hat.«

Andrea Burden blieb stehen.

»Das mit den Zeitungen ...?« fragte sie.

In Madelene steckte – wie in allen Tierweibchen – ein starkes Verlangen danach, daß letztlich alles gut wird, daß jeder Abschied eindeutig, warm und wehmütig ist. Auch dieser Abschied entwickelte sich so. Madelene war zur Versöhnung bereit. Aber hinter ihr standen zwei andere Frauen, und sie mußte für sie alle antworten.

»Aufgeschoben«, sagte sie. »Auf unbestimmte Zeit. Aber nicht aufgehoben.«

Als sie allein war, ging sie durch den Zoo, bis sie ein Münztelefon fand. Sie setzte sich bei dem Gehege mit Ameisenbären, Pampashasen und Guanakos auf eine Brüstung, zog ihren Kolben heraus, prostete den Tieren zu und trank. Sie sah zu den Fenstern des Instituts hoch und versuchte Adams Büro zu lokalisieren.

Sie wußte, daß sie viel zu tun hatte. Daß sie in der gleichen Situation war, wie Eva sie im Paradies erlebt hätte, wenn sie unmittelbar nach ihrer Schöpfung entdeckt hätte, daß der liebe Gott drauf und dran war, zu weit zu gehen, und deshalb beschlossen hätte, ihn aufzuhalten. Eva wäre ebenso benommen und abgehetzt gewesen wie Madelene jetzt. Denn was immer Andrea Burden und Adam auch austüftelten, es war fast vollbracht.

Sie ging zum Münztelefon. Wählte die Nummer seines Vorzimmers.

Die Sekretärin meldete sich.

»Ich bin's«, sagte Madelene. »Kriege ich ihn?«

»Ich stelle Sie durch.«

Madelene sah an dem grauen Gebäude hoch. Ihr war schwindlig. Sie war so sicher gewesen, daß er nicht da war, daß er auch heute zu Hause im Wintergarten geblieben war.

»Ja?«

»Ich bin's«, sagte Madelene.

Ohne die Sekretärin genau zu kennen, wußte Madelene mit Sicherheit, daß sie mithörte. Das Äthanol und der frühe Morgen ließen ihre Stimme klingen wie dumpf rollenden Meereskies. In diesem Lärm erkannte Adam die Stimme seiner Frau. Seine Sekretärin hörte Priscilla vom Schlachthof.

»Ich mußte deine Stimme hören«, sagte sie.

Adam brummte zärtlich und geschmeichelt. Madelene versuchte zu denken. Sie mußte ins Institut. Aber ohne dabei Gefahr zu laufen, ihm zu begegnen. Sie mußte sichergehen, daß er in seinem Büro blieb, bis sie wieder draußen war.

»Ich wünschte, ich könnte dich anfassen«, sagte sie.

»Mm.«

Sie kannte Adams Töne. Sie wußte, daß er jetzt eine Erektion hatte.

Sie sah sich um. Eine Rentnergruppe mit Erdnüssen für die Affen ging vorbei.

»Ich muß dir was Obszönes sagen«, röchelte sie. »Kann ich dich nicht in einer Viertelstunde wieder anrufen?«

Sie hörte seinen Atem schwerer werden. Die Begierde ist immer stärker als die Logik. Es kam Adam nicht in den Sinn zu fragen, warum das Gespräch ausgerechnet jetzt unterbrochen werden mußte.

»Ich verbeiße mich in den Hörer«, sagte er.

Madelene legte auf.

Im Laufschritt steckte sie auf dem Weg zum Haupteingang die Haare hoch, setzte die Sonnenbrille auf und hängte sich den Mantel um. Am Bürgersteig hielt ein Transporter, an der Tür das Bild eines Hundes. Er war leer. Als sie das Vestibül des Instituts betrat, stand der Fahrer des Wagens an der Schranke und erhielt vom Terrier eine knurrende Abfuhr. Madelene nahm den Fahrstuhl und eilte an der Tür vorbei, hinter der die Sekretärin und Adam auf ihren Anruf warteten.

Das Büro des Tierarztes war leer. Madelene setzte sich und wartete. Sie hatte zehn Minuten.

Er kam nach fünf. Mit einer Tasse Tee und einem Muffin.

»Entschuldigung«, sagte Madelene.

Der Arzt setzte sich.

»Sie können hier einziehen«, sagte er. »Ich kann Ihnen ein Bett aufstellen lassen.«

»Ich kenne niemanden sonst, den ich fragen könnte«, sagte Madelene.

In ihrer Stimme hörte sie hinter der Heiserkeit die neue, teilweise aufrichtige Seite ihrer selbst, mit der sie noch nicht vertraut war.

Der Arzt schüttelte den Kopf.

»Ich mag Gesellschaft zum Morgentee. Und hier redet keiner mehr mit mir.«

»Warum nicht?«

Er sann der Frage nach.

»Vielleicht werde ich ja senil. Vielleicht gehen wir einer neuen Zeit entgegen. Und ich gehöre der alten an. Es kann auch andere Gründe haben. Was darf ich Ihnen anbieten?«

Madelene nahm die Sonnenbrille ab.

»Sie haben nicht zufälligerweise ein Starkbier?«

Der Arzt langte hinter sich in einen kleinen Kühlschrank und stellte eine Flasche und ein Glas vor sie hin.

Madelene schenkte ein und trank. Sie öffnete die Papprolle, stellte den Kolben auf den Tisch und schüttelte einen kleinen Stapel weißer Blätter heraus. Es waren Zeichnungen der Geräte, die sie am Tag zuvor vor dem Käfig des Affen gesehen hatte. Nach dem Gedächtnis gezeichnet, aber nicht mit Eyeliner. Mit schwarzer Tusche und ganz früh am Morgen, als sie noch nüchtern gewesen war.

Sie reichte dem Arzt die erste, sie stellte den Doppelsarg auf Rädern und den elektrischen Stuhl dar.

»Gehirnscanning«, sagte der Arzt. »Ein Gerät zum Gehirnscanning.«

»Wie funktioniert das?«

Er schüttelte den Kopf.

»Das gehört zur neuen Zeit«, sagte er.

Madelene gab ihm die nächste Zeichnung.

»Ein Schlafmonitor. So einen haben sie hier direkt unter uns. Im Institut für Schlafforschung. Der hier ist für größere Tiere. Man bindet das Tier fest und schaltet den Strom ein. Wenn es einschläft, läßt die Schwerkraft einen Körperteil, einen Arm, einen Rüssel, den Hals sinken. Dann kriegt es einen Schlag und wacht auf. Man mißt, wie lange man sie wachhalten kann. Das hat man sehr oft gemacht. Sie haben nachgewiesen, daß Tiere keinen Schlaf brauchen. Allerdings ist es ihnen noch nicht gelungen, die Tiere davon zu überzeugen.«

Madelene reichte zwei weitere Zeichnungen hinüber.

»Die Klappkästen da sind Teile für eine Hindernisbahn. Das hier sind Schachbretter, soweit ich sehe.«

Er griff nach einem weiteren Blatt.

»Ein Stimulationssimulator. Direkt aus dem Institut für Neuroätiologie, zwei Stockwerke unter uns. Die bezweifeln, daß Tiere überhaupt Schmerzen empfinden können. Haben vorgeschlagen, daß man nicht von Tierquälerei ausgehen dürfe, bis die Tiere in korrektem Englisch ausdrücken können, daß sie leiden.«

Er sah Madelene an.

»Das hier sind Geräte für einen umfassenden Test an

einem größeren Tier. Betreibt man im Schlachthof jetzt Verhaltensforschung?«

»Einen Test wofür? Für welches Verhalten?«

»Intelligenz, würde ich sagen. Problemlösung. Aber das sind ja ziemlich unsanfte Methoden. Für den Einsatz des Schlafmonitors bekommt man beispielsweise vom Animal Procedure Committee mittlerweile nur noch sehr schwer eine Genehmigung. Aber vielleicht eilt der Versuch ja?«

Madelene sammelte ihre Papiere ein.

»Darf ich mal Ihr Telefon benutzen?« fragte sie.

Der Arzt machte eine Handbewegung.

»Es gehört Ihnen. Nehmen Sie es mit, wenn Sie wollen. Ich werde nächstes Jahr pensioniert. Und es ruft sowieso keiner mehr an.«

Madelene wählte Adams Nummer. Es dauerte einen Augenblick, bevor sich die Sekretärin soweit gefaßt hatte, daß sie Madelene durchstellen konnte.

»Bist du allein?« fragte Adam.

»Völlig.«

»Hast du etwas an?«

Madelene betrachtete den Arzt.

»Nein«, sagte sie, »absolut nichts.«

Adam zischte gedämpft.

»Er ist steif wie ein Brett«, sagte er.

Madelene sah sich im Zimmer nach Anregungen um. Die Situation war kompliziert. Sie betrachtete eine Reihe Zahnschemata an der Wand hinter dem Arzt.

»Kann man ihn mit der Zunge fühlen?« fragte sie leise.

Aus dem Telefon kam ein Winseln.

»Ich ... komme gleich«, sagte Madelene. »Ich muß auflegen.«

Sie legte den Hörer auf und raffte ihre Zeichnungen zusammen.

»Wie geht es Ihrer Allergie?« fragte der Arzt.

»Danke, besser.«

»Ich habe das Forschungscenter angerufen. Dort hat man noch nie was von Ihnen gehört.«

Madelene atmete tief durch.

»Die haben mich vergessen. Die Leute vergessen mich, sobald ich aus der Tür bin.«

»Ich habe die Newsletters durchgesehen. Die Nummern des letzten halben Jahres. Größere Affen oder affenähnliche Tiere sind nicht als gestohlen gemeldet worden.«

»Sie sind ein Schatz«, sagte Madelene.

»Gerüchte gibt es ja immer. Während der letzten zehn Jahre hat man ein paarmal von einem unbekannten Affen gemunkelt, einer Art Primaten, der zum Verkauf angeboten wurde. Natürlich kaufen wir nicht auf dem Schwarzmarkt. Und selbstverständlich ist das unmöglich. Nach dem Vu-Quang-Ochsen sind alle größeren Säugetiere entdeckt und beschrieben. Das hier muß eine Kreuzung aus bekannten Affenarten sein.«

Madelene trat auf den Flur, stieß sich ab und versuchte schwankend zu laufen, um an Adams Büro vorbeizukommen.

Die Tür zum Büro ging auf, die Sekretärin kam heraus. Selbst Madelene war deutlich, daß die Frau, die normalerweise genaue und rationale Gründe für ihre Bewegungen hatte, diesmal nur von dem starken Wunsch getrieben wurde, wegzukommen und ihrer Indignation Luft zu machen. Als sie Priscilla vor sich auf dem Flur sah, drückte sie sich an die Wand.

Madelene schenkte ihr ein breites Lächeln, erleichtert darüber, daß sie nicht Adam gegenüberstand, und um zum Ausdruck zu bringen, daß wir ja alle trotz vorübergehender

Unstimmigkeiten nett zueinander sein müssen. Dann ging sie weiter.

Im Aufzug drückte sie erst den Knopf für den Keller, fand aber danach gleich beim nächsten Versuch das Vestibül. Sie spürte, daß ihre Kräfte ausreichten, um noch einen Faden zu knüpfen. Sie ging zur Schranke.

»Ich warte auf einen Wagen«, sagte sie. »Könnte der Herr, der hier vorhin gestanden hat, vielleicht der Fahrer gewesen sein?«

Der Terrier biß die Zähne zusammen.

Madelene legte ihre Papprolle auf den Tresen. Die Frau betrachtete die Rolle völlig teilnahmslos.

»Das sind eilige Gehirnscanningaufnahmen«, sagte Madelene. »Minister und Prinzen warten darauf. Es geht um Leben oder Tod. Wenn Sie das Auto haben wegfahren lassen, dann sind Sie morgen so arbeitslos, daß Sie nicht mal mehr unter den Seekühen ausmisten dürfen.«

Die Frau erwog die Vor- und Nachteile eines weiterhin unverschämten Verhaltens.

»Das war der Straßenfeger«, sagte sie schließlich. »Wollte den Wagen vom Direktor wegfahren. Wollte wissen, wem er gehört. Wollte die Straße unter dem Auto fegen. Wurde natürlich abgewiesen.«

Madelene richtete sich auf, schwankte und blinzelte.

»So muß man mit denen umgehen«, sagte sie.

Sie trat in die Sonne hinaus und in die ekstatische Endphase der Trunkenheit. Trällernd begann sie, unsicher, in welche Richtung, ihren Spaziergang durch eine herzensgute und fröhliche Welt. In ihrem Inneren brodelten der zoologische Bauplatz, Andrea Burden, die möglichen und die aufgegebenen Träume, die unerwarteten und die unbekannten Freundinnen, der Gedanke an Adams Erektion, die Skizze eines Schlafmonitors und eine Tatkraft, die sich nicht nur chemisch erklären ließ.

Sie kam an dem Transporter mit dem Hund an der Tür vorbei. In der Fahrerkabine starrte der abgewiesene Straßenfeger vor sich hin, wie der junge Mann im Märchen am Tiefpunkt seiner Depression und Machtlosigkeit, wo ihm die Hexe zu Hilfe kommt.

Madelene langte hoch, öffnete die Wagentür und kletterte in das Auto. Sie setzte sich neben Johnny, öffnete die Papprolle, zog den Kolben mit den letzten Zentilitern Antriebsmittel heraus und entstöpselte ihn.

Johnny saß ganz still.

»Und?« fragte er.

»Ich möchte gern eine Straße gefegt haben«, sagte Madelene.

Sie nahm einen Schluck aus dem Kolben und reichte ihn Johnny. Er schnupperte und kostete vorsichtig. Seine Augen füllten sich mit Tränen und darauf mit Respekt.

»Das ist reiner Alkohol«, sagte er.

Madelene nahm ihre Sonnenbrille ab. Erst jetzt sah sie den eingegipsten Samson in der Koje hinter dem Fahrersitz.

»Sie sind seine Frau«, sagte Johnny.

Madelene lächelte. Mitten im Lächeln begann der Absturz.

Er kam umgehend. Die Depots waren geleert, die Rakete bremste, hing in der Luft und warf ihre geleerten Tanks ab. Darauf fiel sie wie ein Stein direkt zur Erde.

Madelene öffnete die Tür, durch die sie hereingekommen war, und lehnte sich hinaus. Die Leute auf dem Bürgersteig sahen ihren Gesichtsausdruck und verzogen sich. Außer einer Person. Adams Sekretärin, vielleicht auf dem Weg zum Lunch, noch blaß und erschüttert, blieb stehen. Madelene übergab sich. Die Sekretärin ging rückwärts.

Madelene wäre hinausgefallen, doch ein Arm, der schon Gnus und Flußpferde gestützt hatte, legte sich um sie und hob sie ins Auto. Johnny reichte ihr ein großes, blaues, gebügeltes und gefaltetes Taschentuch und eine Thermosflasche.

»Trinken Sie«, sagte er. »Das ist Wasser.«

Madelene trank gierig. Aus der Manteltasche holte sie ihre Vitamin-B-Tabletten, steckte eine Handvoll in den Mund und trank erneut.

Johnny ließ das Auto an und bog in die Straße ein.

In ihrem Inneren war Madelene mit zunehmender Geschwindigkeit auf dem Weg nach unten. Schräg vor ihr warteten der Selbstekel und weiter unten die leichenerfüllten Katakomben, die die Welt mit unverantwortlicher Untertreibung als Katzenjammer bezeichnet. Sie hatte keine überschüssige Energie mehr, um Umschweife zu machen. Gleichzeitig sah sie alles mit der hysterischen Klarheit, die einem Zusammenbruch vorausgeht.

»Der Hund«, sagte sie, »das war der, von dem Bowen geredet hat. Sie haben den Affen im Auto gehabt.«

»Er ist abgehauen«, sagte Johnny. »Es war das erstemal. Ich habe nicht gewußt, daß er da war.«

»Wie haben Sie ihn wiedergefunden?«

Johnny pochte auf das Radio.

»Die Polizei sendet auf hundertachtundvierzig Megahertz«, sagte er. »Die Veterinärpolizei auf hundertsechsundvierzig.«

Madelene hatte mit gelernten und ungelernten Arbeitern nie anders als unter genau festgelegten Bedingungen verkehrt. Sie hatten die materielle Seite ihres Daseins vor sie hingestellt und hinterher die Abfallstoffe beseitigt. Sie hatte sie bestellt, empfangen, herein- und wieder hinausgelassen und sie mit einer übertriebenen Freundlichkeit behandelt, die daher rührte, daß sie sie fürchtete, ohne sie zu verstehen, und weil sie insgeheim wußte, daß sie völlig in ihrer Hand war, denn sie selbst war außerstande, eine Sicherung auszuwechseln, eine Senkgrube auszuheben oder einen Kuchen zu backen. Im Taxi setzte sie sich immer auf den Rücksitz. Jetzt saß sie neben Johnny. Auf einer Fahrt, die sie selbst provoziert hatte. Und für die vorher kein Kostenvoranschlag eingereicht worden war.

In Zweifelsfällen flüchten sich alle Lebewesen in die Verhaltensmuster, die sie kennen.

»Sie wollen Schadensersatz«, sagte sie.

Johnny schüttelte den Kopf.

»Es ist nicht das Geld«, sagte er.

Madelene sah ihn mit neuen Augen an, so wie man ein seltenes Tier, einen Nashornvogel oder einen Zwergtapir anschaut. Ein Mensch, der kein Geld wollte.

»Was wollen Sie denn dann?« fragte sie.

Durch Johnnys Körper und über sein Gesicht lief eine ganze Parade von Gefühlen, doch keines fand Ausdruck in Worten. Madelene sah, daß neben ihr ein Mensch saß, der, wie sie selbst, nicht wußte, wo die Reise hinging, der aber – wie sie selbst – überzeugt war, daß er der richtigen Fährte folgte.

»Ich möchte ihn bloß wiedersehen«, sagte er.

Eine Zeitlang fuhren sie schweigend. Beide spürten, daß in der Kabine, in der sie jetzt saßen, der Affe gewesen war.

»Ich habe versprochen, ihm zu helfen«, sagte Madelene.

Johnny nickte.

»Das ist klar.«

»Aber ich weiß nicht, wie.«

»Ich habe alles gefahren«, sagte Johnny. »Brünstige Giraffenmännchen. Impalas. Die umkommen, wenn sie auch nur den leisesten Verdacht haben, daß sie nicht mehr in Afrika sind.«

Er hielt den Wagen an. Erst jetzt erkannte Madelene das Viertel. Sie waren nur einen Steinwurf von Mombasa Manor entfernt. Sie stieg vorsichtig aus.

»Ich könnte Ihnen helfen«, sagte Johnny.

Madelene sah ihm ins Gesicht. Einer unbekannten Person aus einer unbekannten sozialen Schicht zu vertrauen war ihr unmöglich. Aber sie war nicht allein. In ihrer schmerzvollen Klarheit spürte sie, daß die schemenhaften Freundinnen hinter ihr an Johnny Gefallen fanden.

»Von jetzt an parke ich hier«, sagte er. »Ich wohne im Auto.«

Er reichte ihr die Papprolle hinunter.

»Sagen Sie ihm ... Sagen Sie, daß ich und Samson ihm verziehen haben, was mit Samson passiert ist. Er hatte keine andere Wahl.«

Madelene schloß die Tür des Wagens, drehte sich um und kämpfte sich nach Hause durch, ohne zurückzublicken.

10

Sie wurde von Licht und Motorenlärm geweckt und von dem Gefühl, jemandem etwas schuldig zu sein.

Es war zwei Uhr nachts, aber der Lärm war ihr nicht fremd. Im Laufe der letzten Monate hatte man eine sechsspurige Autobahn durch ihren Schädel gelegt, die vor allem nachts befahren war, wo sie außerdem durch Scheinwerfer erleuchtet wurde, die blinkend über die Rückseite ihrer Hornhaut hinfegten. Sie hatte Zeit gehabt, sich an dieses Inferno aus Licht und Lärm zu gewöhnen. Was sie jetzt störte, war die Tatsache, daß die Sinneseindrücke von außen kamen.

Sie stellte sich ans Fenster. Im Hof arbeiteten ein Dutzend Männer im Schein abgeblendeter Arbeitslampen daran, den Wintergarten endgültig zu sichern und zu isolieren. Im Laufe der beiden Stunden, die sie dort stehenblieb, setzten sie Stahlgitter vor die Fenster, wechselten sie die Türen aus und bauten vom Hausflügel zum Hof hin ein kleines Freigehege aus fünf Meter hohem Maschendraht, der oben mit drei an Isolatoren befestigten Elektrodrähten abschloß. Danach fuhren sie weg.

Madelene legte sich hin, doch es gelang ihr nicht zu schlafen, weshalb sie wieder aufstand. Im frühen Morgengrauen sah sie, wie Adam drei Männer empfing. Nachdem sie Kittel übergezogen hatten, gingen sie in den Wintergarten. Kurz darauf schloß Clapham sich ihnen an.

Während es langsam hell wurde, bekämpfte Madelene die Folgen der Alkoholvergiftung des vorausgegangenen Tages mit noch mehr Alkohol. Das schien zunächst zu gelingen.

Im Laufe der folgenden drei Tage und Nächte kamen Adam und seine vier Helfer nur heraus, um zu essen, zur Toilette zu gehen oder auf einem Sofa oder in einem Sessel eine Stunde oder zwei zu schlafen, und während dieser drei Tage trank Madelene regelmäßig und ohne Unterbrechung. Erst um ihre Ratlosigkeit zu dämpfen, danach, als das mißlang, um, wenn möglich, einzuschlafen, und als auch das mißglückte, trank sie, um den Katzenjammer fernzuhalten und nicht nüchtern zu werden.

Im Laufe dieser drei Tage nahmen die Bewohner des Hauses etwas Tierisches an. Nicht nur Madelene, sondern auch die fünf Männer. Als sie das erstemal herauskamen, hatten sie noch geduscht und sich umgezogen. Doch bereits beim zweitenmal, nach zwölf Stunden, setzten sie sich in ihren grauen Arbeitskitteln an den Küchentisch und aßen wortlos. Danach gab es keine regelmäßigen Mahlzeiten mehr. Die Männer vergaßen sie oder schickten nach einem Sandwich. Sie kamen zu zweit oder zu dritt in die Küche, nahmen ein Stück Fleisch in die Hand, setzten sich in einen Sessel und schliefen ein, schliefen ein paar Stunden und kehrten danach an die Arbeit zurück. Nach einem Tag verwischten sich die sozialen Unterschiede zwischen ihnen. Wenn sie sich anfauchten oder sich in den Polstermöbeln lümmelten, hätte kein Außenstehender mehr erraten können, wer Arbeiter war, wer Hausverwalter und wer der künftige Direktor des prestigeträchtigsten Zoos der Welt.

Glühend vor wissenschaftlichem Optimismus, hatten sie

sich an die Arbeit gemacht. Im Laufe dieser drei Tage sah Madelene durch ihren eigenen wachsenden Rausch hindurch, wie dieser Optimismus erst abwartend wurde, danach verbissen, dann depressiv und zum Schluß panisch.

Wenn Adam im Abstand von zwanzig Stunden auf sein Zimmer wankte, folgte Madelene, paarte sich mit ihm und schlief dann zuweilen einige Stunden. Hier erwachte sie in der Nacht des dritten Tages, in der Pause zwischen zwei Alpträumen, zu der Gewißheit vom ökologischen Zusammenbruch ihres Organismus.

Der Alkohol hatte ihre Flüssigkeitsreserven trockengelegt. Er hatte für seinen Abbau das Zellserum angezapft, hatte die wasserregulierende Funktion der Nieren gelähmt und die noch vorhandenen Kanäle mit den Ammoniumverbindungen seiner Stoffwechselprodukte verunreinigt. Ganz deutlich spürte sie das Zucken ihres Herzens, die Überlastung ihrer Leber, die totenähnliche Funktionslosigkeit ihrer Därme. Und über dieser inneren Katastrophe schwebten die Kriechtiere ihrer Träume, die großen, weißen, venerischen Amphibien der Alkoholalpträume.

Sie kämpfte sich aus dem Bett und ans Fenster. Im Licht des abnehmenden Mondes sah sie den Affen. Er kam, von Clapham überwacht, in das Freigehege und ging langsam eine Runde. Er hatte eine Decke um sich gewickelt, sein Gesicht lag im Schatten, er hinkte, und seine Erschöpfung war größer als die der fünf Männer zusammen.

Trotzdem sah Madelene, was immer sie ihm zu entreißen versucht hatten, es war ihnen nicht gelungen.

Das Tier machte nur die eine Runde, dann verschwand es im Gebäude, und Clapham schloß die Tür hinter ihm.

Madelene blickte auf den Fensterrahmen, den Park und weiter über die Stadt hin. Aus Gesprächen, die sie in ihrem Elternhaus mit angehört hatte, hatte sie eine schwache, garstige Ahnung davon, wie Nutztiere in der industriellen Produktion lebten. Sie kannte die Bedeutung von Begriffen wie spontaner Knochenbruch, Zungenschlagen, Somatotropin, Harnsaufen, Krippenbeißen, Federnrupfen und Monotonisierung des Paarungsverhaltens. Jetzt fand sie sich in diesen Worten selbst wieder. Schwankend spiegelte sie sich und die Großstadt in der Welt der Tiere. Sie war innerlich verödet, als hätte sie Leere zu sich genommen, Leere, die Adam ihr eingespritzt hatte. Sie dachte an die Proteste, die sie unterlassen, die Möglichkeiten, die sie verpaßt hatte. Schuldgefühle plagten sie. Nicht das schlechte Gewissen, nicht die mentalen Läpperschulden, nicht das Kleingeld, sondern der Selbstmörderkomplex. Auf ihrem selbstgewählten Absturz war sie ganz unten angelangt, dort, wo die Reue sitzt.

Sie dachte an den Affen. Aus ihrem inneren, alkoholisierten Naturpark für die Kriechtiere ihrer Halluzinationen etablierte sich über die von ihrer Familie aufgestapelten Schweine, Kühe und Hühner hinweg eine Verbindung zu dem eingesperrten Affen.

Da gelangte Madelene zu der Erkenntnis, daß sie keine Reisende in interessanten Alkohollandschaften mehr war. Sie war – lange schon – fest ansässig, eingesperrt in einem chemischen Gefängnis.

Das Mondlicht, das noch einen Augenblick zuvor schwach gewirkt hatte, strahlte jetzt mit Röntgenschärfe in ihr Zimmer. In diesem Licht sah Madelene ihre eigene Ohnmacht, klar, wie der Affe sie gesehen hatte, sah sie sich selbst, und da gab sie auf. Sie gab die Hoffnung auf, sie gab ihre Rolle als Trinkerin auf, sie gab den milden, alkoholisierten Rückenwind auf, der sie durch die Ereignisse der letzten Woche geweht hatte. Sie gab ihr Alkoholmartyrium, ihre Alkoholidentität auf. Sie gab das Trinken auf.

11

Als sie aufwachte, war sie nicht allein. Neben ihr – an dem Platz, von dem Adam im Laufe der Nacht geflüchtet war – lag die gestrige Erkenntnis ihrer eigenen Schwäche.

Madelene sah sie an. Sie war erschreckend ungeschwächt und dennoch unbekannt.

Sie stand auf. Zitternd tat sie die ersten Schritte durch das Zimmer, drehte sich um und machte kehrt.

Es sah aus, als sei sie wieder auf dem Weg zum Bett und zur Geborgenheit der Karaffe. Aber sie ging daran vorbei, hin zu Adams Arbeitstisch. Hier rollte sie eine Auswahl aus den Hunderten großer Druckbögen, die er aus dem Wintergarten hochgebracht hatte, zusammen und steckte sie in ihre Papprolle. Aus der oberen Schreibtischschublade nahm sie zwei Bündel Geldscheine. Dann ging sie durchs Zimmer und hinaus, und mit dieser physisch gesehen bescheidenen Bewegung ließ sie einen Lebensabschnitt hinter sich.

In der Diele sah sie kurz auf das Telefon, aber alle Leitungen des Hauses liefen über eine Zentrale in Claphams Büro. Sie ging in den Garten weiter, durch die kleine Tür in der Mauer und auf die Straße.

Johnny öffnete die Hintertür des Wagens, noch bevor sie ihn ganz erreicht hatte.

Madelene war noch nie unter einer Adresse gemeldet gewesen, die weniger als achthundert Quadratmeter umfaßt hatte, voll unterkellert gewesen war und einen Park gehabt hatte. Johnnys Wohntransporter hatte Bett, Schreibtisch, Fernseher, Bar, Telefon, Küche, Stereoanlage, Teppiche, Plüsch an den Wänden, Lampen und Einbauschränke, und das alles auf zweieinhalb mal drei Metern. In der halben Minute, die sie brauchte, um hineinzukriechen, auf einem Stuhl zusammenzusacken und das Glas Wasser zu trinken, das Johnny ihr reichte, machte sie eine Reihe von lebenslang währenden Erfahrungen über das Verhältnis zwischen Sozialstatus und Reviergröße.

»Ich habe aufgehört zu trinken«, sagte sie.

Aus seiner Jugend und von sich selbst kannte Johnny die Stärke des Sogs, der vom Alkohol ausgeht. Er sah Madelene respektvoll an.

Sie nahm die Bögen aus der Papprolle und rollte sie auf dem Tisch aus.

»Wissen Sie, was das hier ist?« fragte sie.

Die Symbole ließen Johnny erstarren.

»Ich bin fünf Jahre zur Schule gegangen«, sagte er.

Madelene nickte. Genau wie sie. Wenn man die Fehlzeiten abzog.

Sie langte nach dem Telefon und gab eine Nummer ein.

Adams Sekretärin hatte jeglichen Widerstand aufgegeben, ihre Stimme klang gedämpft und resigniert.

»Er ist verreist. Er kommt übermorgen zurück. Kann ich etwas ausrichten?«

Madelene legte auf. Johnny betrachtete sie ausdruckslos. Sie tippte eine neue Nummer und wurde zweimal durchgestellt, bevor sie Andrea Burden erreichte.

»Jetzt, wo wir Vertraute sind«, sagte Madelene, »und

keine Geheimnisse voreinander haben, würdest du mir bitte sagen, wie lange er noch bei uns bleiben soll?«

»Hat er das nicht gesagt?«

»Er versucht mich zu schonen.«

»Sie hören morgen auf.«

»Und wo soll er dann hin?«

Die Antwort kam viel zu schnell und viel zu glatt.

»Das Institut hat ja St. Francis Forest. Abseits und schön für sich gelegen.«

»Klingt wunderbar«, sagte Madelene. »Jetzt bin ich ganz beruhigt.«

Sie legte auf.

»Wir haben vierundzwanzig Stunden«, sagte sie. »Dann bringen sie ihn weg. Wie transportiert man Tiere?«

»Er muß in einen Affenkasten.«

»Wo kriegen sie den her?«

»Bowen baut sie. Bally hat immer gesagt, Bowen ist für diese Kästen einer der Besten der Welt.«

»Bowen?« sagte Madelene. »Und Bally?«

»Das ist der, der den Affen mitgebracht hat.«

Madelene sah Johnny an. Dann die Papprolle, die Kurven. Samson und seine Verbände. Sie schaute aus dem Fenster. Sah das Morgenlicht. Den Mann im grauen Anzug, der mit einem kleinen, quirligen, cappuccinofarbigen Drahthaarfox an der Leine den Bürgersteig entlangschlenderte, den Mann, den sie nun schon zum drittenmal vor Mombasa Manor sah. Sie verspürte ein Vibrieren im Körper, neben den Abstinenzsymptomen und anders als diese. Das Gefühl wurde zum Zittern, das den ganzen Körper ergriff, so als hätte sie das erste Morgenglas getrunken. Aber da war kein Glas. Was sie erlebte, war etwas anderes. Es war die sich plötzlich auftuende Konstellation berauschender Möglichkeiten, die sich einem bieten, wenn man beschlossen hat, schöpferisch tätig zu werden, und alle Möglichkeiten offengelassen hat.

Von einem Haken griff sie sich Samsons Halsband, nahm den Hund an die Leine, öffnete die Tür des Lasters und stieg mit dem Hund aus.

Als der graue Mann Madelene sah, erstarrte er unmerklich, drehte sich um und wollte weggehen.

Madelene hätte ihn gehen lassen können. Aber von ihrem Hinterkopf aus strahlte jetzt allmählich eine gemeine Migräne in ihren Körper aus. Während das Trinken ihr immer eine flüchtige, leicht entflammbare und schnell verbrannte Energie verliehen hatte, spürte sie jetzt, daß im Aufhören eine destruktive und unverschämte Kraft lag. Sie und Samson holten den Mann und seinen Terrier ein.

»Wie geht's denn so bei der Veterinärpolizei?« fragte sie.

Sie hatte ihn bis jetzt nur in dem weißen Auto gesehen, als Clapham ihn am Tor abgewiesen hatte, und die Male, die er vor dem Haus gehalten hatte. Aufrecht und aus der Nähe war er groß, mager, sehnig und in jeder Beziehung dazu geboren, erzogen und ausgebildet, sich nicht zum Narren halten zu lassen.

Er ließ sich Zeit und wartete, bis sich die Hunde beschnuppert hatten, bevor er antwortete.

»Das ist ja inzwischen ein größerer Laden«, sagte er. »Ursprünglich waren wir nur vier, fünf Mann. Jetzt kümmern wir uns auch noch um den Rennsport, alle Dopingsachen. Haustierentführungen. Allein für die Kontrolle der Tierhändler haben wir zwanzig Leute. Mit Tierärzten und Blankodurchsuchungsbefehlen.«

Madelenes Erziehung und ihr Interesse an Männern hatten sie gelehrt, mit großer Sicherheit zwischen denen zu unterscheiden, die wie Adam einen durch ihre Geburt bestimmten Platz eingenommen hatten, und denen, die sich wie der Mann vor ihr von unten hochgearbeitet hatten.

»Weshalb läßt sich ein Mann mit einem Durchsuchungsbefehl von unserem Pförtner abweisen?« fragte sie.

Der Mann hatte aufgehört, den Hunden mit dem Blick zu folgen. Er sah jetzt nur noch Madelene an.

»Durchsuchungsbefehle sind gut bei Tierhändlern und in kleinen Wohnungen, wo die Leute unter Naturschutz stehende Kriechtiere in Schuhschachteln halten. In den oberen Gesellschaftsschichten sind das riskante Papiere.«

Bei den von unten Kommenden gab es, das wußte Madelene, wiederum zwei Untergruppen. Diejenigen, die wie ihr Vater das ganze Leben daran arbeiteten, einen Abstand zwischen sich und ihre Herkunft zu legen. Und diejenigen, die sich der Einfachheit halber ein weißes Auto, Anzug und Schnauzbart zugelegt hatten, aber Proletarier geblieben waren.

»Sie wollten nach dem Affen fragen?« sagte sie.

Der Mann antwortete nicht.

»Wir könnten einen Handel machen«, fuhr Madelene fort. »Ich erzähle, wo er ist. Sie erzählen, warum er für Sie interessant ist.«

Der Mann sagte nichts.

»Er ist in einem Seitenflügel«, sagte Madelene. »Mit einer Lastwagenladung Maschinen. Sie untersuchen ihn. Sie suchen nach etwas. Was sie noch nicht gefunden haben. Er ist müde, aber er lebt. Jetzt zu Ihrem Teil der Vereinbarung.«

In der Zeit, die verstrich, bevor er antwortete, erlebte Madelene eine jener seltenen blitzartigen, unerklärlichen, intuitiven Einsichten in den Charakter eines Menschen. Sie wußte plötzlich, daß der Mann vor ihr nur so weit gekommen war, weil er hart und intelligent war, und daß er darüber hinaus ein starkes Gerechtigkeitsgefühl besaß, das ihn daran gehindert hatte, noch weiter zu kommen.

»Wenn Sie so wollen, sind wir gar nicht an dem Tier interessiert«, sagte er. »In erster Linie interessieren wir uns für den Kapitän des Schiffes, das es gebracht hat.«

»Bally«, sagte Madelene.

Der Mann nickte.

»Wenn es eine Hölle für Tiere gibt, wird Bally, wenn es soweit ist, dort Oberteufel.«

»Sein Stellvertreter«, erwiderte Madelene. »Der Oberteufel, das ist mein Vater.«

Der Mann streckte den Arm aus. Madelene glaubte, er wolle ihr die Hand drücken. Aber er reichte ihr seine Karte.

»Smailes«, sagte er. »Wir haben Herrn Bally aus der Themse gefischt und ihn in Untersuchungshaft gesteckt. Aber wir haben keine Beweise. Bald müssen wir ihn laufenlassen. Wir haben überlegt, ob wir uns nicht doch einen Durchsuchungsbefehl holen, hereinplatzen und eine Erklärung fordern sollten.«

»Geben Sie mir vierundzwanzig Stunden Zeit«, sagte Madelene.

»Was bekommen wir dafür?«

»Beweise gegen Bally.«

Smailes begann, seinen Terrier wegzuführen.

»Wo kam das Boot her?« fragte Madelene.

»Aus Dänemark. So wie Sie.«

»Sie wissen aber viel. Wenn man bedenkt, daß Sie gar nicht reingekommen sind.«

»Ich bin mit dem Hund hier im Viertel spazierengegangen.«

Madelene sah auf Samson hinunter.

»Das ist auch immer mein Prinzip gewesen«, sagte sie leise.

Smailes war schon fast außer Hörweite, als er sich ein letztes Mal umdrehte.

»Vierundzwanzig Stunden«, rief er gedämpft. »Und keine Minute mehr.«

12

Die Kensington Holland Park Veterinary Clinic war eine Aufforderung zur bedingungslosen Kapitulation. Sie war nicht nur Londons teuerstes und modernstes privates Tierkrankenhaus, sondern darüber hinaus auch als »Klinik des Lächelns« bekannt, weil alle dort Beschäftigten lächelten. Der freundliche Portier lächelte, die zuvorkommende Krankenschwester am Empfang lächelte, der hilfsbereite Krankenträger lächelte, und der Klinikchef, der Samson auf eine niedrige Pritsche hob, lächelte warm und entgegenkommend.

»Ich hätte gern mit Alexander Bowen gesprochen«, sagte Madelene.

Jetzt war das Lächeln der Frau bedauernd.

»Dafür müssen Sie vorher einen Termin ausmachen«, sagte sie.

Madelene angelte ein Stück weißen Karton und einen Kugelschreiber vom Tisch, schrieb eine Zeile auf die Karte, wickelte sie in eine Fünfzigpfundnote aus Adams Geldscheinbündel und reichte sie dem Krankenträger.

»Es war eine dramatische Operation«, sagte sie. »Alex hat mich inständig gebeten, nach ihm zu schicken. Damit er Samson selbst sehen kann.«

Drei Minuten später trat Alexander in weißem Kittel und mit einem Lächeln ein.

Das Lächeln war dünn. Trotz seiner Macht lebte der Tierarzt in beständiger Unsicherheit, und die Situation, in die er sich jetzt begab, war unsicherer als die meisten.

Auf den weißen Karton hatte Madelene geschrieben: »1000 Pfund nach Absprache. Lady Mortensen.« Alexander Bowen konnte das gesamte *Debrett's Peerage and Baronetage* auswendig, erinnerte sich an jedes Tier, das er jemals behandelt hatte, und an weitaus die meisten Rechnungen, die in dem Zusammenhang ausgestellt worden waren, und er wußte, daß er noch nie etwas von einer Lady Mortensen gehört oder die Frau gesehen hatte, die jetzt mit Sonnenbrille und im Staubmantel vor ihm stand. Aber er wußte auch, daß es sich bei dem Hund um den Dobermann handelte, den er nicht einzuschläfern gewagt hatte aus Angst vor diesem Fahrer, wie hieß er doch gleich, der für Bally gefahren war.

Was ihn hatte kommen lassen, war der Hinweis auf die tausend Pfund. Was ihn bleiben ließ, war teils Furcht, teils Neugierde.

In dem vorliegenden Verhaltensvakuum wählte er eine Attitüde, die wirkungsvoll war, ohne zu verpflichten. Forsch und umsichtig trat er auf den Hund zu.

»Wie geht es ihm?« fragte er.

»Besser«, antwortete Madelene.

Sie reichte ihm die großen Bögen aus ihrer Papprolle. Mit der gleichen Bewegung legte sie zehn Hundertpfundnoten aus dem Bündel auf den Tisch.

»Ich habe die Röntgenaufnahmen mitgebracht«, sagte sie.

Madelene war in einem Haus aufgewachsen, in dem die Frauen die Männer mit Erotik gekauft, die Erwachsenen die Kinder mit Spielzeug bestochen, die Kinder sich Zugeständnisse durch Hysterie oder Zärtlichkeiten erworben hatten und sich der ganze Clan mit Geld in die besten

Kreise und die dänische Geschichte eingekauft hatte. Von klein auf hatte sie die für die Kunst der Bestechung erforderliche artistische Fertigkeit erlernt. Hätte das Gesicht des Arztes auch nur das geringste Anzeichen von Mißfallen gezeigt, hätte sie ihre Hand auf die Scheine legen und ihren kleinen Irrtum unsichtbar machen können. Doch sein Gesicht war nicht skeptisch, es hellte sich ganz im Gegenteil auf und wurde ruhiger.

»Das sind keine Röntgenbilder«, sagte er. »Das ist MRI-Scanning. Und das ist auch kein Hund.«

»Unser Schimpanse«, sagte Madelene. »Ich muß die verkehrten gegriffen haben.«

Der Arzt schüttelte den Kopf.

»Schauen Sie sich den Stirnlappen an«, sagte er. »Mit den höheren kognitiven Funktionen. Das ist ein Mensch. Aber natürlich ein großer Mensch.«

Seine Finger glitten zu einer Zahlenkolonne an der rechten Seite des Bildes.

»Ein Volumen von zweitausendsiebenhundert Kubikzentimetern. Das ist abnorm.«

Er blätterte und hielt bei einem Schirmbild inne. Die Farben strahlten rubinrot, hellgolden, königsblau.

»Das ist er noch einmal. EEG in PET. Das können in Europa nicht viele. Woher stammt das, sagen Sie?«

»Was ist PET?« fragte Madelene.

»Positronenemissionstomografie. Man hat ihm radioaktives Wasser injiziert, dadurch öffnet sich das Gehirn und läßt mehr Blut durch. Danach braucht man nur noch die Radioaktivität zu messen.«

Behutsam griff Madelene in das Bündel und legte verstohlen noch einen von Adams Scheinen auf den Tisch.

»Erlauben Sie mir wenigstens, Sie für Ihre Zeit zu entschädigen«, sagte sie.

Die Augen des Arztes verschleierten sich. Ein tückischer Strom von Zerstreutheit, Jugenderinnerungen und angestachelter Eitelkeit hatte ihn gepackt und mit sich gerissen.

»PET«, sagte er, »großartige Raumparameter. Drei bis fünf Millimeter Genauigkeit. Aber ganz schlechte Zeit. Bis zu neunzig Sekunden. Deshalb macht man zugleich eine Enzephalografie. Damit sieht man alles, was im Gehirn vor sich geht, auf eine Millisekunde genau. Das ist fabelhaft. Und das hier sind ja mobile Geräte. Sie haben ihm einen Helm aufgesetzt. Das ist der neueste Hit. Ich dachte, das könnte außer uns niemand.«

Seine Finger glitten über die Zahlenreihen.

»Sie haben ihn auf eine Hindernisbahn geschickt. Ist was mit seiner Motorik nicht in Ordnung? Sprachtest, Sehtest, verschiedene funktionelle Überprüfungen. Anatomische Lokalisierung, sehr gründlich, dreißig Schnitte auf allen vier Ebenen.«

»Wonach haben sie gesucht?« fragte Madelene.

Sie ließ noch einen Schein flattern, das Gesicht des Arztes war fern wie das eines Menschen in Hypnose. Madelene wußte, daß sie ihn jetzt in Narkose hatte. Es ging nur darum, sein Mißtrauen schlummern zu lassen, seine Geistesgaben dagegen wach zu halten.

»Tja, wonach suchen wir?« fragte er. »Kann das jemand beantworten?«

»Wir?«

»Ich habe auch gesucht.«

»Haben Sie's gefunden?«

Der Blick des Arztes suchte einen fernen, nur für ihn sichtbaren Ort.

»Tut man das jemals?«

»Diese Bilder hier, haben Sie die gemacht?«

Er schüttelte den Kopf.

»Ich denke an frühere Tage. Die goldene Zeit. Vor knapp zehn Jahren. Als man noch zu hoffen wagte.«

Madelene strich ihm fragend über den Ärmel des Kittels.

»Ich denke daran«, sagte er. »Aber ich spreche nicht davon. Ist am besten so. Wie die Dinge liegen.«

»Sagen Sie es ruhig«, sagte Madelene sanft. »Der Hund versteht doch nichts.«

Alexander Bowen empfand ein angenehmes Defizit an Klarheit. Die Umgebung erinnerte ihn an sein eigenes Krankenhaus, die Scanningbilder deuteten darauf hin, daß er Referent bei einem wissenschaftlichen Kolloquium war, die zuhörende Frau ließ auf eine Vorstandssitzung schließen, das Geld sprach für einen Termin mit seinem Rechtsanwalt. Es war, als vermittle die Situation aufs angenehmste zwischen den schwer miteinander zu vereinbarenden Rollen seines Lebens.

»Massachusetts«, sagte er. »Die Frage nach dem Wesen der Intelligenz. Pionierforschung – konkurrenzlos. So weit voraus, daß der Rest des Feldes nicht zu sehen war. Wir fühlten uns so dicht dran. Sie müssen verstehen: Wir waren im Gehirn selbst. So dicht dran, wie man überhaupt kommen kann. Näher geht es nicht. Es war so … überwältigend intim. Auch wenn es nur Affen waren. Wir waren so dicht dran. Daran, eins zu werden. Mit einem fremden Bewußtsein. Stellen Sie sich die Enttäuschung vor. Als es plötzlich verdampft. Zu nichts wird. Da steht man dann. Die schreckliche Leere. Wo alle um einen herum noch hoffen. Aber selber weiß man, es ist vorbei. *Horror vacui.*«

»Wie in einer Liebesbeziehung«, sagte Madelene.

Der Arzt starrte sie an.

»Sind Sie auch dagewesen?«

»Ich weiß, was für ein Gefühl das ist.«

»Sie verstehen mich«, sagte der Arzt. »Wie in einer Ehe.

Genau so war es. Man fühlte sich betrogen. Denn in Wirklichkeit, auch wenn ich es nie eingestehen würde, niemandem, nicht einmal Ihnen ... Wenn es gelungen wäre, das Gemüt, die Seele, das Bewußtsein zu verstehen, das Gehirn zu dekodieren. Und man hätte eine Frau auf die Pritsche legen können. Und hätte sie in die Röhre fahren können ...«

»Eine Röhre?«

»MRI, *Magnetic Resonance Imaging*. Kernspinresonanztomografie, das ist ein großes Magnetfeld. Man legt die Leute auf eine Trage und schiebt sie in eine Röhre. Sie merken nichts. Sie hätte nichts gemerkt. Da drin gibt es ein Heißluftgebläse. Und einen Spiegel. Und sie können Kopfhörer kriegen. Und schmachtende Musik hören. Rosenkavalier oder sonst was Wunderbares. Und dann würde man über die Kopfhörer zu ihr sagen: ›Alexander, woran denkst du beim Namen Alexander?‹ Und dann könnte man draußen stehen und ihre Gedanken direkt sehen, sie würden als Computerbilder herauskommen, als *pixels*. Das wäre tiefer drin in einer Frau, als irgendein Mann je gewesen wäre. Im weiblichen Wesen an sich. Sie hätte keine Möglichkeit zu lügen. Und wenn da ein anderer gewesen wäre, wenn sie einen anderen hätte oder nur an jemanden denken würde, würde man es sofort entdecken.«

Madelene reichte ihm ihr Taschentuch.

»Sie schwitzen«, sagte sie.

Der Arzt trocknete sich die Stirn.

»Dann hätte man vielleicht seine Ehe retten können«, sagte er.

Madelene sah ihn mitleidig an.

»Dazu bräuchte es wohl mehr als ein magnetisches Scanning«, sagte sie.

»Ja. Aber man hofft doch. Das ist doch wohl menschlich? Wir haben bis zuletzt gehofft. Aber zuletzt war es doch unmöglich. Man mißt ja nur den Sauerstoffverbrauch. Und es gibt kein Modell für das Verhältnis von Sauerstoffverbrauch und Gehirnaktivität. Wird es auch nie geben. Kein objektives Maß der Intelligenz, keine Möglichkeit, das Denken zu lokalisieren. Wir kehrten also zu den alten Methoden zurück. Allein Geräte hatten wir ja für über achtzig Millionen Dollar. Und die Sponsoren wollten ja Resultate sehen. Wir kehrten also zu den Nadeln zurück.«

»Den Nadeln?«

»Sie wissen doch, solche, wie man sie die ganze Zeit über benutzt hat. Man bindet sie fest. Also die Affen. Und hebt die Kalotte ab, den oberen Teil des Schädels. So daß das Gehirn bloßliegt. Und dann hat man diese Nadeln. Wunderbar präzise. *Single Neuron Recording*. Man kann ein einzelnes Neuron fangen. Sehen, wie oft es pulsiert. Sehen, wann ein gegebenes Signal gerade dieses Neuron passiert. Es gibt natürlich auch Nadelkomplexe. *Multiple Neuron Recording*. Wir hätten nie davon abgehen sollen. Obwohl damit ja auch Probleme verbunden sind. Um an eine tiefer gelegene Stelle heranzukommen, muß man ja die Nadel erst mal durch das darüber liegende Gewebe kriegen. Und Schimpansen zu beschaffen ist auch schwerer geworden ...«

Madelene sagte nichts. Der Arzt spürte einen unerklärlichen Stimmungsumschwung, konnte ihn jedoch nicht lokalisieren, nicht merken, was man über ihn dachte.

»Das Problem war auch die begrenzte Haltbarkeit der großen Affen. Mit mehr als drei Wochen durfte man nicht rechnen. Dann waren sie defekt und hörten allmählich auf zu funktionieren.«

»Kommt es noch vor«, sagte Madelene, »daß Sie mit Ihren Nadeln, ich meine ...«

Irgendwo in dem Dämmerzustand, in dem sich der Arzt

befand, blinkte eine Warnlampe grell und anhaltend. Er blieb stecken.

Madelene packte ihn am Kittelaufschlag und zwang ihn an die Wand.

»Weiter«, sagte sie.

»Ich glaube, ich habe Ihre Fragen beantwortet.«

Ein niedriger Rolltisch rammte Alexander Bowens Kniekehlen, er fiel nach hinten. Madelene kniete auf ihm.

»Ich habe noch eine letzte Frage«, sagte sie.

Der Arzt starrte sie unverwandt an. Wie jedes Erwachen aus der Narkose war auch dieses quälend und verursachte Brechreiz. Trotzdem besaß der Augenblick eine verborgene und verbotene Süße.

Insgeheim und ganz weit zurück, in seiner Kindheit auf dem Lande, auf der Insel Jersey, hatte Alexander Bowen Tiere aufrichtig gemocht. Er war damit aufgewachsen, die Nähe einer Katze und eines Hundes als angenehm zu empfinden, der Stallgeruch machte ihn zufrieden, und die Gegenwart des Viehs vermittelte eine Geborgenheit, die keiner Erklärung bedurfte, weshalb er sich entschlossen hatte, Tierarzt zu werden, und dann auf die Universität ging. Dort lernte er, daß Tiere Maschinen sind. Feine Maschinen zwar, mit einer sinnreichen biologischen Mechanik, aber letzten Endes eben doch bloß mechanisch, und angesichts dieser Erkenntnis spaltete sich sein Bewußtsein zum erstenmal. Er entwickelte neben dem ursprünglichen Alexander ein naturwissenschaftliches *alter ego*. Wenn er jetzt einem Hund über den Kopf strich, dachte dieser Beobachter: »Was jetzt passiert, was ich jetzt an Wärme und Freundlichkeit erfahre, das sind mentale Illusionen, neu auftauchende Phänomene, die sich aus Millionen von jeweils banalen und restlos erklärten Prozessen zusammensetzen.« Als er sein Studium abgeschlossen hatte, war die Entwicklung dieses inneren Reduktionisten zu Ende gebracht, und in den folgenden dreißig Jahren hatte er dieses Kolbenmonster, diesen inneren Homunculus als immer schwereres Gewicht mit sich herumgeschleppt. Er war mit den besten Referenzen aus den USA zurückgekommen, aber auch mit einer Depression. Alle physischen und psychischen Bewegungen waren, das wußte er, letztlich chemisch und also quantenelektronisch und damit kausal und somit deterministisch, und alles war deshalb vorherbestimmt (oder planlos zufällig) und der freie Wille somit eine Illusion, weshalb es gleichgültig war, was er tat, da sich die Lösung der Frage, was mit seinem Leben geschehen würde, sowieso von allein ergeben würde. Und das tat sie auch. Eines grauen Morgens erwachte er und hatte begriffen, daß man den Schritt ebensogut ganz machen kann, wenn dem physikalischen Universum sowieso nur ein paar Elementarpartikel und ein Standardmodell zur Erklärung der Wechselwirkung der Kräfte zugrunde liegen, und da machte er diesen Schritt, nämlich in eine Welt, die ein bißchen – aber nicht viel – einfacher ist als die der Physik, nämlich die Welt des Geldes, die sich aus ein paar grundlegenden Geldeinheiten und den vier Grundrechenarten aufbaut. In dieser Umgebung hatte er sich seitdem aufgehalten.

Jetzt, auf dem Boden liegend, fand er sich einen Moment lang aus dieser Welt herausgerissen, und das wirkte wie eine Erleichterung. Wie alle, die in einem ausschließlich naturwissenschaftlichen oder ökonomischen Universum leben, träumte Alexander Bowen von Befreiung, und in diesem Augenblick sprach Madelenes Gesicht zu ihm von einer anderen Wirklichkeit.

»Die letzte Frage«, sagte sie. »Was würde es kosten, Ihre Schädeldecke abheben zu dürfen und nach dem Mitgefühl zu suchen? Wenn es da eins gibt.«

Einen Moment lang meinte der Tierarzt auf den Wiesen seines Vaters zu liegen, auf Jersey, unter dem blauen Himmel.

»Weiter«, sagte er. »Machen Sie das noch mal.«

Madelene lockerte ihren Griff und angelte eine Karte aus der Tasche ihres Staubmantels. Die durch den Alkoholentzug bewirkte Mischung aus tödlicher Entschlossenheit, Selbsthaß und körperlichem Unbehagen verlieh ihrem Handeln und ihrer Wortwahl Messerschärfe.

»Lesen Sie das«, sagte sie. »Hinterher trete ich Ihnen dann in den Bauch, das verspreche ich.«

Es war Kommissar Smailes' Karte. Der Arzt las sie langsam und mühselig. Dann wichen Lust, Schmerz und Unklarheit aus seinem Gesicht, und es wurde nüchtern.

»Er steht draußen und wartet«, sagte Madelene.

Sie nahm die Sonnenbrille ab.

»Mrs. Burden«, sagte der Arzt.

Bis zu diesem Augenblick war er sicher gewesen, daß er diese Situation, wie alle anderen in seinem Leben, letztlich unter Kontrolle hatte. Daß gleich zwei Krankenträger herbeieilen und die verrückte Frau wegführen und dafür sorgen würden, daß sie ein erkleckliches Schmerzensgeld bezahlte als Gegenleistung dafür, daß das Krankenhaus sie nicht anzeigte, und daß er selbst in die Konferenz, die er vor einer Viertelstunde verlassen hatte, zurückkehren und das einzige Andenken an das Geschehene ein Hämatom sein würde, das er sich jetzt eben auf dem Linoleumboden geholt hatte. Nun sah er, daß ihm die Situation aus den Händen geglitten war.

Madelene zeigte auf die Scanningaufnahmen.

»Das ist der Affe?« sagte sie.

»Das ist ein Mensch.«

»Soll ihm hier die Schädeldecke abgehoben werden? Wenn Adam erst mal aufgegeben hat?«

Alexander Bowens Gesicht war weiß geworden, nur einen Ton dunkler als die Kacheln an der Wand.

»Das Washingtoner Artenschutzübereinkommen«, sagte Madelene, »Sie kriegen Gefängnis. Und eine Riesengeldstrafe. Praxisverbot.«

Der Arzt fuhr sich mit der Zunge über die Lippen.

»Das ist eine kleine Operation. In zehn Jahren ist viel passiert. Er merkt gar nichts. Er wird ohne bleibende Schäden weiterleben.«

»Sie haben alle Tiere von Bally untersucht?«

Der Arzt antwortete nicht.

Madelene raffte die Geldscheine zusammen und steckte sie wieder in ihre Manteltasche.

»Das Geld für Samson muß ich Ihnen schuldig bleiben«, sagte sie.

Der Hund sprang von der Pritsche.

»Rufen Sie mich an, falls Sie es sich anders überlegen?« fragte Madelene.

Der Arzt starrte sie mit leerem Blick an.

»Ich meine, wenn Sie sich bei näherer Überlegung doch entschließen sollten, mich das Oberteil Ihres Schädels abheben zu lassen. Ist nur eine kleine Operation. Sie werden hinterher ganz normal funktionieren.«

Johnnys Transporter hielt an der Bordsteinkante, Madelene und Samson stiegen ein.

»Denken Tiere?« fragte Madelene.

Sie waren schon halbwegs in South Hill Park, bevor Johnny antwortete.

»Minenponys«, sagte er, »ich habe als Kind für sie gesorgt. In Morton. Die Bohrung reichte unter dem Meer zehn Kilometer in den Atlantik. Man kam mit einem Dieselzug dahin. Aber draußen vor Ort waren die Gänge so eng, daß nur Männer und Pferde weiterkamen. Das letzte Stück nicht mal Ponys. Dort ist man auf dem Bauch gekrochen. Mit einer Lampe und einem hydraulischen Handbohrer. Zehn Kilometer weit draußen und einen Kilometer unter dem Meer. Man mußte immer an die Stützpfeiler denken. Sie hielten die Decke. So dünn. Aber wenn einem dieser Gedanke kam, schaute man zurück. Zum Pferd. Sie spüren die Verschiebungen lange vor den Menschen. Merken, wenn die Luftzufuhr nachläßt. Wasser einsickert. Und sie können Zeichen geben. Wie Menschen. Aber sensibler. Wenn das Pferd ruhig war, war alles in Ordnung.

»Weshalb sind Sie nicht weggegangen?«

»Wohin?«

Mit einer unbestimmten Geste deutete Madelene auf das Licht, die Bäume, den Wohlstand um sie herum.

Johnny sah durch die Windschutzscheibe. Betrachtete die Mauern um die Häuser, die bewachten Gittertore, den Zaun um Parliament Hill.

»Wäre das besser gewesen?« fragte er.

Zum drittenmal innerhalb weniger Tage wankten Madelenes Vorstellungen von Freiheit, kenterten und gerieten in Auflösung.

»Man hat sich an die Hitze gewöhnt. An das Arbeiten im Liegen. An die Luft. An den Platzmangel. Schlimm war das Alleinsein. Man hörte ja nichts. Es ist ganz still dort. Und plötzlich fühlt man sich verlassen. Als sei man der letzte lebende Mensch auf der Erde. Einen Kilometer tief. Das waren die Augenblicke, wo man die Lampe nach hinten geschoben und das Pferd angeguckt hat. Es war schwarz ums Maul. Wie das eigene Gesicht. Seine Augen waren blank. Wie die eigenen. Es war wie man selbst. Aber ganz ruhig. Nicht weil es dumm war. Sondern weil es keine überflüssigen Gedanken dachte. Es dachte nicht an gestern und nicht an morgen. Nicht an den Feierabend und nicht an den Dritten Weltkrieg. Es dachte an jetzt und hier. Und wenn man es anschaute, konnte man auch so fühlen. Und dann wurde man ganz ruhig. Und manchmal ... fast glücklich. Wie wenn ich mit den Tieren gefahren bin. Normalerweise fliegen die Gedanken ja. Gestern. Morgen. Probleme, Probleme. Aber wenn ich mit Ballys Tieren gefahren bin, da dachte man nur ans Fahren. Keine Einsamkeit. Und man spürte sie hinter sich im Dunkeln mit blanken Augen. Schön, stark, sonderbar. Sie mußten beschützt werden. Man durfte nicht den kleinsten Fehler begehen. Dann hätte es einen Einsturz gegeben. Man war hundertprozentig aufmerksam, und da auf der Straße war man ... wurde man ...«

»Fast glücklich«, ergänzte Madelene.

Sie blieben schweigend sitzen.

Endlich öffnete Madelene die Tür.

»Morgen«, sagte sie, »wir müssen ihn vor morgen raushaben. Wenn er sein Gehirn so behalten soll, daß es keine überflüssigen Gedanken denkt.«

Sie sah zu Johnny und dem Hund hoch.

»Ihr seid doch heute abend hier?« sagte sie. »Nicht wahr, Sie kehren nicht plötzlich nach Morton zurück?«

»Sie haben die Zeche fünfundachtzig geschlossen. Morton, das war nur die Zeche. Da ist nichts mehr.«

13

Zum erstenmal seit fünf Tagen aß Adam an diesem Abend zusammen mit Madelene, und von weitem betrachtet war er liebevoll und aufmerksam.

Aber Madelene sah ihn nicht von weitem. Sie sah ihn ganz nah, noch näher, sie sah ihn auch von innen, aus der Sicht einer Geliebten, und da sah sie Abwesenheit. Adam war, obwohl er ihr gegenübersaß, nicht persönlich zu Tisch gekommen. Sein Bewußtsein war bei dem Affen im Labor geblieben.

Diese Situation war für Madelene nicht neu. Neu daran war nur, daß sie die Situation als unbefriedigend empfand. Nach wenigen Minuten war sie außerstande, zu essen und zu reden, weshalb sie kein Wort sagte, bis sie gemeinsam die Treppe hochgingen und vor seinen Zimmern standen, er die Hand nach ihr ausstreckte und sie seine Hände beiseite schob.

»Nix da«, sagte sie.

In diesem Moment kehrte Adam Burden in seinen Körper zurück.

Vor Madelene hatte Adam eine Reihe Liebesverhältnisse gehabt, die er nicht mehr auseinanderhalten konnte oder wollte. Ihm war, als hätten die Frauen – auch wenn sie in den Zwanzigern oder Dreißigern waren – alle zarte Kinderstimmen und Schlafzimmer voller Kuscheltiere gehabt und davon geträumt, daß er sich als ein weiterer Teddybär erweisen würde, und als seien sie, wenn er sie auch nur die Umrisse seiner Begierde hatte ahnen lassen, von ratloser Panik ergriffen worden.

Anders Madelene. Gleich beim erstenmal, als er die Hand nach ihr ausgestreckt hatte, war eine sich träge räkelnde Gefährlichkeit über sie gekommen. Mit halb geschlossenen Augen war sie auf der Hut gewesen, während er herantanzte, und als sie schließlich beschlossen hatte, ihm zu antworten, war die Antwort vorbehaltlos. Gegen diese plötzlich auftretenden und hinterher spurlos verschwundenen Augenblicke weiblicher Begierde hatte Adam keine Antikörper besessen. Madelene war ihm wie eine augenblickliche Blutvergiftung in die Adern gedrungen. Nach ihren ersten gemeinsamen vierundzwanzig Stunden war er ein kranker Mann. Als sie ihn zum erstenmal zurückwies, wurde die Krankheit unheilbar.

Jetzt, auf dem Treppenabsatz, loderte in seinem Gesicht kurz ein Haß auf, der Menschen morden läßt. Aber er kam nie zum Ausbruch. Das Gefühl flammte auf für den Bruchteil einer Sekunde, danach verlöschte es, und seine Gestalt gerann zu einer qualvollen Verkapselung der vorliegenden Situation.

Da kam Madelene zum erstenmal der Gedanke, daß sie zuviel war für ihren Mann. Um eine Sehnsuchtsinfektion wie die, von der Adam betroffen war, überleben zu können, muß man Zurückweisung ertragen können. Auf jedes Mal, wo Madelene ja zu ihm sagte, kamen drei andere, wo sie ihm den Rücken kehrte, und jetzt ahnte sie, daß er das nicht ertragen konnte, es nie gekonnt hatte. Er war ein Sieger, ein geborener Sieger, der in ihr die Niederlage seines Lebens gefunden hatte, eine Niederlage, die nicht ein für allemal erlitten werden konnte, sondern wie eine zyklisch wiederkehrende Vernichtung immer wieder durchgespielt werden mußte.

Einen Moment lang blieb Adam stehen. Dann drehte er sich steif und langsam um und ging auf sein Zimmer.

Als die Tür hinter ihm zufiel, trat er zum Fenster, öffnete es und beging, wie er es in dieser Lage zu tun pflegte, den ersten einer Reihe von Morden.

Seit er Madelene zum erstenmal gesehen hatte, war Adam von Eifersucht umnebelt, seine Nerven waren geschwächt. Er war überzeugt, daß sie nicht nur für ihn gefährlich war, sondern für die Menschheit an sich eine Bedrohung darstellte, daß jeder Mann sein Leben dafür hingeben würde, in sie einzudringen. Folglich hatte er sich nicht nur zu ihrem Mann, sondern auch zu ihrem Bodyguard und Haremswächter gemacht, und wenn er in ihre Seele hätte hineinschauen können, wäre er auch ihre Gedankenpolizei gewesen.

Jetzt, vor dem Fenster, stellte er sich vor, daß seine Aufmerksamkeit versagt hatte und es ihr gelungen war, sich einen Liebhaber zu nehmen, den sie auf ihr Zimmer geschmuggelt hatte. Langsam erhitzte er seine Phantasie an der Vorstellung vom Entkleiden und dem Beginn des Beischlafs, und an dieser Stelle trat er selbst mit der doppelläufigen Purdy seines Vaters in den Raum und feuerte beide Läufe ab, dreihundertfünfzig Schrotkugeln aus drei Meter Entfernung. Hinterher verweilte er genüßlich bei seiner eigenen Verzweiflung und bei dem, was von Madelene noch übrig war.

Dieser erste Mord beruhigte ihn etwas, weshalb er noch einen und noch einen weiteren beging, und mit jedem Mal ging es ihm besser. In seinem nüchternen Normalzustand hätte er sich mit einem gewissen Stolz als phantasielos beschrieben, doch in der halben Stunde, die er als einsamer Henker am Fenster stand, hatten seine Phantasien eine künstlerische Leibhaftigkeit, die es schwermachte, sie von der Wirklichkeit zu unterscheiden. Als er Madelene leichtfüßig wie eine Elfe über den Rasen schweben sah, glaubte er deshalb anfangs, er starre auf sein eigenes inneres Theater. Erst als sie die Pforte in der Umfassungsmauer öffnete und einen Mann einließ, merkte Adam, daß diese Phantasie nicht so erlösend wirkte wie die anderen.

Der Mond war im Abnehmen begriffen und der Himmel teilweise bedeckt, bei dieser Beleuchtung war es ihm nicht möglich, Einzelheiten zu erkennen. Im übrigen hätte in dem Zustand, in dem er sich befand, vermutlich selbst das Tageslicht nicht ausgereicht. Er sah Johnny nicht deutlich, er sah den zusammenklappbaren Rollstuhl nicht, den er trug. Er sah nur die Umrisse eines gedrungenen und massigen, buckligen Gnoms.

In den Phantasien, die Adam noch einen Augenblick zuvor gehabt hatte, waren Madelenes Liebhaber sämtlich Angehörige des Königshauses oder göttliche Gestalten gewesen, die Untreue seiner Frau hatte sich nach oben gerichtet und war somit für ihn indirekt eine gesellschaftliche Beförderung gewesen. Jetzt sah er in dem trügerischen Licht eine Männergestalt, die aussah, als habe man sie direkt aus Londons Kloaken geholt.

Er blieb regungslos stehen, es dauerte eine Viertelstunde, bis er wieder denken konnte, und eine halbe Stunde war vergangen, bis er einen Entschluß gefaßt hatte. Er wollte direkt zu Madelenes Zimmer gehen, die Tür eintreten und den Liebhaber zu Boden schlagen. Danach, wenn Madelene schreiend vor ihm kniete, würde er sich den nächsten Schritt überlegen.

Er wollte sich eben umdrehen, als der letzte Akt der Tragödie dieses Abends an seinen Fenstern vorüberzog.

Erst kam der Bucklige. Danach kamen, eng umschlungen, Madelene und eine weitere Mannsperson.

Adam hatte den Affen nie auf zwei Beinen gesehen und natürlich nicht im langen Mantel und mit Hut. Er ahnte deshalb nicht im entferntesten, welche vermenschlichende Wirkung Kleidung und aufrechter Gang auf ein Tier haben konnten. Trotzdem hätte er, wenn er seine Vernunft auch nur teilweise beisammengehabt hätte, an Erasmus gedacht. Aber ihm war keine Vernunft geblieben, er hatte keine Verbindung mehr zur Alltagswirklichkeit, er befand sich an einem Ort, wo der Affe nicht einmal mehr existierte. Er hielt sich in der dämonischen Landschaft der Eifersucht auf. Was er sah, waren seine Frau und ihre beiden Liebhaber, zwei Wesen, die einen absoluten Mangel an Eleganz ausstrahlten, und durch sein Gehirn zog die ungeheuerliche Menge erotischer Erniedrigungen, die diese neue, dritte Person ermöglichte.

Um nicht noch mehr sehen zu müssen, trat er zwei Schritte ins Zimmer zurück. Er sah deshalb nicht, wie Erasmus, Madelene und Johnny den Park durch die kleine Tür in der Mauer verließen, und überhaupt sah er nichts mehr außerhalb seiner selbst. Seine Aufmerksamkeit wurde nach innen gezwungen, und dort erlebte er, daß der Adam Burden, den er zu kennen geglaubt hatte, an die Luft gesetzt worden war. Über ihn hinweg, durch ihn hindurch und in die Nacht hinaus donnerten Herden wild gewordener Elefanten und verzauberter Schweine. Er konnte sich nicht vom Fleck rühren, und erst im Morgengrauen, als sein inneres Brüllen abklang und von einer Art Abgestorbenheit verdrängt wurde, konnte er durchs Zimmer gehen und zum Telefon greifen.

14

Die Danish Society von London liegt in Knightsbridge, zum Hyde Park hin, und dort kam Madelene am Vormittag um elf Uhr an. Sie war nicht allein. Vor sich her schob sie einen Rollstuhl mit einer in ein großes Plaid gehüllten älteren Dame, die ein schwarzer Hut mit Schleier vor der Sonne schützte.

Daß Madelene sich ausgerechnet hier befand, war folgendermaßen vor sich gegangen: Am frühen Morgen, nach einer Nacht in dem abgelegenen Vorort Hemel Hempstead in Johnnys Wohntransporter auf einem Parkplatz mit Ausblick über London, hatte Madelene über Funk gehört, daß sie gesucht wurde.

Keiner der vier Passagiere des Transporters hatte während der Nacht geschlafen. Ohne ein Wort zu wechseln, ohne eine andere Tätigkeit, als daß Johnny zweimal aufgestanden war und Tee gemacht hatte, hatten sie schweigend die Nacht vorbeitreiben sehen, als seien sie eine Besatzung und der Transporter ein Schiff auf dem Weg über einen Ozean, sicher, daß man im Morgengrauen Land sehen würde. Bei Sonnenaufgang hatte Johnny wie an allen anderen Morgen seinen Empfänger auf die Frequenz des Polizeifunks geschaltet. Als er Madelenes Namen hörte, war er sofort in eine Ecke des Bettes gekrochen, wie ein Wild, das fühlt, daß sich die Klapperschlange nähert.

Madelene dagegen zeigte keinerlei Anzeichen von Überraschung oder Angst. Sie rasierte Erasmus gerade das Gesicht, als die Suchmeldung gesendet wurde, und fuhr damit fort, während der Sprecher die Meldung verlas. Sie war an diesem Morgen voller Zuversicht.

Sie vertraute nicht etwa auf eine äußere Gerechtigkeit, denn daß es so etwas gab, hatte sie noch nie erlebt, nein, sie vertraute auf etwas Besseres. Sie verließ sich auf das Gesetz des Dschungels. Die Landschaften, in denen Madelene aufgewachsen war, die Familie, die Schulen und die Ehe, waren alle durch eine soziale Konvention geregelt gewesen, bei der es sich natürlich ebensowenig wie bei dem biologischen Dschungelgesetz um eine Massenschlägerei, sondern ganz im Gegenteil um eine subtile Hackordnung handelte, welche die Individuen mit einem Mindestmaß an äußeren Konflikten an ihrem strukturellen Platz festhielt. Die gesellschaftliche Gesetzgebung war ein Teil dieser Struktur, das Washingtoner Artenschutzübereinkommen war ein Teil dieser Struktur, und Madelenes Plan lief ganz einfach darauf hinaus, einen Tierarzt bescheinigen zu lassen, daß der Affe unter dieses Abkommen fiel. Mit diesem Attest würde sie zu Kommissar Smailes gehen, und danach würde das Abkommen in Kraft treten und die alte Ordnung wiederhergestellt sein.

Was danach mit ihr selbst geschehen würde, wußte sie nicht. Aber sie machte sich keine Illusionen. Sie hatte ein Nischendasein geführt, eine im biologischen Sinne hoch spezialisierte, an ein Leben in ehelichem Müßiggang und Repräsentation angepaßte Existenz. Wie bei allen Spezialisten, Tieren wie Menschen, war dieser Lebenswandel ungeheuer anfällig gegenüber Veränderungen.

Ihre Zuversicht galt an diesem Morgen ihrer Umwelt. Für sich selbst erhoffte sie nichts. Ausdruckslos hörte sie sich die Suchmeldung bis zu Ende an. Dann griff sie nach dem Telefon.

Der Veterinärodontologe meldete sich nicht mit seinem Namen. Er grunzte nur ins Telefon, und bereits an diesem Ton hörte Madelene, daß etwas nicht stimmte.

»Ich habe den Affen hier«, sagte sie.

»Sie werden gesucht.«

»Sie sind der einzige, der es tun kann ...«

»Es gibt in London zwanzig Tierärzte, die es tun können. Fast genauso gut.«

»Im Schlachthof spricht man von Ihrem Mut.«

Am anderen Ende der Leitung wurde es still. Als der Arzt antwortete, war seine Stimme dünn, so daß Madelene einen Moment lang glaubte, sie spreche mit einem ganz anderen Menschen.

»Meine Position steht auf dem Spiel.«

Madelene war dazu erzogen worden, ein Nein zu respektieren. Wenige Wochen zuvor hätte sie sich noch höflich verabschiedet und ihre Niederlage zugegeben, sich neben Johnny gesetzt und der unausweichlichen katastrophalen Entwicklung ihren Lauf gelassen. Oder genauer: Einige Wochen zuvor hätte dieses Gespräch nie stattgefunden. Doch die Madelene, die jetzt am Hörer war, hegte keine deutliche Erinnerung mehr an die Zeit vor ein paar Wochen, weshalb der Gedanke aufzugeben ihr nicht einmal in den Sinn kam.

»Sie haben doch sowieso nur noch ein Jahr«, sagte sie.

Das Schweigen des Arztes war voller Unsicherheit. Madelene spürte, daß er an einem Rand entlangschwankte. Sie trat vor und gab ihm den letzten Stoß.

»Da ist schließlich auch noch Ihr wissenschaftlicher Nachruhm«, sagte sie.

»Was ist mit dem?«

»Wenn man von diesem Gespräch erfährt. Daß Sie es abgelehnt haben zu helfen. Nachdem Sie das Zahnschema gesehen haben. Ich weiß nicht, was das Institut dazu sagen wird. Aber im Schlachthof wird man noch Jahre darüber reden.«

»Sie arbeiten nicht im Schlachthof. Sie sind Burdens Frau.«

Madelene sagte nichts. Sie wußte, daß sie durchgedrungen und angelangt war.

»Mrs. Burden«, sagte der Arzt, »ganz im Vertrauen, haben Sie nie Angst?«

»Nein, nie.«

»Ist Ihnen klar, daß Ihr Mann die Suchmeldung aufgegeben hat?«

»Das ist ein Mißverständnis. Das kommt in den besten Familien vor. Und wollen Sie nicht Madelene zu mir sagen?«

»Danke«, erwiderte der Arzt. »Mein Name ist Firkin. Wo soll es sein?«

London war Madelene vorher öde und arm an Möglichkeiten erschienen wie eine Wüste. Jetzt, da sie ihre Routine und ihre Rechte verloren hatte, da sie keinen Platz mehr hatte im Alltagsleben der Stadt, wirkte London reich an chaotischen Eventualitäten. Sie schloß die Augen und kehrte das Gesicht nach oben, öffnete ihr Bewußtsein den Ideenschichten, die sich dem Suchenden stets darbieten, und kurz darauf spürte sie den Geruch von Wasser.

»Sie kennen die Danish Society«, sagte sie, »in Knightsbridge ...«

15

Für Dänen, die verreist sind, ist der Gedanke, daß sich Dänemark während ihrer Abwesenheit verändert, unerträglich. Wir Dänen möchten bei unserer Heimkehr das Land nicht nur so wieder vorfinden, wie wir es verlassen haben, sondern auch gern so, wie es hätte sein sollen. Um diesem Wunsch entgegenzukommen, hatte man in London die Dänische Gesellschaft gegründet, die bereits bei ihrer Gründung durch dänische Diplomaten und Geschäftsleute zu Beginn des Jahrhunderts sentimental rückschrittlicher auftrat, als Dänemark selbst es je gewesen war. Seitdem war es gemäß dem Gesetz, wonach in Heimatvereinen jeglicher Art die Zeit immer rückwärts läuft, nur schlimmer geworden.

Madelene war nur einmal dort gewesen, von Adam geschickt, um sie beide anzumelden, und danach war sie nie wieder hingekommen. Sie war bei diesem einen Besuch augenblicklich, in der Sekunde, als sie durch die Tür trat, ja sogar schon davor, als sie das Gebäude von außen sah, starr vor Entsetzen gewesen, und was sie erschreckt hatte, war ihre eigene widerstandslose Faszination: Sie mochte die Löwen in dem dänischen Wappen an der Tür. Sie mochte die rotbunten Kühe bei Sonnenuntergang des Tiermalers Philipsen. Sie mochte den Elefanten im Elefantenorden am Hals von Caroline Mathilde, der englischen Gattin des absolutistischen Monarchen Christian VII. Sie mochte die Möwen auf dem Geschirr in der Bibliothek und die stilisierten Pflaumenzweige auf dem Geschirr im Restaurant. Sie mochte die Eisbären auf dem Kaminsims, das Plakat mit dem Großstadtverkehr, der anhält, weil die Entenmutter mit den häßlichen kleinen Entlein die Straße überqueren will, und die Poster mit der lebenslangen Vogelehe des Storchenpaares in Ribe. Sie mochte die Bärenfellmützen auf den Köpfen der Leibgarde, die vor dem Reiterstandbild auf dem Schloßplatz von Amalienborg aufmarschiert, sie mochte die Bilder der Birkhühner auf der Heide, die nicht mehr existierte; angesichts dieser ganzen Darstellung, die Dänemark als soziale und zoologische Idylle zeigte, die – das wußte sie – nie existiert hatte, war sie rettungslos verloren.

Wenn es möglich gewesen wäre, wenn auch nur die entfernteste Chance bestanden hätte, damit durchzukommen, dann wäre Madelene damals, gleich beim ersten Besuch, auf das Brett mit den bekanntesten dänischen Schmetterlingen geklettert und hätte zwischen den unauffälligen, zum Beispiel zwischen Kohlweißling und Kleinem Fuchs, Platz genommen und sich selbst mit einer Nadel durch die Brust festgeheftet, und zuletzt, vor der definitiven Selbstaufgabe, hätte sie in ihrer vollendetsten Schönschrift unter sich geschrieben: »Madelene Burden, geborene Mortensen. Verbreitet und ganz, ganz gewöhnlich«.

Leider wußte sie, daß das Vorhaben hoffnungslos war, weil sie das schon längst versucht hatte. Sie hatte versucht, die brave Tochter, die gute Schülerin und das reizende junge Mädchen zu sein, und alle diese Versuche waren fehlgeschlagen. Es war, als sei sie nicht dazu geboren, elegant herumzuflattern, sondern dazu, Unheil anzurichten. Ihre erste bewußte Erinnerung war der schwere und zugleich spröde Ton von zersplitternder Fayence und dazu das Wort »Tolpatsch«, nüchtern und leidenschaftslos gesprochen von einer erwachsenen Stimme, die vielleicht ihrer Mutter, vielleicht der Königin, vielleicht auch dem lieben Gott gehörte.

Trotzdem hatte sie es nie ganz aufgegeben. Auch wenn sie den Kopf gesenkt, sich aus ihrer Familie in die Ehe und aus Dänemark fortgeschlichen hatte, hatte sie tief drinnen gefühlt, daß es vielleicht trotz allem irgendwann einmal zu einer Versöhnung kommen würde, und jetzt, als sie den Rollstuhl auf die Treppe der Dänischen Gesellschaft zuschob, als die Tür aufging und ihr zwei Männer entgegeneilten, wirkte es plötzlich, als reiche ihre Vergangenheit ihr die Hand, um ihr eine Chance zu geben.

Es waren der Pförtner und der Geschäftsführer der Gesellschaft, die zu ihr herabgestiegen waren. Letzterer ergriff ihre Hand, drückte sie und sah die Dame im Rollstuhl mit einem Blick an, der nicht um Auskunft bat, sondern diese erwartete.

»Meine Großmutter«, sagte Madelene. »Frau Mortensen.«

Der Geschäftsführer versuchte unter die Hutkrempe zu sehen, ahnte hinter dem Schleier aber nur die Umrisse eines großen, dunklen Gesichts.

»Sehr erfreut«, sagte er.

Die beiden Männer packten jeder eine Seite des Rollstuhls und versuchten ihn anzuheben.

Nichts passierte.

Immer noch lächelnd, ohne sich etwas anmerken zu lassen, schaute der Geschäftsführer hinter den Rollstuhl, um zu sehen, ob er sich vielleicht auf dem Pflaster verhakt hatte oder ob es ein elektrischer war, den Motor und Batterien so schwer machten. Das war nicht der Fall, es war eine leicht gebaute Klappkonstruktion. Die beiden Männer versuchten es erneut. Es gelang ihnen, den Stuhl zehn Zentimeter anzuheben. Dann setzten sie ihn ab.

Es war eine Situation, zu der man sich nur schwer äußern konnte, und Madelene sagte nichts. Aber sie fühlte verschiedene Impulse, und sehr stark war wie gewöhnlich, wie schon so oft, die Versuchung, einfach wegzulaufen. Trotzdem blieb sie stehen. Sie konnte den Rollstuhl nicht zurücklassen. Während der letzten beiden Wochen war sie mehrmals inmitten von lauter Peinlichkeiten einfach stehengeblieben und hatte allmählich entdeckt, daß sich in der Regel irgend etwas ergab, wenn man nur abwartete.

Dieses Etwas ergab sich im selben Moment in Gestalt einer dritten Person. Sir Toby, der Bruder von Madelenes verstorbenem Schwiegervater, schloß sich der Gruppe an.

Madelene war nichts anzusehen, gehorsam streckte sie die Hand aus und ließ sie küssen. In ihrem Inneren schrillte beim Anblick des Veterinärberaters der englischen Regierung jedoch ein noch schwaches und fernes Alarmsignal.

Die drei Männer packten den Rollstuhl, trugen ihn die Treppe hinauf, durch die Tür und in den Aufzug, dessen Türen sich schlossen, worauf er nach oben fuhr.

Die Männer rangen verzweifelt nach Atem. Madelene hatte das Gefühl, daß man eine Erklärung erwartete.

»Kummerspeck«, flüsterte sie. »Seit Großvaters Tod. Sie hat die hundertfünfzig Kilo überschritten.«

Die drei Männer sahen die Gestalt hinter dem Hut, dem Schleier und dem Plaid voller Mitgefühl und Faszination an. Nur der Geschäftsführer empfand noch eine leichte Unruhe. Jedes Handwerk entwickelt sein fachspezifisches Erinnerungsvermögen, und da er die Danish Society nun schon vierzig Jahre leitete, hatte er ein chauvinistisches Haushofmeistergedächtnis perfektioniert, in dem er eine Auskunftskartei über jeden Dänen aufbewahrte, mit dem er in England jemals in Kontakt getreten war. Das Verlangen, die alte Dame in diese Kartei eintragen zu können, war in diesem Augenblick stärker als sein Sauerstoffmangel, weshalb er sich zu Madelene vorbeugte.

»Die Füße?« stöhnte er.

Madelene sah nach unten. Die Füße des Affen waren unter der Decke hervorgerutscht. Sie waren zwar durch ein Paar von Johnnys Wollsocken bedeckt, doch in dem kleinen Aufzug wirkten sie auf dem Fußbrett des Rollstuhls immer noch unmanierlich groß.

»Wasser«, sagte sie, »Wasser in den Füßen.«

Das Gesicht des Geschäftsführers füllte sich mit aufdringlicher Traurigkeit.

»Und der Kopf?« flüsterte er.

Um Erasmus den Hut von Mrs. Clapham auf den Kopf setzen zu können, hatte Madelene ihn aufschneiden müssen. Jetzt hatte er sich verschoben, und heraus ragte der Schädel des Affen, braun, glattrasiert und kolossal.

»Wasser«, sagte Madelene. »Auch im Kopf.«

Der Aufzug hielt, die Tür ging auf, und Madelene schob den Rollstuhl hinaus. Vom anderen Ende des Korridors kam ihr Susan entgegen.

Es erschien Madelene keineswegs unlogisch, daß ihr die Freundin ausgerechnet hier begegnen sollte. Sie wußte, daß sie in eine Art Kolben eingetreten war, keinen offenen Pyrexkolben wie den, in dem sie ihren Alkohol gemixt hatte, sondern einen geschlossenen Laborkolben, eine Retorte, die einen wesentlichen Teil der Grundstoffe ihres Lebens enthielt. Sie wußte auch, daß sie unter diesem Behälter jetzt den Bunsenbrenner angemacht und der Mischung von außen den Affen zugeführt hatte, und ihr Traum war es, daß jetzt, zuletzt, endlich, wenn schon nicht Gold, so doch zumindest irgendeine Form von Gleichgewicht entstehen würde.

In diese Legierung gehörte Susan natürlich mit hinein, weshalb Madelene sie mit einem warmen Lächeln begrüßte. In ihrem Inneren schrillten die Alarmsignale allerdings lauter.

Susan glaubte die Situation mit einem Blick zu überschauen. Sie sah zwar klarer als die drei Männer im Fahrstuhl, doch wie Menschen, denen das Unverständliche begegnet, es immer tun, sah auch sie in erster Linie sich selbst.

»Madelene ...!« sagte sie.

»Es ist nicht so, wie du glaubst«, sagte Madelene.

Susan fuhr sich mit der Zunge über die Lippen. Dann wurde ihr Gesicht sorgenvoll.

»Wir haben eine Sitzung«, erklärte sie. »In der Royal Society for the Protection of Animals. Lunchsitzungen finden immer hier statt. Wegen des Kuchens. Adam kommt gleich.«

Madelene stützte sich auf den Rollstuhl. Susan nahm ihren Arm.

»Laß mich euch helfen«, sagte sie. »Ich habe eine kleine Wohnung. Für solche Fälle.«

Madelene schüttelte den Kopf. Hinter Susan ging eine Tür auf, Dr. Firkin steckte den Kopf heraus. Madelene schob den Rollstuhl weiter.

Susan drückte ihr den Arm.

»Jedenfalls halte ich ihn unten im Hof fest«, sagte sie. »Viel Vergnügen!«

Dr. Firkin hatte Angst. Er trug nicht nur ein breitschultriges Wolljackett, sondern darüber noch einen weiten Mantel, und auf dem Kopf hatte er einen breitkrempigen Hut, und als er Hut und Mantel auszog, sah man, daß er trotz der Sommerwärme fror. Er blickte vor sich hin und sah auch nicht auf, als Madelene den Rollstuhl ins Zimmer schob. Erst als sie anhielt und Plaid, Hut, Schleier, Handschuhe und Socken weggenommen hatte, hob der Arzt den Kopf und sah die Gestalt im Rollstuhl an. Langsam, ohne den Blick vom Gesicht des

Affen zu wenden, ging er zu ihm hin, strich vorsichtig über den Pelz auf seinem Arm, maß mit ausgestreckter Hand seine Unterarmlänge, wendete und drehte seine Hand mehrmals, ging um ihn herum und sah sich aus jedem Winkel die Ohren an, ließ die Finger über den glattrasierten Schädel gleiten, betrachtete lange die Hautoberfläche, zog vorsichtig die Lippen auseinander und entblößte die Zähne. Zum Schluß ließ er sich auf die Knie nieder und nahm den einen Fuß des Affen in die Hände, hob ihn hoch und begutachtete lange die Fußsohle, und während der ganzen Zeit sprach er leise, plaudernd und beruhigend. Danach erhob er sich und ging langsam und schweren Schrittes zu seinem Mantel.

»Ist er gedopt?« fragte er.

Madelene schüttelte den Kopf.

»Bedaure«, sagte er. »Aber ich kann nichts für Sie tun.«

Er vermied es, Madelene direkt anzusehen.

»Das ist keine bekannte Art. Also muß es eine Kreuzung sein. Das hat man in den zwanziger und dreißiger Jahren viel gemacht. Aber jetzt ist das selten. Und streng verboten. Es gibt hundertfünfzig Affenarten. Hundertachtzig, wenn man die Halbaffen mitzählt. Ich kann nicht entscheiden, welche Arten hier gekreuzt worden sind. Ich empfehle, daß Sie ihn in die Veterinary School of London bringen. Dort wird man eine Beschreibung vornehmen und Gewebeproben an das Genlaboratorium des Instituts für Bevölkerungsbiologie schicken.«

Madelene und der Affe rührten sich nicht. Der Arzt hob langsam den Blick und sah Madelene an. Als er weitersprach, war er sehr heiser.

»Nichts stimmt«, sagte er. »Der Körper erinnert entfernt an einen Zwergschimpansen, ist aber zu groß und zu schwer, und die Gesichtshaut ist zu hell. Der Schädel ist so groß wie der eines Gorillas, aber Gorillas haben auf dem Schädel einen Sagittalkamm, der den Kaumuskeln Halt gibt, und der hier ist glatt. Der Pelz ist ein Sommerpelz mit Spuren von Winterpelz, aber wir kennen keine Primaten aus gemäßigtem Klima. Hände und Füße haben einen Präzisionsgriff wie beim Menschen, aber die Greifmuskulatur ist entwickelt wie beim Gibbon. Wenn es nur das gewesen wäre, dann hätte ich mitgemacht, dann hätte ich unterschrieben und Burden angezeigt, dann hätte ich gedacht, schon möglich, daß wir dabei draufgehen, aber wir tun es mit Anstand. Aber das ist nicht alles.«

Er zog seinen Mantel an.

»Man kann Affen dazu bringen, die unglaublichsten Sachen zu machen. Wenn sie von Hand aufgezogen werden. Natürlich werden sie verdorben. Zeigen ein abnormes Verhalten, sind außerstande, sich zu paaren. Aber man kann sie zähmen. Wenn wir annehmen, daß der hier bei Menschen aufgewachsen ist, könnten wir uns seine Ruhe erklären. Und wenn wir es mit den wissenschaftlichen Details nicht so genau nehmen, könnten wir sein Aussehen vielleicht auf irgendeine Kreuzung schieben. Aber den Blick, den können wir nicht wegdeuten. Nicht einmal der psychisch verknautschteste Zirkusaffe kann einen direkten Blick aushalten. Er ist das endgültige Kampfsignal der Tierwelt. Wir unterscheiden uns von den Tieren nicht durch die Sprache oder die Intelligenz. Wir unterscheiden uns, weil wir uns direkt in die Augen sehen können.«

Er setzte den Hut auf.

»Das ist mir eine Nummer zu groß. Das hat Ihr Mann angezettelt. Und seine Schwester.«

Madelene sagte nichts.

»Meine Rente«, sagte der Arzt. »Wissen Sie, wie das ist, wenn man als Siebzigjähriger in England ohne Rente leben muß?«

»Und die Veterinärpolizei?« sagte Madelene.

»Die muß dem Londoner Zoo wilde Tiere liefern. Also Burden. Es wird ein Bericht aufgesetzt, den das Home Office unterschreibt, nachdem das Animal Procedure Committee ihn abgesegnet hat. Also wieder Ihr Mann. Und seine Schwester.«

Er senkte den Kopf.

»Tut mir leid«, sagte er. »Deshalb bin ich mit den Tieren immer am besten ausgekommen. Ich hatte immer fast genausoviel Angst wie sie.«

»Das werde ich Erasmus ausrichten«, sagte Madelene. »Damit kann er sich trösten, wenn sie ihn auseinandernehmen.«

Der Arzt drehte sich um, öffnete die Tür und war weg.

Madelene stellte sich ans Fenster. Unten auf der Straße sah sie Adam neben einem weißen Auto. Aus dem Auto stiegen Kommissar Smailes und drei andere Männer. Und weiteren vier weißen Autos entstiegen ohne Eile noch ein Dutzend Männer in hellen Sommeranzügen. Weiter hinten an der Straße hielt ein geschlossener Lieferwagen, an dessen Seiten die Buchstaben RSPCA aufgemalt waren, ein Abholwagen der Royal Society for the Prevention of Cruelty to Animals. Die Szenerie war entspannt und sonnenüberflutet. Trotzdem stellte sie unverkennbar die letzte Phase einer Treibjagd dar.

Die Männer verteilten sich um das Gebäude. Madelene wandte sich wieder um ins Zimmer. Der Affe und der Rollstuhl waren weg. Sie ging aus dem Zimmer auf den Flur. Ein Stück weiter stand der Affe an einem Fenster und sah hinaus. Im Innenhof zum Hyde Park hin hatte sich der Vorstand der Royal Society for the Protection of Animals um einen dänischen Kuchentisch versammelt, und bei diesem Anblick verhielt Madelene den Schritt.

Der Tisch glich einer Geburt. Er roch nach Vollmilch, troff von erdbeermarmorierter Schlagsahne, Butter- und Eiercreme, er war ausgereift, niemand konnte ihm ansehen, daß er innerhalb der letzten acht Stunden einmal gestorben und wieder zum Leben erweckt worden war.

Ursprünglich hatte Adam an dem so angerichteten Tisch dem Vorstand mitteilen wollen, daß ihm ein außerordentliches zoologisches Objekt in die Hände gekommen sei, und ihn um Unterstützung angehen wollen, damit er das Objekt noch einige Wochen vor der Öffentlichkeit und dem Animal Procedure Committee abschirmen konnte.

Abgesagt worden war der Tisch, als Adam um vier Uhr morgens seine Schwester angerufen und ihr erzählt hatte, daß seine Frau mit dem Affen verschwunden war. Wiederbestellt worden war er am selben Vormittag, als Adam angerufen und versichert hatte, daß Kommissar Smailes den Lastwagen lokalisiert habe und man dabei sei, den Wagen zu umstellen.

Zwanzig Minuten später rief er erneut an, um zu erzählen, daß das Auto gestürmt worden sei und man den Fahrer verhaftet habe. Madelene und der Affe aber seien weg.

Adam hatte in den letzten zehn Tagen jeden Tag ein Kilo abgenommen, was seiner Stimme anzuhören war. Er hatte nicht nur seine Frau und seinen Affen verloren und mußte jetzt mit ansehen, wie der wichtigste Ziellauf seiner Karriere gebremst oder abgeblasen wurde, sondern alldem lag eine noch tiefere Erschöpfung zugrunde: Drei nahezu schlaflose Tage und Nächte lang hatte er zum erstenmal in seinem Leben vor einem zoologischen Phänomen gestanden, das sich der Untersuchung entzog.

In dieser Situation war es zwischen ihm und Andrea zu folgendem Gespräch gekommen.

»Die Zeitungen«, sagte Adam. »Sie geht zur Presse. Und zur Polizei. Der Fahrer ist der von Bally. Alles ist hin. Ich habe schon an Selbstmord gedacht.«

»Die Zeitungen wissen nichts über Affen«, erwiderte Andrea Burden. »Aber alles über Beleidigungstatbestände. Bevor sie auch nur eine Zeile drucken, werden sie sich an Sachverständige wenden. Das ist das Institut. Das bist du, Brüderchen. Du wirst den Affen untersuchen und feststellen, daß es sich um einen Schimpansen handelt. Eine seltene, aber nicht unbekannte Art.«

»Man wird mich Madelene gegenüberstellen.«

»Und du wirst ihnen – ungern, aber durch die Umstände gezwungen – erzählen, daß deine Frau Alkoholikerin ist. Den Schlagzeilen entgehst du nicht, aber die Überschriften werden lauten: ›Betrunkene Gattin von Zoodirektor stiehlt seltenen Schimpansen‹.«

»Das macht meine Zukunft kaputt.«

»Das wird ihr nützen. Nun hast du nicht nur wissenschaftliche und politische Unterstützung. Du wirst auch noch vom Mitgefühl der Öffentlichkeit getragen.«

Andrea Burden unterbrach sich.

»Was es deiner Ehe antut, steht auf einem anderen Blatt«, sagte sie leichthin.

Adam schloß die Augen und traf einen Entschluß. Es war kein persönlicher, kein subjektiver oder unsachlicher Entschluß. Er stellte eine imaginäre Laborwaage auf. In die eine Schale legte er Madelene, ihre Trinkerei, ihre Rätsel, die zuweilen manische, dann wieder depressive Anziehungskraft, die sie auf ihn ausübte. In die andere Schale legte er seine Zukunft. Seine unendlichen Möglichkeiten, die fachlichen wie die erotischen.

Es war nicht Adam, der Madelene abschrieb. Es war das Gesetz der Schwerkraft.

»Und am Abend«, sagte er, »tretet ihr, du und Bowen, in Newsnight auf und unterstützt mich.«

Somit hatte der Kuchentisch also doch leben dürfen, und jetzt erinnerte er Madelene daran, daß sie seit über sechzehn Stunden nichts gegessen hatte.

Auch der Affe hatte nicht gegessen und sich jetzt in Bewegung gesetzt, die Treppe hinunter, tänzerisch wie eine Ballerina, den Rollstuhl unter dem Arm. Madelene glaubte erst, er habe vielleicht gemerkt, was ihnen bevorstand, und unternehme jetzt einen letzten verzweifelten Fluchtversuch. Doch am Ende der Treppe blieb er stehen, wickelte sich in das Plaid, drückte sich den Hut auf den Kopf, setzte sich in den Rollstuhl, ließ den Schleier herab und rollte durch die Tür, direkt auf den Kreis von Menschen zu, die den Tisch umstanden.

Weil die Begegnung nicht formell arrangiert war, öffnete sich der Kreis der alten Dame im Rollstuhl entgegenkommend, wenngleich nicht ohne Überraschung. Danach wurde es still, bis Sir Toby das Schweigen brach. Er war mit dem Neuankömmling verwandt, sie waren zusammen im Aufzug gefahren, der Rücken tat ihm noch weh vom Tragen.

»Mrs. Mortensen«, stellte er vor. »Mrs. Burdens Großmutter.«

Alle verneigten sich höflich vor dem Gesicht hinter dem Schleier. Der Vorstand hatte zwölf Mitglieder, die Sir Toby jetzt nacheinander vorstellte.

Als er die Hälfte der Tischrunde geschafft hatte, bewegte sich die alte Dame. Ein Arm schoß unter dem Plaid hervor, ein unmanierlich langer Arm im Schlafrockärmel, wie ein Kran, an dessen Ende eine Greifklaue im Arbeitshandschuh saß. Behutsam und präzise arbeitete sich diese Hand unter einen ganzen Othellokuchen, hob ihn hoch und führte ihn hinter den Schleier.

Sir Toby kannte die tiefe Trauer und das große Problem der alten Dame, mit ausdrucksloser Stimme brachte er seine Vorstellungsrunde zu Ende. Die zweite Hand der alten Dame schoß hervor, schwebte einen Moment in der Luft und schnappte sich rasch nacheinander drei Sahnekännchen.

Madelene erschien von der Treppe her. Langsam und würdevoll ging sie über den Hof, sie begrüßte den Vorstand nicht, nickte nur Susan zu, die sah, daß das Gesicht der Freundin gelassen und hoffnungslos war. Madelene packte den Rollstuhl, drehte ihn um und schob ihn die wenigen Meter bis zum Ende des Gartens an die hohe Mauer zum Hyde Park. Was sie wollte, war ein letzter Augenblick der Abgeschiedenheit von anderen Menschen und die körperliche Nähe von Erasmus.

Sie legte dem Affen die Hände auf die Schultern. Dann schloß sie die Augen und ließ das gesamte Ausmaß ihrer Niederlage auf sich einwirken.

Sie hatte geglaubt, die Gesetze der Gesellschaft würden den Affen schützen, und sie hatte sich geirrt. Sie hatte erwartet, daß die sozialen Konventionen ihr selbst zumindest ein wenig Aufschub gewähren würden, und auch darin hatte sie sich geirrt. Sie hatte auf ihr eigenes Gespür vertraut, auf das triumphierende Gefühl, auf der richtigen Spur zu sein, und dieses Gefühl hatte sich als Illusion erwiesen. Jetzt zog sie Bilanz über das Universum und sah, soweit ihre Erfahrung reichte, keine Spur einer höheren Gerechtigkeit. Widerstandslos wurde sie auf das Zugeständnis zugetrieben, daß die Welt eine Maschine ist, in der Menschen und Tiere nur Teile oder höchstens kleine selbständige Maschinen sind, also leblos, oder noch schlimmer, von einer Leblosigkeit, die sich täuschend lebensecht bewegt, kleine *perpetua mobilia* des Todes.

Die Tür zum Garten ging auf, Adam, Kommissar Smailes,

die beiden Tierärzte der RSPCA und die Gruppe der ruhigen weißen Männer kamen in den Hof. Sie teilten sich in zwei Gruppen, die von beiden Seiten um den Tisch herumgingen.

Madelene senkte den Kopf.

»Tut mir leid, daß ich nicht mehr vermocht habe«, sagte sie leise.

Einige Meter vor dem Rollstuhl blieben die Männer kurz stehen. Ein Tierarzt entsicherte sein Gewehr, der andere entfaltete ein Netz. Madelene sah sich um, die Mauer hinter ihnen war gelb, auf ihrer Fläche wirkten Sonne und Schatten unbarmherzig, hart, als sei es die Mauer vor einem Hinrichtungskommando, und mehr als das, eine metaphysische Mauer, die definitive Blockade gegen jede Hoffnung auf einen Sinn des Daseins.

Da erhob sich der Affe. Er nahm seinen Hut ab, wickelte sich aus Plaid und Schlafrock und ließ alles fallen. Er stand in der Sonne vor den Männern, groß, kurzbeinig, grotesk, die Arme reichten bis auf den Boden, in dem glattrasierten Gesicht leuchtete ein Sahneclownsmund.

Unwillkürlich traten die Männer einen Meter zurück. Der Affe schlang einen Arm um Madelene.

»Wir gehen«, sagte er.

Er sprang wie eine Katze, ohne ersichtliche Muskelanspannung, drehte sich in der Luft um hundertachtzig Grad und lief mit Madelene die senkrechte Wand hoch.

Auf der Mauerkrone blieb er einen Moment sitzen. Dann sprang er ab, und den Menschen im Hof schien es, als würde er mit Madelene direkt in den blauen Himmel hinein springen und verschwinden.

III

1

London ist eine besorgte Stadt. Seine Börse und seine Banken sind das finanzielle Herz der Welt, seine Massenmedien die Augen und Ohren der englischsprachigen Welt, seine Bibliotheken, Museen und Archive wachen ängstlich über das umfassendste historische Gedächtnis von Europa, die Stadt ist Sitz der Regierung, beherbergt Ober- und Unterhaus und damit weltweit das größte Depot an adligem Genmaterial. Mit der Universität London und deren neuralen Verbindungen zu Oxford und Cambridge trägt sie zudem die Verantwortung für die größte Ansammlung zivilisatorischer Intelligenz im von Menschen bewohnten Teil der Erde, für das größte Gehirn der Welt. Die Stadt ist deshalb ein Hypochonder, sie sorgt sich bis zum Wahnsinn um ihre Gesundheit, und darum hat sie eines der größten und paranoidesten Immunsysteme der Erde. Nur wenige Minuten nachdem Madelene und der Affe verschwunden waren, aktivierte sich dieser monströse und zugleich furchtsame Überwachungsapparat.

Als Erasmus von der Mauer gesprungen war, machte Andrea Burden auf dem Absatz kehrt und verschwand. Sie war nur wenige Minuten weg, für die im Hof Zurückgebliebenen eine so kurze Zeitspanne, daß sie verstrich, ohne daß sie es merkten, zugleich jedoch wie eine kleine Ewigkeit, weil sie, während sie zur Mauerkrone hochstarrten, das Gefühl hatten, in die Unendlichkeit hineinzusehen. Für Andrea Burden aber reichte es gerade, um zum nächsten Telefon zu gehen und eine Nummer zu wählen, die sie an den Wachhabenden vorbei direkt mit einem der Verantwortlichen verband.

Der Mann am anderen Ende schrieb die Einzelheiten auf.

»Sollen wir versuchen, ihn lebend zu erwischen?« fragte er.

Andrea Burden brauchte weniger als eine Sekunde, um eine Reihe komplizierter Rücksichten gegeneinander abzuwägen.

»Kein Grund, irgendein Risiko einzugehen«, sagte sie. »Nach Ansicht der Experten ist er lebensgefährlich.«

Danach kehrte sie in den Hof zurück, aus dem Kommissar Smailes und seine weißen Männer bereits verschwunden waren, flüsterte Adam etwas zu, bat den Vorstand, Platz zu nehmen, und legte darauf den ersten halböffentlichen und nicht in allen Details unwahren Bericht über den Affen Erasmus ab.

Fünf Minuten nach ihrem Anruf war der Hyde Park abgeriegelt. Fünf Minuten später flog der erste Hubschrauber von Scotland Yards Heliport an der Thornhill Road über den Park. Nach weiteren fünf Minuten betraten ihn die ersten Hundestreifen. Fünf Minuten danach hatte man rund um den Park in Abständen von fünfzig Metern Wachposten eingerichtet.

Keiner von denen, die von der Fahndung wußten oder daran beteiligt waren, zweifelte daran, daß die Verschwundenen in weniger als einer Stunde gefunden sein würden. Unter gewissen Umständen kann sich ein Mensch in London versteckt halten. Aber kein Menschenaffe, der eine Frau gefangenhält. Und den man von vornherein eingekreist hat.

Madelene und der Affe beobachteten, wie man sie von der Umwelt abschnitt, aus der Krone einer Linde im nördlichen Teil des Hyde Park am Speke's Monument bei The Long Water. Sie waren nicht unmittelbar zu sehen, denn der Affe hatte Zweige und Blätter zu einer kleinen Kuppel zusammengebogen, die sich um sie schloß. Trotzdem kam Madelene gar nicht auf die Idee, sich Hoffnungen zu machen. In allen Richtungen war Polizei, die nächste Hundestreife stand nur knapp dreißig Meter weiter schräg unter dem Baum, auf dem sie saßen, in allen Richtungen sah sie Männer mit Funkgeräten, mit Fernsehkameras, Teleskopen und Gewehren mit Zielfernrohr. Sie wußte nichts von Andrea Burdens Anruf. Aber sie vermutete, daß sich die Welt um sie herum – jedenfalls was den Affen anging – nicht auf eine Gefangennahme, sondern auf eine Hinrichtung vorbereitete.

Dennoch war sie nicht in erster Linie von Furcht erfüllt. Was sie – in diesem Zustand absoluter Hoffnungslosigkeit – empfand, war in erster Linie die Neugierde, die in allem Lebendigen weiterwächst wie Haare und Nägel nach dem Tod. Sie sah Menschen und Dinge ihrer Umgebung mit einer neuen Hellsichtigkeit, befreit von dem Interesse an der Frage, woher sie kamen und wohin sie sich entwickelten, klar wie nach dem ersten Glas, nervenscharf wie mitten in einem diabolischen, doch auf wundersame Weise schmerzfreien Kater.

Sie sah den Affen an. Er verfolgte die Suche fasziniert, doch unbeweglich, stopfte nur ab und zu ein Loch, um die grüne Kuppel zu vervollkommnen. Madelene sah, wie sehr er einem kleinen Jungen glich.

Sie fühlte sich plötzlich zu Hause. Sie erkannte die grüne Welt um sich herum, es waren die Höhlen ihrer Kindheit in den Bäumen ihrer Kindheit mit den früheren Spielkameraden. Und tatsächlich war sie mehr als dies, denn in Madelenes Kindheit hatte es keine richtigen Bäume gegeben. Ihre Kindermädchen hatten sie am Klettern gehindert aus Angst, Madelene könnte herunterfallen und man würde sie entlassen. Ihre Mutter hatte sie angefleht, nicht zu klettern, weil sie so sehr unter Höhenangst litt, daß sie dieses Gefühl auch auf andere übertrug, und ihr Vater empfand ein vages Unbehagen bei dem Gedanken, seine Tochter könnte sich in Gesellschaft eines Jungen außer Sichtweite in den Himmel schwingen, und hatte es ihr deshalb verboten. Die Höhle, die sich jetzt über ihr wölbte, war somit nichts, was sie früher schon einmal erlebt hatte. Sie war wie ein Traum, der erst jetzt in Erfüllung ging. Sie und der Affe waren Räuber, auf der Erde unter ihnen standen nicht nur Gendarmen, sondern es sammelte sich das Konzentrat aller Jungenbanden aus fremden Straßen und Vierteln, gegen die Madelene nie gekämpft hatte, und Madelenes Blick verfolgte sie fieberhaft gespannt, während sie selbst jetzt ganz ruhig war.

Sie wußte natürlich, und auch der Affe wußte, daß da unter ihnen keine richtigen Kinder waren, es war etwas Besseres, es war der Tod persönlich, und ohne darüber nachzudenken, lächelten sie beide auf die gleiche Weise. Im Gegensatz zur sicheren Annahme der Erwachsenen sind Kinder beim Spielen nicht etwa glücklich, weil sie nichts vom Tod wissen, vom Tod weiß alles Lebendige, nein, sie sind glücklich, weil sie ahnen, was die Erwachsenen vergessen haben, daß nämlich der Tod ein zwar intensiver, aber kein unüberwindbarer Gegner ist. Der Affe und Madelene lachten, lautlos und bebend, aneinandergelehnt, weil sie wußten, daß sie auch morgen noch am Leben sein würden.

Als die Sonne unterging, verdoppelte man die Bewachung der Außenmauer des Parks, und als es dunkelte, wurden alle hundert Meter hohe Scheinwerfer aufgestellt, die die Rasenflächen wie ein Fußballstadion erleuchteten. An den Eingängen machten sich Streifen des Pionierkommandos der Londoner Feuerwehr mit Leitern in Begleitung der Antiterroreinheit bereit, im Morgengrauen systematisch die Baumkronen zu durchkämmen.

Sogar für London war das ein umfassendes Kräfteaufgebot. Seine Ursache hatte es – was nur wenige, und unter ihnen Andrea Burden, wußten – in der Tatsache, daß man gegen einen eindeutigen Feind mobil machte.

Alle Organismen entwickeln, wenn sie eine gewisse kritische Größe überschreiten, eine Reihe zelbstzerstörerischer Züge, und in Londons gigantischem Myzelium aus Polizei-, Militär- und Nachrichtendiensteinheiten waren Kompetenzstreitigkeiten, Geheimniskrämerei und bürokratische Eifersucht schon längst zu ausgewachsenen Geschwülsten gediehen. Eine Geschwulst will natürlich weder eine interne Säuberung noch ihre Auflösung, was sie will, ist ein guter äußerer Feind. Der Affe Erasmus war nicht nur gut, er war hervorragend, ein Geschenk des Himmels, wie der Falklandkrieg, bloß in kleinerem Maßstab, ein Drache, ein kleiner King Kong, geeignet, die Gedanken der Öffentlichkeit von den unlösbaren Problemen wie dem allgemeinen Verfall der Großstadt und ihrer Verarmung, den Rassenunruhen und der umfassenden organisierten Kriminalität abzulenken; darüber hinaus war er völlig apolitisch, und außerdem hatte er eine Prinzessin geraubt. Der Hyde Park wurde wie eine Arena erleuchtet, damit der heilige Georg des staatlichen Machtapparats einreiten konnte.

Eine Stunde nach Einbruch der Dunkelheit erhob sich der Affe, schlang den Arm um Madelene, öffnete den Blätterschirm an einer Schattenstelle und sprang fast waagerecht hinaus in einen für Madelene schwarzen, leeren Raum.

Ihr Gleitflug dauerte so lange, daß sie den zischelnden Druck der kühlen Nachtluft, die Körperwärme des Affen, seine Ruhe in der Luft nach dem Absprung und die langsame Vorbereitung zur Landung spürte. Er landete acht Meter weiter auf einem Zweig, mit dem schallgedämpften Aufschlag einer Eule, die im Unterholz zustößt, und danach lief er los.

Als er von der Mauer um die Danish Society zur Parkmitte hin geflohen war, hatte er sich mit Pendelschwüngen seiner langen Arme fortbewegt. Jetzt kam er ohne weitausholende Bewegungen von der Stelle, er drückte sich mit beiden Füßen und der freien Hand vorwärts, und dort, wo die Bäume weit auseinander standen, sprang er.

Nicht ein einziges Mal fing das Licht ihn ein, sie erreichten die Parkmauer wie durch einen Schattentunnel. Wenige Meter oberhalb von einem der Beobachtungsposten hielt der Affe an. Das, worauf er wartete, ereignete sich eine halbe Minute später: Die wenigen Sekunden Unaufmerksamkeit der Männer unter ihnen waren keine Folge von Fahrlässigkeit oder Schlendrian oder traten aus irgendeinem für diese Männer besonderen Grund ein, sondern kamen daher, daß es zum Wesen des menschlichen Bewußtseins gehört, immer wieder an- und abzuschalten. In der Sekunde, in der es ausgeschaltet war, in der die Männer ihre Stellung wechselten und gleichzeitig eine kurze Bemerkung austauschten, sprang der Affe.

Der Sprung trug sie in ein Licht, das so stark war, als seien sie aus den Kulissen auf eine Theaterbühne gesprungen, und Madelene schloß die Augen. Sie wartete auf den Schuß oder den Ruf, der sie verraten würde, doch beides blieb aus. Die einzigen Geräusche kamen vom Verkehr unter ihnen und vom Pfeifen des Windes in der Aufhängung der Straßenbeleuchtung, an der sich der Affe entlangbewegte. Sie öffnete die Augen und sah, daß das Tier lief. Waagerecht, parallel zur Straße, doch hoch über ihr, lief es an Kabeln, Gerüsthaken und Mauervorsprüngen entlang. Für seine Motorik und seinen Sinnesapparat existierte auf Höhe des dritten Stockwerks quer durch die Stadt ein für Menschen unsichtbarer Fußweg.

Madelene sah die Autos unter ihnen, sie sah die Menschen auf den Bürgersteigen, die Menschen in den Autos, ganz deutlich sah Madelene sie. Sie sah den Rücken der Männer, die den Park bewachten. Sie sah die Drehleitern und ihre Besatzungen, die das Morgengrauen abwarteten, und unmittelbar unter sich, auf einem niedrigen Dach, sah sie zwei Scharfschützen der Polizei, sie sah ihre Gesichtszüge, ihre Augen, ihre Nachtfeldstecher. Doch die Männer sahen sie nicht, und sie sahen den Affen nicht, obwohl sie beide in Licht getaucht vollständig sichtbar waren.

Jetzt kletterte der Affe noch weiter hoch, an Regenrinnen, Balkonen und Feuertreppen stieg er zum nächsthöheren Niveau empor, zu einem halsbrecherischen System von Fahnenstangen, Gesimsen und Balustraden und weiter, bis zu den niedrigsten zusammenhängenden Dächern von London.

Sie kamen an Fenstern vorbei, hinter denen Familien vor dem Fernseher versammelt waren. Sie liefen über Veranden, wo Leute Wäsche abnahmen. Sie eilten in Fahrstühlen und Treppenhäusern an Männern und Frauen vorüber, an Menschen, die vom Balkon aus zu ihnen hin- und an ihnen vorbeisahen. Ihre Reise war nicht nur eine Fortbewegung im Raum, es war auch eine Reise durch das zivilisatorische Bewußtsein, und zum erstenmal ahnte Madelene, daß diese Aufmerksamkeit nicht allgegenwärtig, sondern fokussiert war. Sie sah, daß die Leute auf der Straße nur wahrnahmen, was sich in Straßenhöhe abspielte. Sie sah, daß diejenigen, die nach ihr suchten, bis auf die Stelle, wo sie ihre Beute vermuteten, alle anderen Teile der Umwelt und sich selbst vergessen hatten. Daß Menschen vor dem Fernseher nur noch den kleinen Flecken flimmernder Unwirklichkeit vor ihrer Nase wahrnahmen und gegenüber allem anderen verschlossen waren, daß beschäftigte Menschen nur für das Augen hatten, was sie gerade taten.

Der Affe lief mit ihr direkt über ein Glasdach, unter dem Kinder spielten, auf einer offenen Dachterrasse kamen sie auf Armeslänge an einer Abendgesellschaft vorbei, sie gingen auf ein junges Paar zu und an ihm vorbei, und die beiden sahen durch sie hindurch in die Sterne, niemand bemerkte sie, und weil sie den Menschen so nah war, begriff Madelene, weshalb. Man erwartete sie einfach nicht. In der Flut von Stimuli und Informationen hatten die Einwohner Londons die Möglichkeit des wirklich Wundersamen definitiv ausgeschlossen.

Bis zu diesem Moment hatte sich Madelene die Großstadt so vorgestellt, wie diese sich selbst gern sah, nämlich als das Nervenzentrum einer schlaflosen, hyperaktiven Vitalität. Jetzt sah sie ein wahreres Bild. In den arglosen Gesichtern sah sie, daß die Stadt sich in Gedanken verloren hatte, daß sie trotz ihrer sieben Millionen Menschen, ihrer Telefone, ihrer unablässigen Energiezufuhr, ihrer fieberhaften Aktivität, ihrer Ströme von Nahrungs- und Abfallstoffen ganz einfach abwesend war, daß sie in einer dauernden, nur für Augenblicke unterbrochenen Absence ruhte.

Durch diese gigantische Großstadtzerstreutheit bewegte sich der Affe wie ein Zirkusartist über einem betäubten Publikum. Während Menschen, wenn sie im Lauf bremsen, ganz kurz aus dem Gleichgewicht geraten, konnte er selbst beim Laufen, sogar mitten in einer Drehung zu statuarischer Unbeweglichkeit erstarren. Wenn plötzlich eine Gestalt aus einer Tür trat, wenn sich ihnen hinter einer Scheibe ein Gesicht zuwandte, gefror er zu gegenständlicher Stille, und immer gab es in diesen Situationen einen Fluchtweg, eine Kante, hinter die man sich ducken, oder ein Stromkabel, auf das man sich hinunterfallen lassen konnte, so als erschaffe das Tier die Wirklichkeit, durch die es sich bewegte. Seine Augen waren leer vor Konzentration, es führte eine Choreographie aus, in der die Stadt ihm als Grundlage diente, zugleich aber konnte der Affe ohne Vorwarnung zu einer grauen Mauer, zu einem Lüftungsschacht, zum Schatten eines Schornsteins werden.

Keine Illusion ist vollkommen, auch die des Affen war es nicht. Es geschah schon mal, daß ein Stück Regenrohr unter seinem Griff aus der Mauer brach und scheppernd in die Tiefe stürzte. Es kam schon vor, daß eine plötzliche, unvorhersehbare Brise seinen Geruch nach verbranntem Gummi über einen gedeckten Tisch wehte. Daß in einer Küche eine Frau plötzlich die Gardine beiseite zog und auf diese verletzliche, ausgesetzte, beleuchtete Doppelgestalt starrte, die da in fünfundzwanzig Meter Höhe an drei Wäscheleinen über einem Hinterhof baumelte.

Doch niemand beachtete sie, niemand nahm sie wahr, niemand sah, roch oder hörte sie. Madelene hatte bis zu diesem Moment keine andere Form der Bewußtlosigkeit als den Nachtschlaf gekannt. Jetzt sah sie, daß auch wache Menschen schlafen können. Ohne von ihrer Umgebung Notiz zu nehmen, schliefen sie, ihr Geruchssinn schlief, ihr Gehör, ihr Sehvermögen und ihr Tastsinn schliefen. Und ihre Phantasie schlief, ihr Vorstellungsvermögen, das einen Sinneskanal zum Unbekannten hätte offenhalten können, schlief ebenfalls.

Genau in dieser Stunde begab sich die Stadt zur Ruhe. Sie schloß die Augen, ihre Lichter verlöschten, ihre Straßen leerten sich, sie gab die letzte Illusion von Wachsamkeit auf. Ihre Fernseher gingen aus, ihr Verkehr stockte; selbst im Umkreis des Hyde Park, weit hinter Erasmus und Madelene, sanken die Wachen in sich zusammen. Diese Stunde verlieh London etwas Rührendes, als gäbe die Stadt alle Prätentionen auf und zeigte ihr wahres Wesen: Sie war eben doch kein höherer Organismus, denn kein lebendiger Organismus kommt so zum Erliegen. Sie war auch kein Wald, kein urbaner Dschungel, denn kein Dschungel versinkt zur Nachtzeit in eine solche Lethargie. Sie erwies sich jetzt als Maschine. Eine arme Maschine, abgenutzt, derangiert, teilweise defekt, voller blinder Flecken und toter Punkte und durchkreuzt von den vergessenen Spuren, denen die Frau und der Affe folgten.

2

Auf einem Flachdach hoch über der Stadt setzte der Affe Madelene ab, worauf er sich wie ein Wanderfalke im Sturzflug von der Dachkante fallen ließ. Er schien von Gesims zu Gesims zu stürzen, verschwand und kam kurz darauf mit einer Kiste Bananen und Apfelsinen zurück. Er setzte sie ab und machte sich über das Obst her, schnell und methodisch wie ein Zugvogel, der rastet und sich ausruht und zugleich weiß, daß er die längste Strecke noch vor sich hat.

Madelene fiel ein, daß das Tier ihren Namen noch nicht kannte. Sie legte die Hand auf die Brust.

»Madelene«, sagte sie.

»Madelene«, wiederholte der Affe.

Seine Stimme war dunkel, dunkler als die eines Menschen, die Aussprache jedoch deutlich, akzentfrei, vollkommen.

Das Gefühl der Regellosigkeit stieg Madelene zu Kopf wie eine Alkoholinjektion. Sie trat einen Schritt zurück. Noch bevor die Bewegung einsetzte, hatte der Affe sie vorausgesehen, stand auf und streckte einen Arm aus, doch Madelene war nicht in Gefahr zu fallen. Sie stieg. Nur eine Stunde zuvor hatte sie auf ihre Hinrichtung gewartet, und davor hatte sie sich selbstmörderisch vom Mahlstrom des Alkohols in die Tiefe ziehen lassen. Diesem Grab war sie jetzt entstiegen, in weniger als einer Stunde hatte sie sich erhoben, und noch hatte sie Auftrieb.

»Ich weiß nicht, wann ihr ... also Tiere ... ich meine, Affen, erwachsen werden«, sagte sie. »Aber ich habe oft darüber nachgedacht, wann Menschen erwachsen werden. Jetzt weiß ich es.«

Insgesamt hatte sie den Affen in der Zeit ihrer Bekanntschaft drei Wörter sagen hören, doch es kam ihr nicht in den Sinn, daß er sie nicht verstehen könnte. Was sie jetzt zu sagen hatte, besaß ihrem Gefühl nach universelle Bedeutung, war für alles Lebendige begreiflich.

»Ich habe selbst oft gemeint, jetzt sei ich kein Kind mehr. Als Adam und ich geheiratet haben, habe ich das gedacht. Bei den Abiturfeten. Mit den ersten Freunden. Aber jetzt sehe ich, das war falsch.«

»Falsch«, wiederholte der Affe, den Mund voller Banane.

»Erwachsen wird man erst«, fuhr sie fort, »wenn man frei ist.«

»Frei«, sagte der Affe und schälte eine Apfelsine.

Seine Augen über den methodisch mahlenden Kiefern ruhten auf ihr. Madelene verspürte den Auftrieb, den man bekommt, wenn man spricht und einem jemand zuhört, fühlte ihn wie einen warmen thermischen Aufwind. Sie breitete die Flügel aus und hob ab.

»Da ist auch noch etwas anderes passiert«, sagte sie. »Ich glaube, ich weiß jetzt, wer ich bin. Ich bin eine Art Prinzessin.«

Das war eine plötzliche Beförderung, die auch für Madelene selbst überraschend kam. Einen kurzen, bedrohlichen Moment lang war sie drauf und dran, sich aus einem Vogel in einen Ballon zu verwandeln. Dann spürte sie die Hand des Affen auf ihrem Arm, ein Griff, der sie sanft, aber bestimmt auf dem Dach verankerte.

»Das hat nichts mit königlicher Abstammung oder so zu tun«, sagte sie. »Es hat damit zu tun, daß man zu etwas Großem ausersehen ist.«

Der Affe trat einige Schritte von ihr weg und spreizte die Beine über einer niedrigen Mauer.

»Stuhlgang«, erklärte er.

Die pferdeapfelartige Schwere des Vegetarierkots war wie ein Erdrutsch in einem Komposthaufen. Dann stand er wieder neben ihr, schlang den Arm um sie, nahm einige schnelle Anlaufschritte und sprang in die Nacht.

Es war jetzt zwei Tage und Nächte her, seit Madelene zum letztenmal getrunken hatte. Ihre Leber hatte natürlich bei weitem noch nicht genug Zeit gehabt, die Alkoholreste aus ihrem Körper zu beseitigen, doch in gewisser Weise war sie nüchterner, als sie in den letzten zwei Jahren gewesen war. Zugleich aber war sie in dieser Nacht trunkener als je zuvor.

Sie lehnte den Nacken an die Schulter des Affen. Wie ein nächtlicher Zugvogel, eine Wildente oder eine Nachtigall sah sie zu den Sternen hoch, um sich zu orientieren, und dort sah sie mehr als nur leuchtende Pünktchen, sie sah die Frauenbilder, nach denen sie bisher navigiert hatte, am Himmel flimmern, die raffinierten und schnell verbrennenden Persönlichkeiten, Billie Holiday, Marlene Dietrichs Lola aus dem *Blauen Engel*, Judy Garland, Janis Joplin, Julie Christie, die Supernovä des weiblichen Alkoholismus. Jetzt verblichen diese Fixpunkte, sie wurden von einem wilden Selbstvertrauen verdrängt.

Unter diesen Bedingungen wurde London fast schön, Madelene betrachtete die Hochhäuser, an denen sie vorbeikam, wie schlafende Kathedralen aus erstarrter Lava. Sie empfand keinen Ärger über die schlafende Bevölkerung der

Stadt, nur Freundlichkeit und Mitleid, weil die Menschen sie, die schon halb göttliche Madelene, nicht sahen, nicht sehen konnten, wie sie im Mondlicht auf einem Affen in etwas wild Phantastisches hineinritt. Es war, als hätte sich der liebe Gott als eine Art Talentsucher offenbart und sie in dieser Nacht endlich entdeckt, sie, Prinzessin Madelene. Zwischen ihm und ihr war eine Art Übereinkommen, eine Art Vertrag geschlossen worden, dessen erster Passus vorsah, daß Madelene nie mehr unglücklich sein sollte.

Die Wirklichkeit meldete sich ohne Vorwarnung. Madelene hatte gemerkt, daß sie nicht mehr so hoch oben waren und jetzt durch Gärten und Parks kamen, doch im Dunkeln, von oben gesehen, aus den Baumwipfeln und von den Ziegeldächern her, erkannte sie die Landschaft nicht. Bis sich der Affe vorsichtig an einem Dachfirst hinabgleiten ließ, lautlos landete und sie auf dem Balkon von Mombasa Manor vor ihrem Zimmer absetzte.

Zuerst war sie außerstande, sich zu bewegen. Der Affe hatte sich bereits aufgerichtet, er war bereit aufzubrechen, gleich würde er über den Balkon verschwinden, sie hier zurücklassen, wie Männer Frauen immer verlassen haben, nur war das hier hundertmal schlimmer, denn das Tier war bloß ein Affe, oder schlimmer noch, ein sprechender Affe, also nicht einmal ein richtiges Tier.

Madelene wurde rot, und das nicht vor Verlegenheit, sondern vor Haß. Es hatte ein ganzes Leben, eine lange Reihe von Entbehrungen, vierzehn Tage Umwälzungen und die dramatische Flucht der letzten Stunden gebraucht, bis sie das noch vor einem Moment empfundene kurzlebige, großzügige Mitgefühl mit Londons Bevölkerung hatte erleben können. Jetzt verwandelte sie sich innerhalb einer Sekunde in einen weiblichen Dämon.

Sie richtete sich auf, ging auf den Affen zu, lächelte. Die

Lähmung war verschwunden, sie glich wieder sich selbst. Aber sie war nicht mehr sie selbst. Jede Menschlichkeit war von ihr gewichen. Der Affe wußte es nicht, aber vor ihm stand jetzt die reine, lächelnde, weibliche Rücksichtslosigkeit.

Sie legte ihm die Hände auf die Schulter.

»Warte einen Moment, sei so lieb«, sagte sie.

Der Affe sah ihr forschend ins Gesicht.

»Lieb«, wiederholte er.

Madelene drehte sich um und ging ins Haus. Sie ging durch ihre Zimmer, ohne sich umzusehen, von keiner Erinnerung an die Zeit, die sie darin verbracht hatte, berührt. Sie ging auf den Flur, sie ging die Treppen hinunter und durch die Räume des Hauses, wie sie noch nie gegangen war, schnell, ohne sie wahrzunehmen, ohne Furcht zu empfinden, eigentlich ohne überhaupt etwas zu empfinden. Sie ging die Treppe hoch, den Korridor entlang und in das Zimmer ihres Mannes, zum erstenmal ohne anzuklopfen.

Adam Burden lag auf der linken Seite des Bettes auf dem Rücken, das Telefon auf dem Nachttisch direkt neben seinem Kopf, damit er gleich, im nächsten Moment, den Anruf mit der Nachricht entgegennehmen konnte, daß Erasmus getötet und seine Frau in Gewahrsam genommen worden sei. Als Madelene über die Schwelle trat, befand er sich mitten in einem bösen Traum.

Zwölf Stunden zuvor hatte er bei sich in aller Stille von Madelene Abschied genommen. Er hatte sie aus seinem Bewußtsein herausoperiert und sich mit dem Gefühl, daß er sich von diesem Eingriff rasch erholen würde, ja daß er in Wirklichkeit bereits gesund sei, schlafen gelegt. Im Schlaf hatte ihn ihr Bild aber dennoch heimgesucht, ihn verfolgt, ihn eingeholt und sich wie die Phantomschmerzen eines amputierten Körperteils auf ihn gestürzt. Er hatte geträumt, sie stehe vor ihm und er strecke die Hand nach ihr aus, ohne sie erreichen zu können.

Es war einer jener Alpträume, in denen man, noch während der Traum abläuft, darum bettelt, geweckt zu werden, weshalb er, als die Schlafzimmertür aufging, zunächst Dankbarkeit empfand. Dann erkannte er im Mondschein Madelene, schrie entsetzt auf, setzte sich, wohl wissend, daß der Alptraum jetzt einen höheren und unerbittlicheren Wirklichkeitsgrad erreicht hatte, im Bett auf und rutschte an die Wand zurück.

Madelene streckte die Hand aus und knipste das Licht an.

»Er sitzt auf dem Balkon«, sagte sie. »Du mußt was tun.«

Adam sah, daß sich ihre Lippen bewegten, aber die Worte hörte er nicht. Wie sie da so vor ihm stand, entschlossen und völlig verzweifelt, umgab sie ein Leuchten, das seine Verschlafenheit und seine festen Entschlüsse durchdrang, unter seine Decke und in seine Schlafanzughosen rutschte und sein ganzes Wesen sich zu ihr ausstrecken ließ – zu ihr, die er in diesem Moment zugleich haßte –, um sie festzuhalten.

Madelene trat einen Schritt zurück.

»Du mußt eine Waffe mitnehmen«, sagte sie.

Adam schwang die Beine aus dem Bett, holte hinten aus dem Schrank ein Gewehr und folgte Madelene, benebelt, in Schlafrock, Pyjama, Badesandalen und mit einer Erektion, die nicht weichen wollte.

Der Affe hatte sich nicht gerührt. Er stand immer noch unverändert an der Stelle, wo Madelene ihn verlassen hatte. Sie sahen ihn als Silhouette durch die Fenstertüren, als sie in Madelenes Zimmer traten. Adam hatte seine Sandalen vor der Tür abgestellt, sie bewegten sich völlig lautlos, und das gesamte Haus war auf ihrer Seite, keine Türangel, keine Diele gab einen Ton von sich. Trotzdem spürte sie der Affe.

Er richtete sich auf und versuchte das Dunkel vor sich zu durchdringen. Madelene schob Adam weiter, sie traten auf den Balkon.

Adam Burden war kein Zweifler, er war ein Mann der unerbittlichen Beschlüsse. Trotzdem hätte ihn die Situation, in der er sich hier befand, unter anderen Umständen vielleicht zerrissen und zerbrochen, weil sie alle gegensätzlichen Kräfte und Rücksichten seines Lebens in sich barg. Sie enthielt seine Karriere, seine Ehe, sein Zuhause, seine Vergangenheit und seine Zukunft und darüber hinaus eine Reihe unüberschaubarer rechtlicher und politischer Rücksichten. Aber diese Konflikte spürte er nicht. Als er Madelene vor seinem Bett stehen sah, war die Situation für ihn schlagartig sehr, sehr einfach geworden, sie drehte sich nur noch um eines: wie er sie behalten konnte. Der Affe, ja die ganze Welt um ihn herum war ihm in diesem Augenblick völlig egal, in gewisser Weise war er sich selbst gleichgültig. Es gab nur einen Menschen, der etwas bedeutete, und das war Madelene.

Als sie aus der Dunkelheit heraustraten, warf der Affe einen kurzen Blick auf Adam und das Gewehr. Danach ließ sein Blick Madelene nicht mehr los.

»Warum?« sagte er.

Adam starrte auf seinen Mund, auf die Stelle, von der das Wort gekommen war. Eine Sekunde lang trat der Liebhaber in ihm hinter den Wissenschaftler zurück. Dann schüttelte er den Kopf.

»Das ist ein Betrugsmanöver«, sagte er.

Madelene hörte ihren Mann nicht.

»Ich will nicht hier zurückgelassen werden«, sagte sie.

Die breite, glattrasierte Stirn des Tieres runzelte sich zu einer tiefen Furche. Es durchsuchte verzweifelt und vergeblich den unbrauchbaren technischen Wortschatz, den es von seinen Wächtern aufgeschnappt hatte, bei dem Versuch, etwas so Kompliziertes zu sagen, daß die wenigsten Menschen dafür jemals einen Ausdruck finden.

Es gab auf und machte eine das gesamte Haus umfassende Bewegung. Dann nickte es zu Adam hin und sah Madelene fragend an.

»Er hat mich im Stich gelassen«, sagte sie.

Adam befeuchtete sich die Lippen.

»Es war ein Irrtum«, sagte er. »Alles wird wieder gut.«

Der Affe sah in den Park hinaus und weiter nach Hampstead Heath hinüber, wo, wie Madelene wußte, sein Fluchtweg lag.

»Schieß ihn ins Bein«, befahl sie.

Adam senkte das Gewehr und zielte. Der Affe ignorierte ihn. In seinem Gesicht, dem Gesicht, das Madelene ganz allmählich kennenlernte, sah sie etwas Neues, etwas für ein Tier völlig Undenkbares, das wie ein Schatten in seinen Augenwinkeln lagerte. Es war keine Furcht, keine tierische Unkenntnis des in dieser Situation drohenden Risikos. Es war Trauer, vielleicht Verzweiflung.

Sie trat in die Schußlinie.

»Warte einen Augenblick«, sagte sie.

Adam starrte zwischen ihr und dem Affen hin und her.

Sie ging auf Erasmus zu.

»Mir ist etwas eingefallen«, sagte sie.

»Geh aus dem Weg«, sagte Adam.

Madelene hörte ihn nicht.

»Du weißt«, sagte sie, »wozu ich auserwählt bin.«

Der Affe sah sie aufmerksam an. Beide hatten sie alles um sich herum vergessen. Sie sahen deshalb nicht, daß Adam das Gewehr hob. Er zielte nicht mehr auf den Schenkel des Affen. Er zielte auf seinen Kopf.

»Mit dir gehen«, sagte Madelene, »das sollte ich. Dein Verhalten beobachten. Als zoologisches Experiment.«

Sie sagte es ganz leise, doch in ihrer Stimme war ein Ton, der zuweilen, ganz selten, in der Stimme einer Frau liegt, wenn ihr etwas entscheidend wichtig ist und sie, ohne zu drängen, die Hand danach ausstreckt, eine Musik, Sphärenmusik, ein Ultraschallsignal, das sich direkt auf das männliche Zentralnervensystem richtet und das deshalb sowohl den Affen wie Adam traf. Ganz kurz nur blieben sie, vibrierend wie zwei Stimmgabeln, stehen.

Im nächsten Moment durchschoß Adam und seinen Zeigefinger eine mörderische Eifersucht, und er drückte ab.

Es war zu spät. Das weißglühende Projektil reiste in die Welt hinaus, ohne sein Ziel zu finden, pfeifend flog es über Hampstead Heath, und über Vale of Health begann es zu torkeln, zu trudeln und zu sinken, und danach fiel es kraftlos zu Boden. Denn als Adam abdrückte, hatte der Affe einen Moment zuvor den Arm um Madelene geschlungen, sie hochgehoben und war vom Balkon gesprungen.

3

Sie waren sieben Tage und Nächte unterwegs.

In der ersten Nacht erreichten sie die Außenbezirke des Großraums London, danach reisten sie bei Tage. Anfangs durch Parks und Reihenhausviertel, später an Feldrainen und Schutzhecken entlang, wieder später an Flußufern, durch Schonungen und Wälder. Kein Mensch sah sie, sogar die wilden Tiere, an denen sie vorbeikamen, selbst Fasane, Füchse, Dachse und Hirsche, nahmen sie kaum wahr, bis sie schon wieder fort waren, ohne etwas anderes zurückzulassen als einen den Tieren unverständlichen Menschenaffengeruch mit einem Hauch Parfüm.

Die einzigen Lebewesen, die sie lange genug beobachten konnten, um ihre Richtung auszumachen, waren die Raubvögel, die an ihnen vorbeizogen, aus dem Himmel heraustraten, näher kamen und einen Augenblick in der Luft hängenblieben. Wenn Madelene sie sah, winkte sie, wie wenn sich zwei Motorradfahrer überholen oder zwei Nonnen aneinander vorbeigehen und zu erkennen geben, daß alle anderen gebunden und nur sie allein frei sind.

Hätte sie fliegen können und wäre sie mit den Vögeln aufgestiegen und ihnen gefolgt, so hätte sie gesehen, daß jeder Vogel Teil eines Musters war, einer von Millionen Vögeln, die zur gleichen Zeit in ganz Europa den gleichen Breitengrad kreuzten, alle mit dem gleichen Ziel: zu lieben, ein Nest zu bauen und Junge zu bekommen, und vor diesem größeren Zusammenhang war jeder für sich genommen einzigartige und freie Vogel gebunden und namenlos. Doch Madelene konnte nicht fliegen, ihre Gedanken verließen zu diesem Zeitpunkt kaum die Erde, dazu war sie viel zu sehr damit beschäftigt, zum erstenmal in ihrem Leben tun zu können, was sie wollte. Sie betrachtete die Vögel nie sehr lange und wäre nie darauf gekommen, daß die Vögel nicht etwa deshalb nur so kurz über ihr und dem Affen verweilten, weil sie sie als mögliche Beute abgeschrieben oder es aufgegeben hatten, sie zu verstehen. Ganz im Gegenteil. Die Vögel hatten gesehen, daß dieses haarige und zugleich glatte, mehrköpfige Wesen genau wie sie selbst weder auf der Jagd noch auf der Flucht war. Es zog zu einem bestimmten geografischen und psychischen Ort, es war unterwegs, wie sie selbst.

Es mochte scheinen, als sei es der Affe, der ihre Reiseroute bestimmte, er selbst faßte das möglicherweise auch so auf. Doch in Wirklichkeit war es wie so oft die Frau, Madelene, die mit geringfügiger, fast passiver, aber ausdauernder intuitiver Hartnäckigkeit ihre Bewegungen lenkte.

In der ersten Nacht war der Affe, während sie wartete, noch im dunklen Morgengrauen geschickt wie ein Profi in ein Kaufhaus eingebrochen und hatte sich mit zwei Luftmatratzen, zwei Matten, zwei überlangen Gänsedaunendecken, zweimal Bettwäsche und einem großen Expeditionsrucksack, in dem sich das Ganze aufs angenehmste transportieren ließ, eingedeckt. Als er im Vorort St. Albany am Rande des botanischen Gartens in einer hohen Eiche auf den Luftmatratzen ihr erstes Bett richtete und Madelene sah, daß er in der Dunkelheit des Kaufhauses die Nerven gehabt hatte, sich bis zu der Bettwäsche aus besonders weicher, langfaseriger ägyptischer Baumwolle vorzutasten, ging ihr auf, daß er nicht nur ein großer Menschenaffe, sondern auch ein großer Schmarotzer war. Von da an leitete sie ihn in eine bestimmte Richtung.

Sie traf eine unmerkliche Wahl, wenn sie an Kreuzwegen von weitem den Text eines Straßenschilds erraten hatte. Sie kam, wenn sie den Waldrand verlassen hatten und sich für einen Weg entscheiden mußten, mit einem kaum wahrnehmbaren, auf einer schwachen Vorstellung von den Himmelsrichtungen basierenden Vorschlag. Sie verglich – praktisch ohne es zu wissen – die Namen der Dörfer, an denen sie vorbeikamen, mit dem Ausschnitt einer Landkarte in ihrem Kopf.

Erasmus aß, so stellte sie fest, jeden Tag zehn bis zwölf Kilo frisches Obst und dazu am liebsten noch Nüsse und Rosinen, gern mit Honig, sehr gern mit drei Liter Rahm dazu, und diese Nahrung mußte am besten leicht zugänglich sein, zum Beispiel in einem Kühlhaus oder einem geparkten Lieferwagen, wo sie sich einfach herausnehmen ließ. Und er mochte kein kaltes Wasser, er hatte wie Madelene ein tiefes, ein möglicherweise nervlich bedingtes genetisches Bedürfnis danach, jeden Tag heiß zu duschen.

Nachdem sie das einmal begriffen hatte, wußte Madelene auch, daß sie sich am Rande von Siedlungen und Dörfern halten mußten. In der ersten Nacht ihrer Reise hatte sie das Gefühl gehabt, ganz England liege ihnen zu Füßen. Jetzt kam sie dem Verständnis vom Wesen der Freiheit noch einen Schritt näher. Sie erkannte, daß sie auf einem Seil, einem *tightrope*, balancieren mußten, das zwischen der Zerstörungskraft der technologischen Zivilisation und dem ärgerlichen Mangel an Bequemlichkeit in der Natur gespannt war. Daß sie von Anfang an nur in eine Richtung reisen konnten, nämlich an einen Ort, wo man sich versteckt halten konnte und zugleich sein Essen vorgesetzt bekam, einen Ort, der sowohl ihrem natürlichen Freiheitsdrang als auch ihrer natürlichen Trägheit Raum ließ. Sie war anderthalb Jahre lang mit zoologischen Informationen überschüttet worden. Sie wußte, daß es in England nur einen solchen Ort gab.

Als sie am sechsten Tag an den Rand der Stadt Chatteris gelangten, traf sie eine entscheidende Wahl. Wären sie nach Osten abgebogen, wie jeder andere *homo ferus* oder jedes andere echte Wildtier das getan hätte, wären sie am abgelegensten, einsamsten, abgeschnittensten Ort von England, in den unwegsamen Sümpfen von Bedford Levels gelandet. Statt dessen führte Madelene sie nach Norden. In Richtung St. Francis Forest, zum Wildreservat von Londons Regent's Park Zoological Garden, Europas größtem zoologischen Zucht- und Versuchszentrum.

Während ihrer Reise hatte Madelene Erasmus Englisch und Dänisch beigebracht. Der Affe lernte schnell, nicht wie ein Kind lernt, denn Kinder lernen unter dem großen Druck des Bedürfnisses, sich ausdrücken zu können, sondern spielerisch und mühelos. Am siebten Tag zogen sie schweigend weiter, ohne Sprachunterricht, ohne Verhaltensbeobachtungen, ohne den Vögeln zu winken. Spät am Nachmittag kamen sie über eine hohe Mauer, die aussah wie so viele andere und doch entscheidend anders war. An einem Waldrand, über einer Grasebene, machten sie halt. Madelenes innerer Kompaß kreiselte wild und richtungslos. Sie waren angekommen.

Über die Ebene kam ein grauer Felsblock auf sie zugewandert.

»Der da«, fragte der Affe, »klettert Bäume?«

Madelene schüttelte den Kopf.

»Frißt Menschen?«

Madelene war am Rande einer Großstadt aufgewachsen und geriet kurz in Zweifel. Dann schüttelte sie erneut den Kopf.

»Das ist ein Elefant«, erklärte sie.

Bei Einbruch der Dämmerung machten sie in einer Astgabel ein Feuer und sahen es aufflammen und zu Glut zusammensinken, wie Feuer das tun, wenn das Holz trocken ist und auf einem halben Dutzend Feueranzündern entfacht wird. Danach lehnten sie sich auf den beiden Luftmatratzen, die auf einer ebenen, sicheren und bequemen Unterlage aus dicken Zweigen ruhten, aneinander. Es war das pädagogische Dämmerstündchen.

Ihr Sprachstudium hatte, ohne daß sie sich selbst ganz darüber im klaren waren, wie ihre Reise eine ganz bestimmte Richtung genommen. Von den Personalpronomen waren sie in den Wald der sie umgebenden Substantive vorgedrungen und hatten sich danach in immer abstraktere Sprachbereiche hineinbewegt, und gerade eben fiel Madelene auf, daß ihnen noch etwas fehlte, etwas Wichtiges, bei dem sie in einer Kreisbewegung jetzt ganz natürlich angelangt waren. Es fehlte der Körper, der menschliche Körper.

Sie strich mit den Fingerspitzen über eine von Erasmus' Fußsohlen.

»Fuß«, sagte sie.

Das Tier zuckte, und beide lachten. Es war ein kleines, fast lautloses Lachen, so wie Menschen vor dem Altar kichern, die letzte kleine Beklommenheit vor dem Augenblick der Wahrheit.

Madelene ließ ihre Hand zum Knie des Affen hochgleiten.

»Unterschenkel«, sagte sie.

Erasmus antwortete nicht. Sie legte ihre flache Hand auf seinen Brustkorb und führte sie nach unten. Der Körper des Tieres war unbeweglich. Doch gleich unterhalb des Nabels kam ihr sein Geschlecht entgegen. Madelene nahm es in die Hand. Es war weiß und zuerst fast unwirklich. Es hatte die Glätte von Eis oder von kühler Luft an der Wange, und zugleich lag hinter dieser flüchtigen Weiche eine substantielle Härte wie von erhitztem Granit.

Madelene sah hoch. Sie legte die andere Hand an das Gesicht des Affen und merkte, daß es sich genauso anfühlte. Die Haut war hell, ganz dünn, transparent. Unter und auf der Haut spürte sie die mikroskopischen, rasch wechselnden Stimmungswellen, das nadeldünne Blutgeäst der Kapillaren. Und unter dieser Zartheit verbarg sich etwas anderes, der Puls, die massive Unabweisbarkeit der Erregung.

Sie nickte zu dem Glied hin.

»Kribbler«, sagte sie.

Der Affe streckte einen Arm aus, legte die Rückseite der Hand an ihr Bein und schob sie vorsichtig unter ihr Kleid. Madelene spürte die Wärme seiner Hand in ihrem Schoß, aber er berührte sie nicht. Er sah sie fragend an.

»Kribblerin«, erklärte sie heiser.

Ohne den Blick des Tieres loszulassen, hob sie das Kleid, bis ihre Brüste frei waren, und langsam beugte sich der Affe vor, neigte den Kopf wie zu einem rituellen Gruß und nahm die Brustwarze zwischen die Zähne.

Er richtete sich auf, und sie sahen einander in die Augen, wie sich sonst keine Lebewesen ansehen. Dann faßte er mit Händen, die selbst in der tiefsten Dunkelheit zwischen Satinbettwäsche und merzerisierter Baumwolle unterscheiden konnten, ganz vorsichtig ihren Schlüpfer und zog ihn herunter. Madelene ließ sich zurücksinken, immer noch in Zeitlupe. Der Affe folgte ihrer Bewegung.

Sie küßten sich nur ganz flüchtig. Das Schmatzende und Familiäre, das ein Kuß haben kann, wäre hier ein Umweg gewesen. Madelene war sehr weich, sehr warm und sehr bereit, ihn zwischen den Beinen festzuhalten. Genau in diesem Augenblick hielt Erasmus inne, und eine Sekunde lang glaubte Madelene, es handele sich um ein Mißverständnis.

»Komm schon«, sagte sie.

Nichts passierte. Ungeduldig stützte sie sich auf die Ellbogen und sah den Affen an.

Die flackernde Glut und die tiefen Schatten machten es schwer, den Gesichtsausdruck des Affen genau zu entziffern. Trotzdem war für Madelene kein Zweifel möglich. Sie sah in seinen Augen nicht nur die Begierde, nicht nur das Wildtier, nicht nur die Naivität. Da war auch noch etwas anderes, der leichte Sadismus des Straßenjungen. Das Tier hatte nicht aus Versehen aufgehört. Es hielt sie hin.

Sie versuchte sich zu entziehen, natürlich versuchte sie sich zu entziehen. Sie wartete darauf, daß sich in ihrem Körper der Ekel breitmachte. Aber er kam nicht. Statt dessen kam etwas anderes, noch mehr Begierde, eine Forderung, unaufschiebbar, jenseits der Frage von Stolz und Kapitulation.

»Bitte, bitte«, sagte sie.

Erasmus drang mit einer Art hellhöriger Rücksichtslosigkeit in sie ein, auf dem goldenen Mittelweg zwischen Schmerz und Wollust, und gleichzeitig biß sie ihn ins Ohrläppchen, behutsam, aber gründlich, bis sie auf ihrer Zungenspitze die erste Andeutung des nach Eisen schmekkenden Bluts spürte und sich ihre Nase mit einem Duft füllte, einer Duftfläche, einem Duftkontinent aus Tier, Mann, Sternen, Holzglut, Luftmatratzen und verbranntem Gummi.

4

St. Francis Forest war im sechzehnten Jahrhundert vom ersten Earl of Bedford angelegt worden, der damit den Garten Eden hatte nachbilden wollen. Der Earl war ein frommer Mann und hatte den Garten nach dem Schutzheiligen der Tiere benannt. Projektiert hatte er ihn exakt nach den wenigen und unklaren Anweisungen aus der Schöpfungsgeschichte und dem achtundzwanzigsten Gesang des *Purgatorio* der *Göttlichen Komödie*, wo sich eine ausführliche Schilderung des Gartens findet. Wie alle großen Gärten Europas war er ausgehend von dem Gedanken gegründet worden, daß nichts, und schon gar nicht die Natur, in seiner ursprünglichen Form gut genug ist. Der Earl und seine Nachfolger hatten keine sanfte Korrektur der Landschaft im Sinn gehabt, sie hatten eine Maschine konstruieren wollen, eine Gartenmaschine, die sich im Bewußtsein des Besuchers festsetzen und seine Gedanken zu Gott wenden sollte. Sie hatten eine Landschaftsdroge anlegen wollen, ein Landschaftshalluzinogen.

Das war natürlich ein absurder Gedanke, ja eigentlich war es blasphemisch, denn der Gott, dessen Arbeit man in diesem Maße glaubt verbessern zu können, kann natürlich nicht omnipotent sein, er kann höchstens ein großer – aber eben nicht unfehlbarer – Landschaftsgärtner sein, und natürlich ging das Projekt schief. In dem Versuch, sich ganz eng an die Bibel zu halten, in der steht, das Paradies wirke so veredelnd, daß Löwe und Lamm friedlich nebeneinander grasen, hatte der Earl für den Garten mehrere wilde Tiere importiert. Als sein Vorhaben von Erfolg gekrönt schien, als er einunddreißig Tage lang vierzehn judäische Löwen von Hand mit Bratkartoffeln gefüttert hatte und die wilden Tiere gerade für gezähmt und zu Vegetariern erklären wollte, enttäuschten sie das in sie gesetzte Vertrauen und fraßen ihn. Im Laufe der nächsten vierhundert Jahre machte der Garten zahlreiche Besitzerwechsel und umfassende Bauarbeiten durch, in der zweiten Hälfte des achtzehnten Jahrhunderts auch unter dem berühmten Gartenarchitekten »Capability« Jones. Als ihn die Royal Zoological Society zu Beginn der siebziger Jahre dieses Jahrhunderts kaufte, stellte er sich in seiner hügeligen Üppigkeit, mit seinen Seen und Bächen, seinen Hainen, seinen exotischen Blumen und Bäumen, seinen Steinkaskaden und seinen persischen Duftrosengärten genau so dar, wie die Leute das von einem Paradies erwarten.

Zu diesem Zeitpunkt hatte der Garten einen so schlechten Ruf, daß es seinen Besitzern zweihundert Jahre lang unmöglich gewesen war, einheimische Arbeitskräfte zu finden. Der Garten war von so vielen Überschwemmungen, Dürrezeiten, Blitzschlägen und Waldbränden heimgesucht und von Baumkrankheiten, Feuerbrand, Admiralslarven und Wurzeltöterpilzen angegriffen worden, seine Besitzer waren gleichermaßen von einer so endlosen Reihe menschlicher Naturkatastrophen betroffen gewesen, daß es schien, als leistete die Erde selbst Widerstand, als sei das Gelände ein großes Tier, ein begrabener Wal, der sich, wenn die Menschen ihn am Rücken kratzten, schüttelte, um sie abzuwerfen. So wie manche Kinder nur sehr schwer zu erziehen sind und Teile der menschlichen Psyche sich nur schwer kontrollieren lassen, war St. Francis Forest so ungebärdig, als herrschte dort eine unerklärliche geografische und biologische Anarchie. Der letzte Besitzer erlebte, kurz nach dem Zweiten Weltkrieg, noch die Fertigstellung des Gartens und glaubte in gewissen kurzen Augenblicken, er habe den Ort besiegt. Weder als seine Frau mit dem Gärtner durchbrannte, noch als seine Tochter kurz darauf mit dem Sohn des Gärtners davonlief, wollte er aufgeben. Erst als die von seiner Frau zurückgelassene Whippethündin Bastardwelpen vom Bastardhund des Gärtners bekam, erkannte er, daß er keinen dauerhaften Sieg, sondern nur das kurze Innehalten vor dem Pendelrückschlag erlebt hatte und daß vor ihm der Abstieg lag. Am Tag darauf inserierte er, um einen Käufer für den Garten zu finden.

Als Wildreservat wurde der Garten zum erstenmal ein Erfolg. Es war der erste Ort außerhalb von Afrika, wo sich der Berggorilla vermehrte, der erste Ort außerhalb der russischen Taiga, wo sich der sibirische Tiger fortpflanzte, der erste Ort außerhalb von Australien, wo die Beuteleule brütete. Im Laufe der siebziger und achtziger Jahre konnte er für bestimmte gefährdete Arten die besten Zuchtresultate vorweisen, die je ein Zoo oder ein Tierpark erreicht hatte, und diese Resultate wurden der Öffentlichkeit mitgeteilt, die dadurch die Vorstellung gewann, die wilden Tiere hätten in St. Francis Forest ein Eden gefunden, besser noch als ihr Ursprungsort, und lebten dort ein Leben in sanfter zoologischer Geborgenheit. Genau das hatte Adam Burden auch als öffentliche Begründung dafür angeführt, daß der Ort geschlossen blieb, als er Leiter des Institute of Animal Behavioural Research wurde, unter dessen Schirmherrschaft der St. Francis Forest stand. Wenn man niemanden von außen hereinlasse, hatte Adam erklärt, keine Tierschutzvertreter, keinen Forscher, der nicht im voraus akzeptiert und eingeschworen war, und unter keinen Umständen Journalisten oder Vertreter einer breiteren Öffentlichkeit, dann tue man das, um die dem Garten innewohnende zoologische Hochstimmung nicht zu stören.

In Wirklichkeit war das mehr als eine beschönigende Umschreibung, es war eine regelrechte, doch notwendige Lüge. St. Francis war als eines der ersten Versuchszentren gemäß der modernen Erkenntnis eingerichtet worden, daß die Tiere um so besser gedeihen, je mehr man sie sich selbst überläßt. Der Park wurde mit einem Mindestmaß an Eingriffen geführt, weshalb sich ein Gleichgewicht einpendelte, in dem sich nicht eine himmlische Harmonie, sondern die unsentimentale Brutalität des Tierreichs entfaltete.

Adam wußte, daß das Publikum im Zoo schmusige Tigerjunge, gemütliche Brummbären, redselige Robben, kommunikative Paviane, kinderliebe Elefanten und ein allgegenwärtiges Gefühl von positiver Kontrolle erleben will. In St. Francis Forest hätte es die im Tierreich übliche impulsive Schonungslosigkeit gegenüber den Kleinen, den Alten, den Kranken, den Andersartigen zu sehen bekommen. Man hätte erlebt, wie Buntspechte Meisenjunge aus dem Nest stehlen, Ameisenbären Marajungen die Eingeweide aussaugen, Löwen ihren eigenen Nachkommen Gepardenjunge zum Fraß vorsetzen, Zebras ihre Territorien sichern, indem sie Wasserbockkitze massakrieren, Eichhörnchen Hühnerhabichtnester schleifen und die Habichtjungen fressen, Hechte die Entenküken eines ganzen Flußufers abräumen. Das Publikum hätte gesehen, was zu der Zeit nur die Zoologen verstanden hatten, nämlich daß erst genau das Gegenteil von Müßiggang und Schutz die Tiere wirklich revitalisierte und sie gedeihen, wachsen und sich vermehren ließ. Daß ihr Tag ausgefüllt war von dem Kampf, sich gerade mal am Leben zu halten.

Madelene und Erasmus gelangten somit zu dem ersten Garten in Europa, der seinem Ideal wirklich nahegekommen war. Der Garten war kein gemütliches Stimmungsparadies, sondern das Wildreservat, das wohl Adam und Eva erblickt haben, mit seiner Mischung aus Faszination, aus nachdenklich Stimmendem, Gräßlichem und ganz und gar Katastrophalem, zu der sich die Tierwelt entwickelt, wenn sie sich selbst überlassen bleibt.

Dies sahen sie. Und darüber hinaus begriffen sie noch etwas anderes, etwas, was keiner der Biologen, der Gärtner oder Arbeiter oder der Besitzer im Laufe von vierhundert Jahren ganz verstanden hatte. Sie sahen die Besonderheit des Ortes, seine topografische Seele.

Madelene sah sie zuerst, am ersten Morgen. Sie wachte auf, Erasmus war weg. Sie setzte sich auf und sah ihn. Er hockte am Ufer und trank, wie er immer trank, indem er die ganze Hand ins Wasser tauchte und darauf von der Handoberfläche das Wasser, das der Pelz aufgesogen hatte, ableckte. Wie er da so in der Sonne saß, sahen seine haarlosen Hinterbacken aus wie zwei halbe, doppeltgroße Honigmelonen. Da begriff Madelene, wo sie gelandet waren. Daß sie in den pornografischen Paradiesgarten gelangt waren.

5

Sie blieben sieben Wochen im St. Francis Forest, und in dieser Zeit stellte ihnen der Ort drei Fragen, die erste bereits am ersten Morgen, gleich nachdem Madelene aufgewacht war. Sie ging gerade über die Wiese zu dem Affen, sie war nackt, sie ging langsam, und sie fühlte, daß sie leuchtete. Ihr Gesicht leuchtete, ihre Brüste, ihr Geschlecht, ihre Handflächen leuchteten. Gleich würde sich Erasmus umdrehen und geblendet sein.

Der Affe kehrte ihr den Rücken zu. Als noch fünf Schritte zwischen ihnen lagen, drehte er sich um.

»Gutenmorgengutgeschlafen?« fragte er.

Madelene stockte. Das Gesicht des Affen war offen, ausgeruht und stolz, weil er behalten hatte, wie man grüßt. Aber von der Dankbarkeit, die sie erwartet hatte, auf die sie Anspruch hatte, zeigte es nichts. Der gestrige Tag war weg, die Nacht war weg, und sie hatten nicht die geringste Spur hinterlassen.

Da bekam Madelene es mit der Angst zu tun.

Madelene lebte von der Liebe, das hatte sie immer getan. Oder genauer gesagt: Sie lebte von der Abhängigkeit. Die wenigen Male in ihrem Leben, da sie ein Risiko eingegangen war, die wenigen selbständigen Schritte, die sie bis vor drei Wochen im Laufe von dreißig Jahren gemacht hatte, hatte sie nur gewagt, weil sie wußte, daß unter ihr ein Sicherheitsnetz ausgespannt war. Dieses Netz war die Gewißheit, daß die Männer, die sie liebten, verschmachten und vergehen würden, wenn Madelene sie verließ. Aus dieser Sicherheit bestanden die essentiellen Aminosäuren ihrer Persönlichkeit. Dem Affen hingegen, der jetzt ihr zugewandt dastand, ging die Furcht ab. Er hätte doch einen Hauch, nur eine klitzekleine Andeutung von Demut und Schrecken zeigen sollen. Aber das war nicht der Fall. Das Tier war völlig furchtlos.

Da stellte ihr der Garten die erste Frage, deutlich, als sei sie von einem Nachrichtensprecher verlesen worden, und diese Frage lautete: Wer hat in den Liebesbeziehungen deines Lebens bestimmt? Noch während sie die Frage hörte, noch bevor sie ganz ausgesprochen war, wußte Madelene, daß sie nicht gedachte, lange genug zu bleiben, um die Antwort zu hören.

Die nächsten drei Tage hielt sie sich von Erasmus fern. Zusammen besserten sie das Nest in den Bäumen aus, sie fanden einen der Futterplätze des Gartens, wo jeden Tag Obst ausgelegt wurde, und sie bekamen heraus, wann der Ort unbewacht war. Bei alldem behandelte Madelene das Tier mit ruhiger Freundlichkeit, an der Oberfläche war sie ein frohes und zufriedenes Sommermädchen.

Doch in ihrem Inneren war es Winter geworden. Sie beobachtete den Affen ganz anders als zuvor, nämlich forschend. Sie benutzte ihn, um sich im Garten zurechtzufinden, um zu verstehen, in welcher Richtung die kürzeste Entfernung zur Außenmauer war, um das Risiko eines Fußmarsches zu beurteilen, sie benutzte ihn zum Sammeln von Proviant. Sie bereitete ihren Ausbruch und ihren Fluchtversuch aus dem Paradies vor.

Der dritte Tag war wärmer als die vorhergehenden, auf der Grasebene unten am Fluß blühten drei riesige Rhododendronsträucher, in deren Schatten der Affe und Madelene ruhten. Die Büsche trieben im Grasmeer wie grüne und violette Berge. Madelene hatte in den letzten drei verfrorenen Nächten kaum geschlafen. Jetzt war sie eingeschlafen.

Sie wachte auf, weil der Affe sie von den Knien aufwärts über die Schenkel an verschiedenen Stellen leckte. Seine Zunge besaß die gleiche oberflächliche Weiche und dahinter liegende Hartnäckigkeit wie sein Glied. Es dauerte eine Weile, bis Madelene zu sich kam, der Schlaf hatte sie entwaffnet, und als sie wieder ganz klar war, war es zu spät. Das Verlangen kam langsam auf sie zu, wie ein Schiff kam es, über die Grasebene, und als es dicht genug heran war, als sie sich selbst an Bord sah und entdeckte, daß es keine Möglichkeit gab, auszusteigen, erlebte sie eine plötzliche Hellsichtigkeit. In einem flüchtigen erotischen *Satori* erkannte sie, daß auch der letzte Rest ihrer Zugvogelfreiheit eine Illusion gewesen war. Sie war zu diesem Ort geführt worden und zu dieser Zunge, die jetzt über ihren Bauch glitt. Und nicht nur sie, sondern auch der Affe war geführt worden, denn obwohl sein Mund in diesem Moment etwas Forderndes hatte, war da auch eine Bitte, er bettelte sie an, sich zu ergeben, wortlos bat Erasmus, denn auch er war ein Opfer.

Als letztes, bevor sie nachgab, hörte Madelene die Antwort auf die erste Frage des Gartens. Sie selbst war es, die antwortete, und die Antwort lautete: Wer auch immer bestimmt hat, es war weder er noch ich.

Mit Erasmus und Madelene geschah, was allen geschieht, die willentlich oder durch einen scheinbaren Zufall durch das

Paradies kommen: Die Liebe überwältigte sie und machte mit ihnen, was sie wollte. Doch im Gegensatz zu so vielen anderen kämpften sie nicht dagegen an. Sie hatten keine Zeit mehr, sich vorzubereiten, Hoffnungen aufkommen zu lassen oder Vorurteile zu entwickeln. Als die Liebe sie überfiel, konnten sie nirgendwo hingehen und bei niemandem Hilfe suchen. Sie gaben einfach auf, sie überließen sich der fundamentalen Unsicherheit der unvorhersehbaren Situation.

Erasmus gab Madelene während ihrer Zeit im Garten nie das geringste Versprechen. Anfangs redete sie sich selbst ein – halb zornig, halb panisch –, daß das Tier zurückgeblieben sei oder zumindest sprachlich auf einer zu niedrigen Stufe stehe, um all die kleinen Raffinements verstehen zu können, mit denen menschliche Liebende einander ununterbrochen versichern, daß sie und ihre Liebe leben, sich wohl befinden und daß sie noch immer durch eine warme Nabelschnur miteinander verbunden sind. Doch nach wenigen Tagen erkannte sie, daß es nicht daran lag, daß Erasmus das nicht konnte. Es kam ihm einfach nicht in den Sinn. Und mehr noch. Sie selbst wollte es auch nicht. Sie spürte ihre beruhigenden Phantasien absterben, sie registrierte, daß sie ihre eigenen Versprechen verworfen hatte, noch bevor sie ausgesprochen waren. Zum erstenmal in ihrem Leben ging sie auf einem Seil, ohne nach unten zu sehen. Zum erstenmal verlor sie das Interesse an der Zukunft.

Sie bewegten sich auf eine Variante der Ewigkeit zu. Eines Nachts, als Madelene rittlings auf Erasmus saß, entdeckte sie, daß sie nicht allein waren. Sie war nicht nur mit ihm zusammen, sondern mit zwei Männern, den einen hatte sie in sich, der andere liebkoste sie, und sie spürte mit geschlossenen Augen, wer dieser andere war: Es war der Tod. Sie lehnte den Nacken zurück, sah in den Himmel, gab es auf, Widerstand zu leisten, und begriff, daß das Jetzt, das entsteht, wenn die Zeit verschwindet, nicht ohne Schattenseiten ist, auch im Paradies nicht.

6

Ihr Leben im Garten bestand aus drei verschiedenen Tätigkeiten: Nahrungssuche, Schlafen und der Beschäftigung mit ihrer Liebe und ihrem Sprachunterricht. Unmerklich hob sich die Grenze zwischen ihnen auf. Sie erlebten einen didaktischen Durchbruch, als Madelene zu dem Abschnitt über die sprachlichen Anzüglichkeiten kam. Sie hatte ihn gerade in sich und sagte: »Lieg still und sag mir, was ich mit dir mache. Was mache ich jetzt? Und jetzt? Erklär es!« Oder sie schob Erasmus' Hände beiseite und sagte: »Nein, sieh mir in die Augen, tu gar nichts, aber erzähl mir, was du gern tun würdest«, und da sprach Erasmus, ohne vorher nachzudenken, da brach die Sprache zu ihm durch, und bei ihnen im Schatten der Rhododendronbüsche weilten in diesem Moment die Geister der weltberühmten dänischen Sprachpädagogen und Linguisten: Diderichsen und Hjelmslev, die anderen Glossematiker und die gesamte Kopenhagener Schule.

Sie vergaßen immer wieder zu essen und erlebten deshalb wirklichen Hunger, echte Schwäche durch Hunger, und diese Erlebnisse waren von ihrer Beziehung zueinander nicht zu unterscheiden. Wenn sie sich eine Nacht, mehrere Tage, eine Woche lang nicht berührt hatten, verspürte Madelene ein ziehendes Sehnen, dann ging ihr auf, daß sie seit ihrer Kindheit nicht mehr richtig hungrig gewesen war. Jedesmal, wenn ihr inneres Tier geknurrt hatte, hatte sie ihm eine Mahlzeit hingeworfen, ein halbes Kilo Pralinen, eine Liebkosung, einen Cocktail, ein Glas reinen Alkohol, nicht aus Hunger, sondern aus repressiven Gründen, um die Furcht und die schrecklichen Geräusche zu unterdrücken.

Jetzt lernte sie das Begehren kennen. Sie erlebte es, daß sie Erasmus nachsah, der zuweilen auf zwei, manchmal auf vier Beinen über die Wiese ging, und es schien ihr, daß nicht nur sie ihn vermißte, das Gras streckte sich nach ihm aus, die Luft wollte ihn berühren, das Wasser wollte ihn bedecken.

Nach und nach verloren sie das Interesse am Orgasmus, daran, den Liebesakt abzuschließen. Sie wollten wach sein, und in einer solchen Nacht ausgehungerter, glasklarer Übernächtigkeit überraschte sie Erasmus. Sie hatte gedöst, sie schlug die Augen auf, der Affe saß da und sah sie an. Er glaubte sich unbeobachtet. Seine Wachsamkeit war weg, verschwunden war seine physische Stärke, seine Indifferenz. Er war in ihren Anblick versunken. Sein Gesicht war zutiefst glücklich. Er entdeckte, daß er beobachtet wurde, änderte jedoch den Ausdruck nicht, konnte es nicht, was er fühlte, hielt ihn fest.

»Schön«, sagte er.

Und einen Moment später formulierte er leise, staunend, resigniert und eher für sich, wobei er die Hand auf die Brust legte, die gesetzmäßige Erfahrung, daß es kein Licht ohne Dunkel gibt.

»Weh«, sagte er. »Im Herzen.«

Später in derselben Nacht wachte Madelene auf und sah, wie die Welt zusammenhängt.

Der Affe schlief ein Stück von ihr entfernt, den Körper

auf einem Zweig, seine Arme baumelten frei in der Luft. Sie stand auf. Durch eine Öffnung der Baumwipfel sah sie den Himmel und die Sterne, und sie sah, daß die Weltordnung ein andauernder, nie orgastischer und nie unterbrochener Liebesakt zwischen Himmel und Erde ist. Dann legte sie sich wieder hin und schlief weiter.

Am frühen Morgen derselben Nacht stellte ihnen der Garten die zweite Frage. Sie kam als scharfer Schmerz, der Madelene mit einem Ruck hochschrecken ließ.

»Das ist nicht genug«, sagte sie.

Der Affe durchlief nie eine Aufwachphase, er ging, auch jetzt, direkt aus dem Tiefschlaf zu totaler Handlungsbereitschaft über. Er setzte sich auf und sah sie an.

Was Madelene zu sagen versuchte, konnte sie nur empfinden, weil sie jetzt zum erstenmal seit ihrer Kindheit ihr Leben ohne Betäubung lebte. Sie wollte sagen, daß sie, noch halb im Traum, gesehen hatte, daß es inmitten des höchsten Sinnesrausches und der Ekstase einen Bereich tiefster Hungersnot gibt. Sie wollte erklären, daß ihr, während sie den heftigsten erotischen Hunger ihres Lebens und die sexuell reichhaltigste Tafel ihres Lebens erlebte, plötzlich aufgegangen war, daß man sich nie satt essen kann.

Der Affe verstand sie augenblicklich.

»Nie genug«, sagte er.

Da stellte ihnen der Garten die zweite Frage, und es war Madelene, die sie aussprach, nämlich die Frage nach der Richtung der Liebe.

»Was geschieht dann aber mit uns?« fragte sie. »Wo führt das hin?«

Es war Erasmus, der antwortete, später, am selben Tag.

Sie saßen mit dem Rücken an einen Baum gelehnt und

sahen auf den Fluß, der sich vor ihnen um einen langen, schmalen Werder teilte.

»Wie sagt man, wenn rundherum Wasser ist?« fragte der Affe.

»Insel«, antwortete Madelene. »Eine Insel.«

»Erasmus kommt von einer Insel«, sagte der Affe.

Ein kalter Hauch streifte Madelene. Das war die Zeit, die Mahnung, daß es außer ihnen beiden auch noch etwas anderes gab, daß sich die Welt vor der Gartenmauer weiterdrehte.

»Wie groß ist die Insel?«

»Von den Wipfeln der großen Bäume aus sieht man das Wasser zur einen und zur anderen Seite und hinten. Aber nicht vorn.«

»Gibt es da Obst?«

Der Affe nickte.

»An den Bäumen?«

Der Affe dachte nach.

»In den Geschäften ist es leichter«, sagte er.

»Leben da Menschen? Wie ich?«

Der Affe ergriff ihre Hand.

»Viele«, sagte er. »Aber keiner so wie du.«

Das war Erasmus' allererstes Kompliment, und unter anderen Umständen wäre es vielleicht schwer zu schlucken gewesen. Doch jetzt und an diesem Ort schloß Madelene die Augen und genoß seine Honigsüße. Als sie die Augen öffnete, war das Gesicht des Affen unmittelbar vor ihrem. Er legte seine flache Hand auf ihren Unterleib.

»Kann da kein Kind kommen?« fragte er.

Madelene hatte Kinder immer mit mangelndem Interesse betrachtet. Wenn sie auf Straßen und Spielplätzen Kinder gesehen hatte, waren sie ihr hilflos erschienen, und sie hatte mitleidig daran gedacht, daß diese Kinder gerade die gleiche düstere Strecke zurücklegten, die sie selbst einmal wie durch ein Wunder heil überstanden hatte. Sobald sie ihr aus den Augen waren, hatte sie die Kinder vergessen.

Anders Adam Burden. Ihm waren Kinder nicht gleichgültig, und er hatte sie nicht mitleidig betrachtet. Aus seinem Blick sprach aktives Unbehagen.

In Büchern hatte Madelene gelesen, man könne erwarten, mit dem Geliebten eins zu werden. Aber sie war nie eins mit Adam geworden. Sie war zwei geworden. Sie hatte sich in zwei Personen geteilt, die eine sah die Welt, wie Madelene sie immer gesehen hatte, die andere lernte es, sie aus Adams Sicht zu sehen, und diese andere Madelene hatte Kinder durch seine Augen gesehen.

Sie sah, daß Kinder das Tierische im Menschen wachrufen. Sie sah – immer noch mit Adams Augen –, daß Kinder selbst Tiere sind, Tierjunge sind sie, unbeholfene, Aufmerksamkeit beanspruchende, aufdringliche, unverdorbene Instinktwesen.

Und sie machten ihre Eltern zu Tieren. Die Eltern waren erschöpft, das sah sie, tierisch erschöpft waren sie. Sie kümmerten sich nicht mehr um sich selbst und ihre Erscheinung, sie waren farblos, als hätten die Kinder alle überschüssige menschliche Kraft aus ihnen herausgesogen. Sie waren geschlechtslos geworden, vor allem die Frauen, sie wirkten ausgemolken, ausgepumpt, ausgetrocknet.

Adam wollte reisen. Er wollte Karriere machen. Er wollte lieben. Er wollte gut aussehen. Er wollte attraktiv sein und war es auch, er strahlte vor überschüssiger Kraft, in gewissen Augenblicken sah Madelene ihn nicht als Löwen, sondern als eine der kleinen Transformatorenstationen ihrer Kindheit in Vedbæk, groß, gerade, voller Volt und Ampere und auf dem Rücken ein Schild mit Totenkopf und dem Wort »Hochspannung«.

Sie selbst war ebenso gewesen, das wußte sie, das hatte Adam verlangt, und sie war ihm natürlich entgegengekommen. Gegenstand einer Elektrizität wie der seinen zu sein, aufzuleuchten und zu glühen, das war ihr Leben gewesen.

Für all das waren Kinder eine Bedrohung. Kinder hatten ihr und Adam nichts zu geben, sie wären von einer Gier gewesen, die sie entladen und ihnen alles genommen hätte. Das hatten sie beide akzeptiert. Gemeinsam hatten sie den Schalter zur Frage nach Kindern ausgeknipst.

Jetzt, als Erasmus seine Hand auf ihren Unterleib legte, drang in diese Dunkelheit ein grelles, weißes Licht. In diesem Licht sah Madelene, daß die Frage des Affen auch eine Antwort war, eine mögliche Antwort auf die Frage, wohin der Magnetismus zwischen zwei Menschen führen kann, wenn er stark genug ist.

Die dritte und letzte Frage war die, die sich jeder Mensch, der plötzlich das Glück findet, stellt. Sie lautet: Wie lange wird es dauern?

Lange Zeit schien sich diese Frage von selbst zu beantworten, sie verblaßte und verschwand. In Madelenes und Erasmus' Leben deutete nichts darauf hin, daß es nicht ewig dauern würde, daß die Idylle nicht verläßlich sein sollte.

Wenn sie morgens aufwachten, war der Garten von Tau überzogen, der das Licht einfing und es brach wie eine Schicht von Perlmutt. Die Blätter der Bäume rollten sich um ihre Tropfen, als seien sie offene Perlenmuscheln, die Stämme der Bäume waren feucht und glatt, und wenn sie Hand in Hand durch das Gras zum Fluß hinuntergingen, war es, als gingen sie durch flaches, kühles Wasser, auf dem die Maiglöckchen wie Teichrosen schwammen und die blühenden Spiräen wie flüssige Säulen emporragten. Am Fluß begegneten ihnen die anderen Tiere des Gartens, und zu dieser Stunde, in dieser Unterwasserwelt, war jede natürliche Feindschaft aufgehoben. Die Säbelantilopen tranken neben den Elefanten, neben einem Gepard, neben einem Flußschwein, neben einem rotgrauweißen Saruskranich, neben einer Herde roter Lemuren. Sogar die Affen waren still, und in diesen Momenten zeigte sich der Garten von der Seite, die sich so viele erträumt und die so wenige gesehen hatten: in alttestamentarischer Harmonie.

Während sich Erasmus und Madelene wuschen, kam das Licht. Nicht langsam, sondern plötzlich. Mit einem Dunstschleier wischte es das Wasser fort. Danach kam die Wärme, kamen die Geräusche, die Düfte, danach stieg der Herzschlag des Gartens vom Ruhepuls zur Höchstfrequenz.

Gegen Mittag kam es zu einem kurzen Stillstand, nicht aus Trägheit, sondern weil die Intensität des Ortes so stark war, daß alles Lebendige eine Pause brauchte. Auch Madelene und Erasmus ruhten in ihrem Baum auf den Luftmatratzen. Wenn sie aufwachten, blieben sie oft sitzen, ganz still blieben sie sitzen und betrachteten das Wachsen um sich herum: Die Feuerstrahlen der roten Lemuren, wie kleine Kometen in den Baumwipfeln. Die Paradiesvögel, die aussahen wie ein göttlicher Spaß, drei miteinander verknüpfte und in die Luft geworfene Federboas. Die Stille des Gepards, seine unendliche Geduld, seine katapultartige, unwahrscheinliche Beschleunigung. Den unermüdlichen Fleiß des Gorillaweibchens. Die unendliche Nachsicht der Leittiere mit den Jungen. Die Vorsicht der Waldmaus, eine so umfassende Vorsicht, daß sie Madelene auf den Gedanken brachte, hier sei endlich einmal ein Wesen, das garantiert verschreckter sei, als sie es jemals gewesen war. Das extreme Verhalten der Kreuzotter sahen sie, totenähnliche Untätigkeit und Bewegungen, die für Madelenes Augen und die des Affen zu schnell waren. Eines Tages strich ein Königsadler an ihnen vorbei, erst hoch oben, viereckig wie eine fliegende Tür, danach ganz nah, und diesmal winkte Madelene nicht, diesmal dachte sie nur: Wir sind wie er.

Sie aßen am frühen Abend. Wenn sich die Dämmerung senkte, zündete der Affe in einer Astgabel ein Feuer an, ein kleines Feuer, als hätte er eine Handvoll Glut aus der Sonne genommen, die jetzt langsam verschwand, nicht um unterzugehen – denn in den letzten Nächten hatte es ausgesehen, als sei sogar die Sonne zu euphorisch gewesen, um unterzugehen –, sondern um sich hinter die dunkelblaue Himmelsmembrane zurückzuziehen, an die sie sich die lange, helle Nacht hindurch anlehnen und die sie mit ihrem Feuer durchtränken würde, das dann wie ein rotgrauer Lichtschein auf die dunkle Erde herabtropfte.

In diesem Leben gab es keine Zeit, oder höchstens eine punktuelle und schnell wieder vergessene, und deshalb keine Frage nach Dauer, weshalb Madelene und Erasmus das Interesse an dem Problem des »Wie lange« verloren. Sie verloren das Interesse an der Zeit.

Als sich die Wahrheit meldete, kam sie unmerklich, schleichend wie ein Raubtier, in einer Mittagsstunde, im Schatten, mitten in einer Unterrichtsstunde.

Sie hatten in ihrem Sprachunterricht jede Systematik aufgegeben. Madelene versuchte nicht mehr, sich an die Bruchstücke von Grammatik, die sie einst gelernt hatte, zu erinnern, sie reisten nun intuitiv durch die Sprache, Madelene überlegte, wo der Affe noch nicht gewesen war, und nahm ihn mit. An diesem Tag hatte sie ihn zu den dänischen Konditionalkonjunktionen geführt.

»Wenn ich könnte«, sagte der Affe, »würde ich fliegen.«

»Wenn ich könnte«, führte Madelene weiter, »würde ich mit dir fliegen.«

»Wenn wir könnten«, ergänzte der Affe, »würden wir immer hierbleiben.«

Jetzt spürte Madelene, daß der Boden unter ihr nachgab und es zum Umkehren zu spät war.

»Wenn wir wollten«, sagte sie, »könnten wir dann nicht?«

Der Affe schüttelte den Kopf.

»Da sind ja noch alle die anderen«, erwiderte er.

Sie schwiegen. Ungläubig lauschten sie dem Echo des Gesagten.

Zwischen ihnen war knapp ein Meter. Jetzt bevölkerte sich dieser Raum mit Lebewesen, mit Affen wie Erasmus. In einer Erscheinung, einer gemeinsamen Vision, sahen sie eine Versammlung von Affen, eine Herde Affen, ein Volk. Madelene war klar, daß Erasmus genauso überwältigt war wie sie selbst. Daß er nicht von der Zukunft gesprochen hatte, weil er sie wie Madelene selbst vergessen hatte. Doch irgendwo gab es Hunderte von Affen wie ihn oder vielleicht Tausende. Ihre Existenz war offenbar bedroht. Und er, mit seinem Einblick, war ihnen etwas schuldig. Seine Lage war anders als die Madelenes. Ihr Abschied von der Zivilisation war ein endgültiger gewesen. Alles hatte sie hinter sich gelassen. Es gab auf der ganzen Welt keinen einzigen Menschen, mit dem sie etwas geteilt hätte, was sie zu verlieren fürchtete.

Als sie so weit gedacht hatte, entstand vor ihr ein Gedränge. Zwischen sie und Erasmus, unter die imaginären Affen, trat eine neue Gruppe, eine Gruppe Menschen. Als erstes Adam und Madelenes Eltern, Susan und ihre Kinder. Hinter ihnen tauchten andere Bekannte auf, Familienmitglieder, vergessene Schulkameradinnen, und dahinter gesichtslose Umrisse von Menschen, die ihr einmal etwas bedeutet hatten. Alle sahen sie Madelene an, wie Kinder, die einem Erwachsenen eine Frage gestellt und noch keine Antwort bekommen haben.

»Ja«, sagte Madelene. »Die anderen. Die hätten wir fast vergessen.«

Sie entdeckten in diesem Augenblick beide gleichzeitig ein Naturgesetz, das sich immer als Mahnung zu erkennen gibt, sich noch bei jedem Einsiedler und Säulenheiligen ohne Rücksicht auf Religion und historische Epoche durchgesetzt hat und zu allen Liebenden gekommen ist, nämlich die Mahnung, daß es kein privates Paradies gibt, keines geben kann.

Madelene schloß die Augen und holte tief Luft.

»Wie nennt ihr euch?« fragte sie. »Denn ihr sagt ja wohl nicht ›Affen‹?«

Der Affe dachte nach, versuchte vergeblich, zwei unvereinbare Sprachwelten miteinander in Einklang zu bringen, und fand schließlich einen annehmbaren Kompromiß.

»›Menschen‹«, sagte er. »Wir nennen uns ›Menschen‹.«

»Und uns? Wie nennt ihr uns?«

»›Tiere‹«, sagte der Affe. »So nennen wir euch.«

Madelene öffnete die Augen.

»Vermißt du sie, deine Menschen?« fragte sie.

Der Affe antwortete nicht direkt.

»Prinzessinnen«, sagte er, »was waren die gleich noch mal?«

Sieben Wochen lang hatte Madelene in einem dahintreibenden Jetzt gelebt. Ihr Gedächtnis setzte nur widerwillig ein.

»›Auserwählt‹«, antwortete sie. »Weil es da etwas gibt, was man tun muß.«

Der Affe nickte.

»Da gibt es etwas, was ich tun muß«, sagte er. »Deshalb bin ich gekommen.«

Um sie herum summte der Garten warm und dösig. Alles war wie zuvor. Aber nichts würde mehr so sein wie zuvor.

»Die Tiere hier im Garten«, fuhr der Affe fort, »verstehen uns nicht. Deshalb haben sie Angst vor uns. Deshalb laufen sie weg. Um sich unsichtbar zu machen, laufen sie weg. Das ist eine gute Methode. Das ist etwas, was wir alle lernen müssen. Aber es gibt auch noch eine andere Methode: Wenn man versteht, was kommt, braucht man nicht wegzulaufen. Dann kann man stehenbleiben, ganz in der Nähe kann man stehenbleiben und doch unsichtbar sein. Weil man weiß, wo man stehen muß. So leben wir – wir Menschen.«

»Sieht man euch nie?«

»Vielleicht spürt man uns. Vielleicht spürt ihr uns. Als etwas, was fehlt. Oder als etwas, was nicht hätte dasein sollen. Aber ihr seht uns nicht. Und wenn ihr uns seht, dann seht ihr uns trotzdem nicht.«

Madelene warf die letzte Vorsicht über Bord.

»War es ein gutes Leben?« fragte sie. »Warst du glücklich? Sind die anderen glücklich?«

Der Affe nickte.

»Aber du bist hier«, sagte sie. »Doch das war vielleicht ein Irrtum.«

Der Affe richtete sich auf, in unantastbarer Überheblichkeit streckte er den Rücken, und Madelene mußte ganz kurz an das steifbeinige *showing off* der Gorillamännchen denken.

»Erasmus hat sich fangen *lassen*«, sagte er.

»Und ich«, gab Madelene zurück, »ich sollte dir also nur aushelfen?«

Das war eine gemeine Bemerkung, und die sind am allerschwersten zu kontern, besonders in einer Sprache, die nicht die Muttersprache ist. Aber Erasmus hatte viel gelernt, und etwas von seiner körperlichen Gewandtheit hatte er in den Unterricht eingebracht.

»Wenn wir zum Fluß gehen, um zu trinken«, sagte er, »dann kommt manchmal, dann kommt recht oft die Sonne. Obwohl wir gar nicht deswegen gekommen sind. Wenn man das Kleine sucht, findet man zuweilen das Große.«

Madelene schloß die Augen und kostete die rasch fortschreitende Beredsamkeit ihres Geliebten wie einen reifen Pfirsich.

»Auch wenn man zufrieden ist«, fuhr der Affe fort, »auch wenn es für uns ein gutes Leben war, immer noch ein gutes Leben ist, auch wenn wir ganz, ganz zufrieden sind, waren da, sind da, immer … die anderen, ihr.«

Sie sahen sich an und wußten, daß sie bei der Antwort auf die letzte Frage des Gartens angelangt waren. Sie sagten nichts mehr. Sie hatten den Rand der Sprache erreicht, und was jetzt geschah, der letzte Teil ihrer Reise, ihr äußerster Punkt, war wortlos. Sie saßen auf einer Landspitze, einer *ultima Thule* der Sprache, und weit draußen sahen sie die Umrisse einer Antwort auf ihre Frage: Weshalb können sich zwei Menschen oder eine Gruppe Affen nicht im Paradies absondern?

Sie erkannten, daß diese Frage mit einer größeren, sehr viel größeren identisch ist: Warum ist nicht alles so geblieben, wie es zu Anfang war, weshalb ist der paradiesische Zustand kein Dauerzustand?

Zu welcher Antwort man kommt, hängt von dem Ort ab, von dem aus man fragt. Madelene und Erasmus fragten aus einer Position im Paradies, fünfundzwanzig Meter über dem Boden, auf zwei Luftmatratzen, Hand in Hand, und sie gelangten beide gleichzeitig zu der Antwort, daß es die

Liebe ist, die die Welt in Bewegung setzt. Sie sahen – sie meinten zu sehen –, daß über oder unter ihnen ein Gott, vielleicht der liebe Gott, Hand in Hand mit jemandem, vielleicht einem Affen, saß und glücklich war und gerade deshalb in keiner Weise genug an sich selbst haben konnte.

IV

1

Wenn man in dieser frühen Julinacht über London eingeschwebt und so nah zur Stadt hinabgestiegen wäre, daß man die Gesichtszüge einzelner Menschen hätte unterscheiden können, hätte man aus dieser Entfernung den Eindruck gewonnen, daß die Stadt Erasmus und Madelene vergessen hatte. Daß sie im großen und ganzen zu ihrem Leben zurückgekehrt war, als sei nichts geschehen.

In South Hill Park bereitet Adam Burden in Mombasa Manor vor dem Spiegel in seinem Schlafzimmer irgend etwas vor, das aussehen könnte wie ein Zaubertrick und das offensichtlich Übung voraussetzt und das Wissen darum, wie die Zuschauer plaziert sind, was sie sehen dürfen und was nicht, und während er arbeitet, gleicht er dem alten, vor bühnenerfahrenem Selbstvertrauen strotzenden Adam.

An einem anderen Ort, in Mayfair, probiert Andrea Burden, ebenfalls vor dem Spiegel, einen Hut aus, und sie wirkt unbekümmert, sie strahlt Ruhe und überschüssige Kraft aus.

Am anderen Ende der Stadt, beim Millwall Dock, hinten in einem Pub, der ganz am Ende einer kleinen Seitenstraße liegt, starrt Johnny in sein Bierglas. Er starrt nicht so sehr sein eigenes, deprimierendes Spiegelbild an, eher blickt er auf das Meer der Vergeblichkeit, das ihm seit vielen Jahren die Füße umspült und auf dem er schließlich die Hoffnung aufgegeben hat, jemals Land in Sicht zu bekommen.

Etwas weiter weg, am Rande der Isle of Dogs, schaut der Mann, der bis vor nicht allzu langer Zeit Bally hieß, in die Themse, dort, wo sie an dem Schiff vorbeifließt, das vor noch nicht allzu langer Zeit *Arche* hieß, nun aber den Namen gewechselt hat, und der Ausdruck in seinem Gesicht ist, wie seit vielen Jahren, ausgeglichen und unergründlich.

Am gegenüberliegenden Themseufer erhebt sich im Hauptquartier der Veterinärpolizei im St. Thomas' Hospital Kommissar Smailes von seinem Stuhl und geht zum Fenster. Er schaut nicht etwa durch die Scheibe, sondern starrt mit müder Routine in der Fensterscheibe auf sein eigenes Gesicht.

In einem anderen, sehr viel größeren Büro in der Kensington Holland Park Veterinary Clinic hat Alexander Bowen, nervös wie üblich, ein Telefon in der Hand, er hat eine Nummer gewählt, doch der Anruf bleibt, wie so oft, unbeantwortet. Dort, wo er angerufen hat, ist niemand da, der das Telefon abnehmen könnte, niemand außer dem Veterinärodontologen Firkin, der, ohne das Klingeln des Apparats zu beachten, durch eine Reihe von Laboratorien und Büros wandert. Er ist lange nach Arbeitsschluß im Institut geblieben, doch auch darüber brauchte man sich normalerweise nicht zu wundern.

Aus dieser Entfernung, so nah, wirkt es, als hätten Madelene und Erasmus nie existiert.

Bewegt man sich jedoch – nur ein ganz klein wenig – weiter weg, tritt ein neuer Zusammenhang zutage.

Adam Burden ist der neue Direktor des New London Regent's Park Zoological Garden geworden. Man hat ihn per Akklamation gewählt, keine Stimme hat sich gegen ihn erhoben. Sein wissenschaftlicher Ruf und sein Curriculum vitae sind untadelig, er hat die Rückendeckung von Andrea Burden und von allen Tierschutzvereinen, er wird von den Investoren unterstützt, das Landwirtschaftsministerium hat seine Wahl begrüßt, und die Royal Zoological Society hat ihn empfohlen. Wegen der schrecklichen Sache mit seiner Frau genießt er außerdem die warme Sympathie der Öffentlichkeit und der Medien. Ende Juli – in einer Woche – soll er sein Amt offiziell antreten.

Er übt also seine Antrittsrede. Er soll sie in dem neuen Festsaal des neuen Zoos halten, im Beisein von Regierungsvertretern und der Schirmherrin der Royal Zoological Society, Ihrer Königlichen Hoheit Prinzessin Anne, sowie mehrerer Mitglieder der königlichen Familie.

In der Rede soll es um Erasmus gehen.

Es wird eine der wichtigsten zoologischen Reden des zwanzigsten Jahrhunderts werden. Vollkommen unerwartet wird Adam enthüllen, daß man ein neues, bisher unbekanntes Säugetier entdeckt habe, einen vermutlich hochbegabten Menschenaffen. Die Rede soll von Dias begleitet werden, von Zeichnungen, den Resultaten des Gehirnscannings, einer vollständigen anatomischen Beschreibung von Erasmus, einer physikalisch-chemischen Analyse seiner Nahrung, seines Stuhls und seines Stoffwechsels, einer Skizze seines Verhaltens und einer vom DNA-Laboratorium des Instituts für Bevölkerungsmedizin ausgearbeiteten genetischen Dokumentation. Letztere soll Alexander Bowen vorlegen, und sie ist noch nicht da, deshalb ruft er an und ist so ungeduldig. Das DNA-Laboratorium gehört zum Institut für Tierverhaltensforschung, wo Firkin arbeitet. Deshalb hat Firkin von der Anfrage Wind bekommen, und deshalb treibt er sich nach Dienstschluß in den Labors herum.

Firkin denkt an den Affen und an Madelene. Seit ihrem Verschwinden sind sie ihm nicht aus dem Kopf gegangen. Auch Kommissar Smailes hat sie nicht aus seinen Gedanken verdrängen können, es ist das Unangenehme der Erinnerung, das Gefühl des Unaufgeklärten, das den Kommissar vor sein eigenes Spiegelbild treten läßt.

Nach der Darlegung der wissenschaftlichen Empirie soll auf Adams und Andreas Wunsch ein besonderer Zeuge darüber Auskunft geben, wie der Affe eingefangen wurde. Diese Zeugenaussage soll der frühere Bally ablegen, und als Gegenleistung hat er sein Boot und seine Freiheit zurückerhalten. Eine andere Zeugenaussage darf dagegen unter keinen Umständen vorgelegt werden, und die hat mit der Frage zu tun, wer Bally wirklich ist und wie der Affe eigentlich in London angekommen ist. Wer deshalb also um keinen Preis auftauchen darf, das ist Johnny, und damit er wegbleibt, hat er gewisse Drohungen und einen Geldbetrag erhalten, den er jetzt gerade versäuft. Seit sieben Wochen trinkt Johnny, seit Madelene und Erasmus verschwunden sind. Während andere Leute bis zu zwanzig Jahren brauchen, um sich zu Tode zu saufen, hat Johnny ein besonderes Talent für den Alkoholismus bewiesen, welches bewirkt, daß es in seinem Fall wahrscheinlich sehr viel schneller gehen wird.

Die Rede ist nicht allein wissenschaftlich einzigartig und die wichtigste in Adams Leben. Sie ist auch für Andrea Burden entscheidend. Die Rede soll dem Zoo seine erste offizielle Anerkennung verschaffen. Es muß deutlich werden, daß der neue Affe nur aufgrund des neuen Zoos und seiner wissenschaftlichen Ressourcen entdeckt und beschrieben werden konnte.

Zum Schluß soll die Rede enthüllen, daß der New London Regent's Park Zoo eine große, eine gigantische Anlage für Affen wie Erasmus, eine Affeninsel, erhalten soll. Ganz zuletzt soll Adam dann den neuen Affen taufen, und zwar nicht – wie das sonst üblich ist – nach dem Entdecker oder nach bestimmten Eigenschaften des Tieres oder nach dem Ort, wo es gefunden wurde. Er soll statt dessen den Namen des Ortes erhalten, wo er künftig ausgestellt sein wird, des Ortes, aus dem die zoologischen Pioniere stammen, die ihn aus seinem Versteck gezogen haben, des Ortes, wo die wissenschaftlichen Institutionen zu Hause sind, die seine Art als erste beschrieben haben. Erasmus soll *Homo londoniensis* heißen.

Somit herrscht aus dieser Entfernung gesehen kein Zweifel daran, daß sich für diese Menschen in den letzten sieben Wochen alles um Erasmus und Madelene gedreht hat.

Oder genauer gesagt: Um das, was sie von ihnen in Erinnerung behalten möchten. Und um das, was sie überhaupt gewagt haben, sich ins Gedächtnis zu rufen. Denn es gibt Dinge, die vor allem mit dem Augenblick zu tun haben, in dem der Affe mit Madelene in die Luft gesprungen und verschwunden ist, die sie zu vergessen suchen, die, wenn sie herauskämen, den Eindruck sensationeller Glaubwürdigkeit, den die Rede vermitteln soll, verderben würden.

Die Frau und der Affe sind weg. Jetzt geht es darum, aus den Spuren, die sie hinterlassen haben, das Beste zu machen.

Aber Madelene und Erasmus sind nicht weg. Sie sind näher, als irgend jemand ahnt, sie sitzen am Waldrand auf einer Anhöhe bei Edgware, nordwestlich von London, und von hier aus tritt die Stadt noch auf eine dritte Weise in Erscheinung. Von hier aus gesehen wölbt sich ihre Betonsilhouette zu einer Kuppel, die aussieht wie die Schädeldecke eines boshaften Gnoms, der unter dem Stein, unter dem er zweitausend Jahre lang gelegen hat, hervorkriecht, um einen Schmetterling zu suchen, dem er die Flügel ausreißen kann.

Sie hocken dicht nebeneinander auf einem Ast, der Affe ist nackt, und Madelene trägt nur einen Fetzen um die Hüfte und einen um den Oberkörper. Äußerlich sehen sie aus wie zwei Affen am falschen Ort, auch Madelene sieht aus wie ein Affe. Erasmus trägt sie nur noch selten, sie kommt allein voran, sogar fünfundzwanzig Meter über dem Boden, und wie sie jetzt so auf dem Ast sitzt, umklammert sie ihn mit den Zehen, als entwickelte sie allmählich Finger an den Füßen. Das Gesicht von Erasmus ist glattrasiert – das verlangt Madelene, sie will ihn sehen und ihn direkt anfassen können –, aber auf seinem Schädel wächst ein dünner weißer Pelz. Madelenes Kopf sieht genauso aus, ihre Haare sind von der Sonne gebleicht und kurz geschoren, damit die Läuse leichter zu erwischen sind. Während sie auf die Stadt sieht, fängt sie eine Laus und knackt sie zwischen den Daumennägeln.

In der Luft liegt eine frische Kühle, und Madelene fröstelt. Sie sehen zerbrechlich aus, wie sie da auf dem Ast sitzen, sie und Erasmus, so hilflos. Noch nie ist London wohl von einem so schwachen und unglaubwürdigen Killerkommando heimgesucht worden wie von diesen beiden in jener Julinacht.

2

Noch jemand hatte an Madelene und Erasmus gedacht, und zwar vielleicht mehr als jeder andere, nämlich Susan. Heute gingen ihr die beiden zum erstenmal seit sieben Wochen nicht durch den Kopf. Sie hatte sich aus einer Depression herausgezwungen, die sich beim Verschwinden der beiden auf sie gesenkt hatte, indem sie ihren Mann und ihre Kinder für anderthalb Stunden aus der Wohnung weglockte. In dieser Zeit hatte sie Besuch von ihrem Liebhaber.

Susan mochte kompromittierenden Sex. Das paßte zum Leben in London. Das äußerst hingebungsvoll geplante Szenario erforderte durchdachte Vorbereitungen, eine sorgfältige Durchführung und gründliche Aufräumarbeiten, und dabei mußte das Ganze in neunzig Minuten spurlos überstanden sein. Dieses angsterfüllte Wissen hatte etwas sehr Anregendes.

Jetzt hatte sie sich ausgezogen. Jetzt trat sie unter die Dusche. Jetzt drehte sie das heiße Wasser auf.

»Kommst du?« rief sie.

Im Wohnzimmer zog sich Donny LaBrillo die Jacke aus, knöpfte sein weißes Hemd auf, ließ es über die Schultern hinabgleiten und spiegelte sich in einer japanischen Lackarbeit.

Donny gehörte zu einer neuen Generation von Boxern, die schöner, schlanker und schlauer war, als Henry Cooper es auf der Höhe seiner Laufbahn zu träumen gewagt hätte. Nach siebzehn Siegen in siebzehn sensationellen Profikämpfen der Halbschwergewichtsklasse unter dem British Boxing Board of Control glich er einem Engel, der noch nie Boxhandschuhe getragen hat.

Die Situation gefiel ihm. Sie war raffiniert. Die Frau hatte Klasse. Die vornehme Wohnung und die parkähnliche Umgebung hatten Klasse. Ihm gefiel der Gedanke, daß er sich in fremdem Revier bewegte. Der Hengst LaBrillo zwischen den Blumen eines fremden Mannes.

Er sah sich um. Ihm gefielen die exotischen Antiquitäten. Die Lackarbeiten. Die blauen Porzellanelefanten im Erker. Die lebensgroße Puppe auf dem Sofa. Die langen Masken an der Wand.

Sein Blick kehrte zum Sofa zurück. Was da saß, war aber keine Puppe. Das war ein Mann. Flachköpfig und in eine Decke gehüllt, wie ein groggy geschlagener Boxer auf einer Togaparty.

»Was zum Teufel ...?« stieß Donny hervor.

Erasmus stand langsam auf. Dieser Mann war, abgesehen von Madelene, der erste Mensch, mit dem er sich verständigen mußte. Es lag ihm viel daran, daß alles korrekt nach der Grammatik und Etikette zuging.

»Es ist mir ein besonderes Vergnügen«, sagte er, langsam und deutlich. »Ich bringe Sie hinaus.«

LaBrillo starrte den Affen an.

»Ich habe hier eine Verabredung«, protestierte er.

»Das freut mich«, erwiderte Erasmus.

Behutsam führte er den Boxer durch den Flur und öffnete die Tür.

»War nett, Sie zu sehen«, sagte er.

LaBrillo wandte sich etwas ab und senkte die rechte Schulter ein klein wenig. Dann schlug er Erasmus ins Zwerchfell, unterhalb des Brustbeins, beim Solarplexus, dort, wo die Muskelschicht ganz dünn ist.

Es war nicht gerade wie ein Schlag gegen eine Betonwand, denn der Torso unter der Decke besaß eine gewisse oberflächliche Elastizität. Es war eher wie ein Schlag gegen die Wand einer Gummizelle.

LaBrillo richtete sich auf und starrte den Affen an. Mit diesem Schlag hatte er Knockoutsiege errungen. Einem normalen, untrainierten Menschen hätte das Herz gestockt, wenn man ihm einen solchen Schlag versetzt hätte.

Das Gesicht des Affen war ausdruckslos. Sanft schob er LaBrillo über die Schwelle.

»Alles Gute für Ihre Zukunft«, sagte er. »Kommen Sie bald wieder.«

Dann schloß er die Tür.

LaBrillo umklammerte das Geländer, um einen festen Anhaltspunkt im Dasein zu finden. Er blieb eine Weile vor der geschlossenen Tür stehen. Dann drehte er sich um und ging langsam die Treppe hinunter, mit nacktem Bauch verließ er die Stätte seiner ersten beruflichen Niederlage.

Erasmus und Madelene setzten sich im Wohnzimmer einander gegenüber. Der Affe hob die Jacke des Boxers auf und zog sie an. Die Ärmel waren zu kurz. Aus der Innentasche holte er eine Sonnenbrille und setzte sie sich auf die Nase. Madelene griff nach der Hand des Affen, er streckte den Arm aus, mühelos reichte er von der Sofalehne aus quer über den Sofatisch. Madelene legte seine Hand in ihren Schoß, und vor ihren Augen wechselte die Gesichtsfarbe des Affen langsam von Hellgelb zu Kakaobraun. Er errötete.

»Donny«, rief Susan aus dem Bad. »Grunz mal wie ein Ferkel.«

Die Badezimmertür ging auf. Susan starrte sie an.

»Donny ist gegangen«, sagte Madelene. »Er hatte so Heimweh nach seiner Mutter.«

Susan hatte vor über fünfzehn Jahren begonnen, mit dem Quecksilber rasch improvisierter Erotik zu experimentieren, und dabei die Wandlungsfähigkeit eines Sprengstoffexperten entwickelt. Ohne die äußere Fassung zu verlieren, schlang sie ein großes Badehandtuch um sich, umarmte Madelene, drückte Erasmus die Hand und setzte sich aufs Sofa.

Aber innerlich hatte sie Angst.

Es war die Verarmung der beiden, die sie erschreckte. Das Erlebnis, zum erstenmal in ihrem Leben zwei Menschen vor sich zu haben, die nichts besaßen – nicht einmal etwas zum Anziehen – und keine sozialen Stützen hatten.

»Wir sind ... aus der Stadt weg gewesen«, sagte Madelene. »Wir wissen von nichts.«

Jede plötzliche Katastrophe teilt die Menschheit in zwei Gruppen: Diejenigen, die in Panik geraten, und diejenigen, die höchst effektiv werden und ihre Angst auf später verschieben. Exakt und rückhaltlos erzählte Susan, was sie über Adam, Andrea Burden und den New London Regent's Park Zoological Garden wußte.

Beim Sprechen verspürte sie eine Wärme, die sie einen Blick auf den Heizkörper und den Kamin werfen ließ, doch die waren aus. Die Strahlung kam von der anderen Seite des Sofatischs, und nach einer Weile konnte sie die Quelle ausmachen. Es war die Hitze der Verliebtheit. Im Raum zwischen Madelene und dem Affen glühte es, als hätten sie eine unsichtbare, transportable Sauna mitgebracht, aus der sie ständig ihre Umgebung mitheizten.

Susan rückte näher an diese Wärme heran. Während sie sprach und sich die Hitze ausbreitete, begann sie langsam zu ahnen, daß die beiden besitzlosen Wesen da vor ihr vielleicht doch nicht vollständig verloren waren.

Als sie fertig war, blieb es erst eine Weile still. Dann stellte sie ihre erste Frage.

»Können wir nicht einfach versuchen, euch wegzubringen?« meinte sie. »Aus diesem Land?«

Madelene schüttelte den Kopf.

»Da sind noch die anderen«, sagte sie, »Affen von Erasmus' Art. Wenn die Welt erfährt, daß es sie gibt, wird man auf ganz neue Weise nach ihnen suchen. Trophäenjäger, Journalisten und Fotografen. Die internationale zoologische Kriminalität. Horden von Wissenschaftlern. Allein die Tatsache des Wissens macht das, worüber man etwas weiß, kaputt, wenn dieses Wissen so strukturiert ist wie das von Adam. Oder es verändert die Dinge.«

Sie stand auf.

»Johnny«, sagte sie. »Der mit dem Wagen. Wir müssen Johnny finden.«

Susan sah ihre Freundin aufmerksam an. Zu der bockbeinigen Hartnäckigkeit, die sie vor nicht allzu langer Zeit bemerkt hatte, gesellte sich jetzt ein neuer Charakterzug, der Panoramablick eines Raubvogels. Sie schaute auf ihre Uhr.

»Ihr braucht Kleidung«, sagte sie, »und Geld.«

»Wäre es zuviel verlangt, wenn ich um eine heiße Dusche bitten würde?« fragte der Affe. »Und dürfte ich mir wohl eine Rasierklinge ausleihen?«

Susan ließ sie zur Hintertür hinaus.

Erasmus trug Badepantoffeln, die ausgebeulten Hosen eines Karateanzugs, ein T-Shirt mit aufgeschlitzten Ärmeln – was jedoch von LaBrillos Jacke verdeckt wurde –, eine

Sonnenbrille und einen breitkrempigen, über der Krempe aufgeschnittenen Hut.

Der Gesamteindruck war nicht gerade harmonisch, aber auch nicht alarmierend. Einen Moment lang blieb der Affe, auf die Knöchel gestützt, auf dem Treppenabsatz stehen. Dann richtete er sich auf, korrigierte seine Haltung und rückte die Brille zurecht. Erasmus war in die Welt der Menschen eingetreten.

Madelene und Susan standen sich gegenüber. Madelene hatte sich Sandalen, einen langen Rock, Bluse und Strickjacke geliehen. Sie war ihr altes Ich und zugleich ein Mensch, den Susan noch nie gesehen hatte: eine Frau, die Mitbesitzerin einer Sauna war.

Susan sah hinter Erasmus her. Sah seine behutsamen Schritte, das Bewußtsein in den Hüften.

»Wir haben einander nie etwas weggenommen«, sagte sie. »Aber irgendwann kann ich ihn mir vielleicht mal ausleihen ...«

Das klang wie ein Spaß, und Madelene lächelte denn auch, beugte sich vor und küßte die Freundin auf die Wange.

Doch es war nicht nur ein Spaß, und Madelene wußte das, und ihr Kuß war nicht nur eine Zärtlichkeit. Als sie sich vorbeugte, rieb sie behutsam und bewußt ihre Schläfe an Susans Schläfe, und zehn Kopfläuse, zehn blutrünstige, unausrottbare *anoplura*, die sich Madelene und Erasmus von den roten Lemuren geholt hatten, sowie fünfundzwanzig klebrige und widerstandsfähige Nissen wechselten von Madelenes Bürstenbuschlandschaft in Susans wilden, gemäßigten Regenwald über.

»Darüber reden wir noch«, sagte Madelene.

3

Die Trabrennbahn Kempton Park hat es geschafft, fünfundzwanzig Jahre lang am gleichen Ort zu liegen und das gleiche Aussehen zu bewahren, während es mit allem anderen in dieser Zeit bergab gegangen ist. Mit den Pferden ist es bergab gegangen, mit den Jockeys, mit den Zuschauern. Und niemand stürzte an diesem Vormittag schneller ab als Johnny.

Die zweitausend Pfund und die Drohungen, mit denen Andrea Burden ihn bei seiner unfaßbaren Freilassung bedacht hatte, hatten die gleiche Wirkung gehabt, als wenn sie ihm ein Paar vergoldete Bleischuhe angezogen und ihn ins tiefe Wasser geworfen hätte. Er war jetzt, nach sieben Wochen, drauf und dran, sich auf dem Grund zur Ruhe zu legen.

Neben ihm stand Samson. Johnny sah den Hund mit triefenden, aber liebevollen Augen an. Sein Pelz war dicht und glänzend, seine Nägel waren kurz geschnitten und seine Augen klar, seine Schnauze war kühl. Er stand da, wie das nur ein Dobermann kann, als ob er ständig für ein Foto im Hundekalender des nächsten Jahres posierte. Wenn Johnny – bald – nicht mehr sein würde, sollte der Transporter verkauft werden und der ganze Betrag an Samson gehen, der ein gutes Leben haben würde. Im Augenblick strahlte der Hund eine sorglose Zufriedenheit aus und all das, was Johnny selbst nie gehabt hatte.

Nun trat jedoch eine plötzliche Veränderung ein. Der blanke Pelz auf Samsons Rücken sträubte sich und stand zu Berge, so daß der Hund auf einmal aussah wie eine steife Bürste. Danach legte er die Ohren flach an und fletschte die Zähne. Dann wälzte er sich auf den Rücken, winselte und streckte alle viere in die Luft.

Johnny beugte sich vor. Samson war nicht krank, er hatte keine Krämpfe, er hatte sich nicht vor Schmerzen auf den Rücken geworfen. Er hatte sich in bedingungsloser Unterwerfung hingelegt.

Johnny sah sich um. Das einzige lebende Wesen in der Nähe war ein Mann, der einige Meter weiter weg am Zaun lehnte und zu den Pferden hinübersah.

»Na, was meinst du?« fragte Johnny.

Der Mann drehte sich langsam um.

»Wie bitte?« fragte er.

Beim Klang der Stimme versteinerte Samson.

»Wer gewinnt?« fragte Johnny.

»Das Pferd mit dem roten Mantel«, erwiderte der Mann.

Johnny bemühte sich, das Gesicht klar zu sehen. Kempton Park ist ein beliebtes Ausflugsziel für Londons Spinner. Das Gesicht vor ihm war breit und gutgläubig. Das Gesicht eines Spinners. Manchmal brachten Idioten ja Glück. Johnny winkte einen Bookmaker heran und setzte seine letzten hundert Pfund auf das Pferd mit der roten Decke.

Sein Fernglas hatte Johnny schon vor einigen Wochen verkauft, weil er es nicht mehr gerade halten konnte. Jetzt verfolgte er das Feld mit dem bloßen Auge. Sein und des Fremden Pferd ging eine ganze Länge vor dem Favoriten durchs Ziel.

Johnny kassierte den Gewinn. Dann konzentrierte er sich auf den Mann.

»Wie konntest du das wissen?« fragte er.

Der Mann nahm die Sonnenbrille ab.

»Ich konnte … die Hormone riechen«, sagte er.

Das Gesicht hatte etwas beunruhigend Bekanntes. Johnny drehte sich um und wollte sich entfernen.

Der Mann war direkt hinter ihm. Johnny ging schneller. Der Mann war immer noch da. Johnny blieb stehen, fuhr herum und streckte ihm die Hälfte des Geldes entgegen.

Der Mann schüttelte den Kopf.

Johnny sträubten sich die Haare. Seit seiner frühen Kindheit hatte er nicht mehr an den Teufel gedacht. Nun hatte eine siebenwöchige Alkoholvergiftung die Gegenwart zurückgedrängt und diese Kindheit wiederbelebt. Jetzt holte ihn der Teufel.

Er steckte dem Mann das ganze Bündel Geldscheine in die Jackentasche. Der Mann trat auf ihn zu, und Johnny atmete den sengenden Geruch der Höllenflammen ein. Ein Arm schlang sich um ihn, und er wurde hochgehoben. Johnny schloß die Augen.

»Nimm mich«, sagte er. »Aber verschon den Hund.«

Die Nacht vor zwei Monaten, in der Johnny Erasmus und Madelene in seinem Transporter beherbergt hatte, war die wunderbarste seines Lebens gewesen. Aus dem Morast, der sein Leben viele Jahre lang gewesen war, hatte er plötzlich ein blitzendes existentielles Highlight gezogen.

Er wußte, daß das, was ihm in jener Nacht geschenkt wurde, zu intensiv war, um dauern zu können, demütig hatte er das Erlebnis von der Angel genommen und es zurückgeworfen, ohne auf eine Wiederholung zu hoffen. Jetzt erstand die Situation heftiger als zuvor wieder auf. Im Wagen saßen sie um den Tisch, unter dem Samson bibberte, Madelene und der Affe dicht neben ihm.

»Wir haben gedacht, wir wollten fragen, ob wir eine Weile hier wohnen können«, sagte Madelene.

Schwindlig vor Glück suchte Johnny Halt an dem Abwaschbecken, auf dem die Gläser mit den Alkoholresten abgestellt waren, um seinen Gästen Platz zu machen. Madelene legte ihre Hand auf seine.

»Außerdem haben wir überlegt, ob du nicht für uns fahren würdest«, sagte sie. »Dann hörst du auch auf zu trinken.«

Sie sah zu Erasmus hinüber.

»Wir müssen mit Bowen reden«, sagte sie. »Wenn er uns erkennt, ruft er die Polizei an. Wie kriegen wir ihn aus dem Krankenhaus raus?«

»Vielleicht kann ich ...«, sagte Erasmus.

Madelene hob Johnnys Telefon auf den Tisch, wählte die Nummer und reichte Erasmus den Hörer. Erst als eine Frauenstimme »Holland Park Clinic« sagte, Erasmus den Hörer vom Ohr nahm und hinter das Telefon guckte, um zu sehen, wo die Stimme herkam, fiel Madelene ein, daß dies für den Affen das erste Telefonat seines Lebens war.

Sie nahm den Hörer und drückte ihn Erasmus sanft, aber bestimmt ans Ohr.

»Ich wäre Ihnen sehr verbunden, wenn ich mit Doktor Alexander Bowen sprechen könnte«, sagte Erasmus.

»Wen darf ich melden?«

»Wenn Sie so freundlich wären, ihm zu sagen, daß es sich um einen großen Affen handelt, der verschwunden ist.«

Der Tierarzt brauchte fünf Sekunden, um sich von seiner Beschäftigung loszureißen.

»Erinnern Sie sich«, fragte Erasmus, »an den Herrn, aus dessen Garten Sie den großen Affen geholt haben? Er ist zurückgekommen. Der Affe. Ebender.«

Es vergingen einige Sekunden, bevor der Arzt antworten konnte.

»Wie ist sein Allgemeinzustand?«

Erasmus sah an sich hinunter.

»Gut«, sagte er. »Was meinen Sie, was sollen wir machen?«

»Bleiben Sie, wo Sie sind«, erwiderte der Arzt. »Ich komme sofort.«

Die Verbindung wurde unterbrochen, und unwillkürlich drehte der Affe den Hörer, um zu sehen, wo der Arzt abgeblieben war. Madelene nahm ihm den Hörer aus der Hand und reichte ihm Hut und Sonnenbrille. Sie streichelte Johnny die Wange.

»Auf geht's«, sagte sie.

Madelene und Erasmus stiegen aus der Dunkelheit des Transporters in Dulwichs grelle Sonne und gingen die Straße fünfzig Meter weiter bis zu dem Haus, in dessen Garten Andrea Burden zwei Monate zuvor Erasmus zum erstenmal gesehen hatte. Dort klingelten sie. Ein Dienstmädchen öffnete.

»Meinem Onkel ist unwohl«, sagte Madelene. »Dürften wir uns wohl etwas hinsetzen?«

Auf den schwarzweißen Marmorfliesen der Diele standen Weißlackmöbel. Das Mädchen brachte zwei Stühle.

»Ich habe großen Durst«, sagte der Affe.

Er suchte in seinem wachsenden, aber noch nicht lückenlosen Wortschatz.

»Einen Eimer«, sagte er. »Würden Sie mir bitte einen Eimer Wasser bringen?«

Der Mann, der jetzt auf sie zukam, hätte Madelene drei Monate zuvor mit seiner Selbstsicherheit erschreckt. Jetzt klassifizierte sie ihn aus ihrer neuen Gesellschafts- und Menschensicht unbekümmert als Torte: ein Boden aus Irritation über die Störung, eine Schicht Angst vor Einbrechern, eine Schicht Unsicherheit, verursacht durch körperliche Nähe, und zuoberst eine Glasur aus stilsicherer Höflichkeit.

»Entschuldigen Sie bitte die Störung«, sagte sie. »Wir haben schon einen Krankenwagen gerufen. Er kann jeden Moment hiersein.«

Der Mann entspannte sich und ging auf den Affen zu.

»Wie geht es Ihnen?« fragte er.

»Danke, gut«, antwortete Erasmus. »Und Ihnen?«

In diesem unpassenden Moment lernte Madelene etwas Neues über den Mann, den sie liebte. Nämlich daß er physisch und psychisch außerstande war, zu lügen.

Der Mann blinzelte.

»Freut mich, daß es Ihnen bessergeht«, sagte er.

»Freut mich, daß es Sie freut«, gab Erasmus zurück.

Der Mann begann auf den Fußsohlen hin und her zu wippen. Das Dienstmädchen brachte einen Eimer. Erasmus setzte ihn an und trank zehn Liter Wasser.

Der Mann hörte auf zu wippen. Er stand nun ganz still und sah den Affen an.

Es klingelte. Niemand rührte sich. Die Tür ging auf, und Alexander Bowen trat ein. Im weißen Kittel, eine kleine Ledertasche in der Hand.

Noch von der Sonne geblendet, konnte er in der dunklen Diele nur den Besitzer des Hauses und das Dienstmädchen ausmachen.

»Wo ist er?« fragte er.

Der Mann deutete auf Erasmus. Der Arzt trat näher und blieb stehen.

»Freut uns sehr, Sie wiederzusehen«, kam es aus der Dunkelheit von Madelene.

Sie und Erasmus nahmen den Arzt in die Mitte und gingen mit ihm zur Tür. Umlodert von einem überwältigenden

Déjà-vu, folgte ihnen der Hausherr mit ein paar zögernden Schritten.

An der Tür nahm der Affe seinen Hut ab und verbeugte sich vor dem Dienstmädchen. Der Mann starrte auf den weißbepelzten Schädel.

»Vielen Dank für Obdach und Verpflegung«, sagte er. »Der Dank gilt auch Ihrem Mann.«

4

Der Krankenwagen stand fünfundzwanzig Meter weiter. Sie setzten sich nach hinten. Auf dem Vordersitz, hinter der Trennscheibe aus Plexiglas, saßen zwei Krankenträger. Es war Madelene, die die Scheibe zurückschob, doch der Befehl kam von Priscilla.

»Würden Sie bitte um die Ecke fahren und dort anhalten«, sagte sie.

Der Arzt hatte Erasmus nicht aus den Augen gelassen.

»Es ist also wahr«, sagte er. »Er spricht.«

Der Krankenwagen fuhr um die Ecke und hielt. Der Arzt starrte Erasmus immer noch an.

»Sie werden steinreich werden«, sagte er zu Madelene. »Ich hoffe, er hat einen guten Impresario. Und einen guten Steuerberater.«

Die Erregtheit ließ ihn kichern.

»Seine erste Steuererklärung«, sagte er, »das wird völlig grotesk. Es gibt keine Gesetze für das Einkommen von Affen.«

Madelene reichte durch die Trennwand einen Geldschein nach vorn.

»Sie haben den Rest des Tages frei«, sagte sie. »Nehmen Sie ein Taxi nach Hause. Und kaufen Sie Ihren Frauen unterwegs ein paar Blumen.«

Die beiden Männer stiegen aus. Madelene zog die grauen Vorhänge des Krankenwagens zu. Sie öffnete die Ledermappe, die der Arzt mitgebracht hatte. Auf blauem Samt lagen eine Luftpistole, eine Spritze und zwei Glasampullen, in der einen eine Flüssigkeit mit der Farbe von Frühjahrslaub.

»Grüne Brause«, sagte Madelene. »Pentobarbital. Adam sagt, es geht direkt ins Zentralnervensystem. Man stirbt innerhalb von zwei Sekunden.«

Im Wagen wurde es still.

»Ich könnte um Hilfe rufen«, sagte der Arzt.

Madelene antwortete nicht.

»Sie sind sicher an den Resultaten interessiert. Aus dem DNA-Labor. Vom Institut für Bevölkerungsbiologie. Die sind die Besten. Die haben das Przewalski-Pferd zurückgekreuzt. DNA-Sequenzanalyse. So heißt das. Man fügt Pseudogene aneinander. Worauf man sehen kann, wie viele phänotypisch neutrale Unterschiede vorliegen. Die Unterschiede bilden eine molekulare Uhr. An der liest man ab, wie groß der Abstand zwischen zwei Arten ist. Wie lange es her ist, daß sie sich getrennt haben. Auf diese Weise hat man genau nachgewiesen, wie dicht wir an den Schimpansen sind. Sechs Millionen Jahre. Plus minus eine Million.«

Er machte eine geschäftliche, verhandlungstechnische Pause.

»Was habe ich davon, daß ich Ihnen das erzähle?« sagte er.

Es war der Affe, der antwortete.

»Das Beste, was wir für Sie tun können, ist, Sie weiterleben zu lassen«, sagte er leise.

Nachdenklich merkte sich Madelene diesen neuen Ausdruck der speziellen Aufrichtigkeit ihres Geliebten. Der Affe hatte keine Drohung vorgebracht, denn eine Drohung ist Teil eines Spiels, und der Affe war bar jeder Strategie. Er hatte eine lebensgefährliche Tatsache mitgeteilt.

Der Tierarzt war weiß um den Mund geworden. Er sah Madelene, sah den Affen an und unterzog seine Position einer Neubewertung. Dann gab er auf.

»Als ich ihn – Verzeihung, Sie – das erstemal gesehen habe, dachte ich, es handele sich um eine neue Schimpansenart, das haben wir alle geglaubt, auch Burden und seine Schwester. Eine neue, sensationelle Schimpansenart. Aus einem gemäßigten Klima. Das war der Ausgangspunkt. Das haben wir den Molekulartaxonomen erzählt. Daß es eine Art Schimpanse sei. Wir haben ihnen natürlich keine Bilder gezeigt. Sie haben nur Zellproben bekommen. Sie haben dreißigtausend Gene sequenziert. Das muß Miss Burden ein Vermögen gekostet haben. Es war nicht so, wie wir geglaubt hatten. Er war – Verzeihung, Sie waren – nicht etwa nahe am Schimpansen. Er war dicht, erschreckend dicht an uns dran, nicht von uns zu unterscheiden. Er ist – Verzeihung, Sie sind – jedenfalls im genetischen Sinne kaum ein Affe. Eher ein Mensch.«

Madelene sah sich um. Sie sah das graue Licht über den eingebauten Pritschen, die Sauerstoffflaschen, die Instrumentenkästen, Tüten und Schläuche für Bluttransfusionen. Sie erwog, was der Arzt gesagt hatte, und betrachtete ihn selbst, den Triumph, mit dem er sie beide ansah. Sie öffnete den Mund, um etwas Boshaftes von sich zu geben, aber der Affe hinderte sie daran.

»Wir sind Ihnen sehr dankbar«, sagte er langsam. »Und wir möchten uns erlauben, Sie noch um einen weiteren kleinen Gefallen zu bitten, nämlich uns zu Herrn Bally zu fahren.«

»Ich habe meinen Führerschein nicht bei mir«, sagte der Arzt. »Ich habe seit zehn Jahren nicht mehr am Steuer gesessen. Und den Namen dieses Herrn habe ich noch nie gehört.«

Madelene und Priscilla hoben behutsam die grüne Ampulle aus dem blauen Samt.

»Sie müssen aber«, sagte sie. »Sonst muß ich Sie bitten, die hier zu fressen.«

5

Der Mann, der sich einige Monate zuvor Bally genannt hatte, war zur Zeit zufrieden. Nachdem ihn die Londoner Hafenbehörden aus der Themse gefischt hatten, nachdem man ihn erkannt und drei Wochen lang in Einzelhaft gesteckt hatte, war er von Andrea Burden aufgesucht und daraufhin freigelassen worden und hatte die *Arche*, die einen Wert von einer halben Million Pfund darstellte, zurückerhalten und darüber hinaus eine Viertelmillion Pfund für tierärztliche Geräte und Materialien bekommen. In drei Tagen, wenn er unter Zusicherung der Straffreiheit seine Zeugenaussage gemacht hatte, würde er London mit dem Schiff verlassen und zum erstenmal seit vielen Jahren nicht auf ein in erster Linie ökonomisches Ziel zusteuern, sondern auf ein Ziel, das ihn mit einer Erwartung erfüllte, deren er sich gar nicht fähig geglaubt hatte: Bally hatte beschlossen, noch einen solchen Affen zu fangen wie den, der ihm entkommen war. Nicht um ihn zu verkaufen, sondern um ihm noch einmal in dem engen Cockpit gegenüberzusitzen, um noch einmal so etwas wie Erasmus zu begegnen.

Während der letzten Monate war er in Gedanken immer wieder zu seinen letzten Minuten mit dem Affen zurückgekehrt, und in dieser Erinnerung weilte er auch jetzt, an den Mastbaum, der ihn über Bord gefegt hatte, gelehnt, als ein

Krankenwagen der Kensington Holland Park Clinic auf den Kai fuhr und anhielt.

Eine Frau in blauem Kittel stieg aus und ging auf das Boot zu.

Ohne sich sonst weiter zu bewegen, steckte Bally die Hand durch die Luke und nahm von zwei Haken eine Schrotflinte, deren Lauf direkt über dem Vorderschaft abgesägt war. An der Frau war zwar weiter nichts Alarmierendes, aber Bally erwartete sie nicht, und genau diese entspannte Sorgfalt gegenüber dem Unerwarteten hatte ihn in dem internationalen und riskanten Königreich derer, die von Verstößen gegen das Washingtoner Artenschutzübereinkommen lebten, zum Fürsten gemacht.

»Herr Bally«, sagte die Frau, »Dr. Bowen sitzt dort drüben in dem Auto.«

Bally nickte freundlich. Dann trat er auf den Kai und folgte ihr, das Gewehr wie einen blanken, zugeklappten Regenschirm an der Seite.

Ein Mann, ebenfalls in blauem Kittel, öffnete die Hecktür des Krankenwagens. Bally sah an ihm vorbei zum Fahrersitz und erkannte Alexander Bowen. Er zog den Kopf ein, um einzusteigen.

»Verzeihung«, sagte Erasmus und zeigte auf die Waffe, »wäre es zuviel verlangt, wenn ich Sie bitten würde, die draußen zu lassen?«

Bally sah Erasmus an. Er spürte die Gefahr, konnte jedoch nicht feststellen, woher sie kam.

Mit verbindlichem Lächeln beugte er sich vor und lehnte die Schrotflinte an die Sauerstoffflaschen des Krankenwagens. Dann versetzte er Erasmus einen Tritt.

Es gibt nicht viele Leute, die sich damit brüsten können, auf diese Weise ein wild verzweifeltes, tobendes und siebenhundert Kilo schweres Nashornkalb flachgelegt zu haben, aber Bally konnte das. Er traf den Affen an der Außenseite des rechten Knies, das Bein gab nach, und Erasmus fiel auf die Knie, ohne einen Ton von sich zu geben.

Bally trat jetzt nach dem Kopf des Affen.

Der erste Tritt war zwar glänzend gewesen, aber mit dem linken Bein ausgeführt worden, und links war Ballys schwache Seite. Der zweite Tritt kam von rechts, hatte alles, was man sich nur wünschen konnte, und riß die Stoßstange von der Karosserie des Autos. Aber Erasmus traf er nicht, denn Erasmus hatte sich, was Bally ganz unverständlich war, fünfzig Zentimeter zur Seite bewegt.

Ohne den Affen aus den Augen zu lassen, nahm Bally sein Gewehr dort weg, wo er es hingestellt hatte. Zum Schießen kam er jedoch nicht mehr. Er schaffte es nicht einmal, den Hahn zu spannen. Als er sich aufrichtete, schlug Erasmus zu.

Es war ein leichter, mit flacher Hand verpaßter Schlag, von einem Menschen wäre er eine nachlässige Ohrfeige gewesen. Aber er kam nicht von einem Menschen. Er traf Bally mit der Wucht eines Preßlufthammers, erzeugte einen Knall wie ein Pistolenschuß, hob den Mann vom Boden hoch und schleuderte ihn gegen die Autotür.

Einen kurzen Moment lang war er bewußtlos, und ohne Stütze wäre er zusammengebrochen. Doch der Affe stützte ihn. Seine linke Hand schoß vor, packte ihn am Kinn und hielt ihn hoch.

Dafür schnitt er ihm jedoch die Luft ab, und das Erstickungsgefühl brachte Bally wieder zum Bewußtsein. Er schlug die Augen auf, sah an dem Arm entlang, in das Gesicht des Affen, das ihm entgegenkam. Als Erasmus ganz nah war, nur noch wenige Zentimeter von Ballys Halsschlagader entfernt, fletschte er die Zähne und öffnete den Mund. Bally spürte den Atem des Affen, die Wärme seines

Rachens, und sah die blitzenden, konischen, sechs Zentimeter langen Eckzähne.

»Erasmus!« sagte Madelene.

Erasmus ließ los. Bally sackte zusammen.

Alexander Bowen hatte sich gegen das Armaturenbrett gepreßt.

»Ich mache Sie haftbar«, sagte er. »Sie werden mir Schadensersatz leisten. Für den Vandalismus an Fahrzeug und Geräten.«

Der Affe legte Bally im Wagen auf die Pritsche. Madelene hob den Hörer des Autotelefons ab.

6

Eine halbe Stunde später klopfte es an die Hecktür des Krankenwagens. Erasmus machte auf, Johnny trat ein und zog den zitternden Samson hinter sich her. Er warf einen kurzen Blick auf Bally, dann setzte er sich.

Eine Viertelstunde verging, ohne daß ein Wort gewechselt wurde. Dann klopfte es erneut. Erasmus ließ den Veterinärodontologen Dr. Firkin herein. Fünf Minuten später klopfte es noch einmal.

»Die Zahl der Leute, die hier drin sein dürfen, ist begrenzt«, sagte Dr. Bowen. »Wenn es eine Verwarnung geben sollte ...«

Erasmus machte auf. Draußen stand Susan.

»Ich mußte die Kinder mitnehmen«, sagte sie.

Auf engem Raum verstärken und verdeutlichen sich alle menschlichen Beziehungen. Im Krankenwagen befanden sich jetzt zehn Personen, sechs Erwachsene, zwei Kinder, ein Hund und ein Affe. Sie waren gekommen, weil man sie gezwungen oder weil Madelene sie herbestellt hatte, und ohne daß sie wußten, weshalb. Jetzt sahen sie Madelene an, schwindlig wie Passagiere eines zu kleinen Schiffes auf ungewissem Kurs ins offene Meer.

»Übermorgen wird Adam Direktor des neuen Londoner Zoos«, begann Madelene. »Bei dieser Gelegenheit wird er eine Rede halten und alles erzählen, was er über Erasmus weiß. Ich bin mit Adam verheiratet gewesen. Ich weiß, wenn man versucht, zu schnell zu viel zu erfahren, wie er das tut, vernichtet man das, worüber man etwas wissen will. Ich habe mir überlegt, ob wir, die wir hier versammelt sind, ihn vielleicht dazu bringen könnten, doch lieber nichts zu sagen.«

Sie sprach gedämpft, aber sie hörten zu, sie hörten jedes Wort. Die Kinder hatten den Hund vergessen, der Hund den Affen, Bally hatte seine Blutergüsse vergessen und Johnny seine Abstinenzsymptome.

»Ich habe mir gedacht, wir könnten ihn anrufen. Jetzt. Und dann sollten wir jeder einzeln etwas zu ihm sagen, nur ganz kurz. Damit er versteht, daß wir vereint sind, daß wir unser Wissen kombiniert haben und daß er, wenn er so weitermacht, Schiffbruch erleidet, daß sein Leben untergeht.«

Sie hob den Hörer ab.

Adam Burdens Sekretärin hatte zwei Monate Zeit gehabt, um zu vergessen und sich wieder zu erholen, aber als sie die leise, heisere und eindringliche Stimme am Telefon erkannte, wurde ihr klar, daß sie sich zwar auf dem Wege der Besserung befand, jedoch noch keineswegs geheilt war.

»Er ist nicht in der Stadt«, sagte sie. »Niemand weiß, wo er ist. Er ist mit seiner Schwester weggefahren. Sie bereiten sich auf übermorgen vor. Ich weiß wirklich nicht, was ich machen soll ...«

Madelene blieb unbeweglich stehen, den Hörer ans Ohr gedrückt. Sie versuchte nicht zu argumentieren, sie wußte, daß die andere Frau die Wahrheit sagte.

»Wie wäre es mit übermorgen, vor der Feier?«

»Er kommt direkt dorthin. Am Eingang gibt es Kontrollen. Und es sind nur zweihundert persönliche Einladungen verschickt worden. Aber ich kann hinterher etwas arrangieren ...«

Die Stimme der Sekretärin klang jetzt tränenerstickt.

»Hinterher«, sagte Madelene, »ist es zu spät.«

Sie legte auf.

Alle sahen sie an. Madelene konnte ihre Unsicherheit spüren. Mit einemmal erschien es ihr irrsinnig, daß sie ihre Hoffnungen an eine solche Besatzung hatte hängen können. Das waren doch Kinder, Hunde, Quacksalber, Schmuggler und Drogenabhängige. Sie waren Versager, und sie, die dieses menschliche Strandgut gesammelt hatte, war der größte Versager von allen. Sie setzte sich.

Der Affe legte ihr die Hand auf den Schenkel. Eine trockene, warme und ganz ruhige Hand. Sie entspannte sich, alle entspannten sich. Die Ruhe des Affen umhüllte sie wie ein langsam einsetzender sanfter, günstiger Wind, die Wartezeit wurde plötzlich fruchtbar.

Es war Susan, die schließlich sprach.

»Mein Gott, natürlich«, sagte sie, »Frank und ich sind ja eingeladen. Ich habe zwei Einladungen. Und wir könnten noch zwei weitere beschaffen.«

Madelene starrte die Freundin an.

»Du gehst an meiner Stelle«, sagte Susan. »Und Johnny geht hin. Und der durchgeprügelte Herr hier. Und wenn Adam dich sieht, ich kenne ihn, ich verstehe mich auf Männer, Adam ist vorsichtig, wenn man ihm einen Apfel reicht, beißt er nicht rein, bevor er die Laborkontrollen hat. Wenn er dich sieht ...«

Alle sahen Madelene an. Adam Burden war seiner Umgebung sein ganzes Leben lang ein Rätsel gewesen. Madelene war mit diesem Rätsel verheiratet gewesen. Jetzt sollte sie dieses Rätsel lösen.

Sie starrte in die Luft.

»Ich glaube«, sagte sie, »daß sich Adam nie wirklich für Tiere interessiert hat. Sie waren für ihn eher ... wie ein

Schwimmkissen. Wenn er mich und Johnny und Bally unter den Zuschauern sieht, wird er begreifen, daß es jetzt nur noch darauf ankommt, sich über Wasser zu halten.«

Sie saßen alle still, andächtig lauschend wie eine Schiffsbesatzung, die den Kalmengürtel hinter sich läßt. Der Krankenwagen hatte angefangen zu stampfen. Der Wind hatte aufgefrischt.

Madelene brachte ihre Freundin und die beiden Kinder zum Auto.

»Wo wollte Adam denn nun eigentlich hin, also ich meine, mit Hilfe der Tiere?« fragte Susan.

»Manchmal glaube ich, zu mir.«

»Und jetzt?«

Madelene blickte vor sich hin mit einem Ausdruck teuer bezahlter Hellsichtigkeit, wie sie nur diejenigen erreichen, die ihre Existenz auf einen anderen Menschen gesetzt, alles verloren und dann entdeckt haben, daß es selbst jenseits des großen Bankrotts noch Leben gibt.

»Um sich diese Frage zu stellen, wird er immer viel zu beschäftigt sein«, erwiderte sie.

Susan half den Kindern ins Auto.

»Was ist, wenn ihr Vater sie fragt, wo sie gewesen sind?« fragte Madelene.

Susan richtete sich auf und kratzte sich den Kopf. In den letzten Tagen hatte ihre Kopfhaut angefangen zu jucken.

»Weißt du was«, gab sie zurück, »um diese Frage zu stellen, wird ihr Vater immer viel zu beschäftigt sein.«

Erasmus begleitete Bally zum Boot zurück, half ihm ins Cockpit und stieg selbst hinterher.

»Wann spricht Herr Burden noch gleich?« fragte der Affe.

»Übermorgen, am Freitag.«

»Wie oft muß man noch schlafen, bevor Freitag ist?«

»Zweimal«, erwiderte Bally.

»Wissen Sie vielleicht, wo er spricht?«

Bally vermied es, dem Tier direkt in die Augen zu sehen. Er wußte, daß es seine Zeit nicht mit Ironie verschwendete. Er griff in die Luke und holte unter der Leiter ein Telefonbuch hervor, schrieb Telefonnummer und Adresse des Londoner Zoos auf einen Zettel und schob ihn dem Affen hin.

Der faßte ihn nicht an.

»Kann man in dem Buch auch sehen, wo die Leute wohnen?«

Bally nickte.

»Würden Sie sich die Mühe machen, für mich nach einer Person zu suchen?«

Langsam und gewissenhaft sprach er Bally den ersten Namen vor.

Erst als zwölf Adressen und Telefonnummern auf dem Papier standen, nahm der Affe es auf, ohne es anzusehen, faltete es und steckte es sorgfältig in die Tasche. Dann stand er auf. In der Hand hatte er immer noch das abgesägte Jagdgewehr. Jetzt hielt er es sich vor die Augen.

»Wo ich herkomme, schenkt man sich gern etwas«, sagte er, »wenn man ... einander versteht.«

Er nahm das Gewehr in beide Hände. Die Muskeln an seinem Handgelenk spannten sich. Mit dem Krachen von gedämpft auseinanderknallenden Bolzen, zersplitterndem lackierten Holz und reißenden Spannbügeln bog er die beiden zylindrischen Laufstümpfe zum Kolben hin. Danach legte er die ruinierte Waffe neben sich auf den Sitz.

»Ich möchte Sie dringend ersuchen, niemandem von unserem Hiersein zu erzählen«, sagte er. »Und dafür zu sorgen, daß Mrs. Burden am Freitag nichts passiert. Nachdem wir noch zweimal geschlafen haben.«

Der Affe fand den Krankenwagen leer bis auf Alexander Bowen.

»Man wird mich bald vermissen«, sagte der Tierarzt. »Man wird nach mir suchen.«

Der Affe setzte sich.

»Niemand wird Sie vermissen«, sagte er. »Sie haben keine Freunde.«

Das unermüdliche *en garde* des Arztes wich einem schockierten starren Blick. Tiefer als jede andere Drohung beunruhigte ihn die hellseherische Aufrichtigkeit des Affen.

»Das ist wahr«, sagte er. »Nicht einen einzigen. Ist das nicht schrecklich?«

»Aber Sie können vielleicht noch einen bekommen.«

»Dazu ist es zu spät.«

Aus seiner Tasche holte der Affe den Zettel, den Bally ihm gegeben hatte, faltete ihn auseinander und deutete auf die letzte Zeile.

»Dort«, sagte er, »wenn Sie mich dort vor Sonnenaufgang mit diesem Auto hier abholen, nachdem wir noch zweimal geschlafen haben. Dann haben Sie den ersten Schritt zu einer Freundschaft gemacht.«

»Das wäre ungesetzlich. Sie werden gesucht.«

In den Augen des Affen blitzte ein unverschämter Gassenjungenschalk auf, den Madelene sofort wiedererkannt hätte.

»Bei euch hier ist ja nichts ganz umsonst«, sagte er.

Jetzt geschah etwas Verblüffendes. Ein Zucken durchlief Alexander Bowens Gesicht, vielleicht der Ansatz eines zwar gehemmten und angestrengten, aber doch in gewissem Sinne aufrichtigen Lächelns.

»Ich sehe schon«, sagte er, »allmählich werden Sie bei uns wirklich heimisch.«

7

Der Vollmond hatte Madelene immer schwindlig gemacht. Früher hatte er ihr das Verlangen eingeflößt, umherzustreifen, einen Liter reinen Alkohol zu trinken oder drei Liebhaber in einer Nacht zu haben. Jetzt machte er sie glasklar glücklich.

Sie lag auf dem Doppelbett in Johnnys Transporter, und alle fünfzehn Minuten rüttelte der Mondschein sie sanft, damit sie sich vergewissern konnte, daß Erasmus neben ihr lag.

Als sie das zehntemal aufwachte, war er weg.

Hinter der Wand zum Führerhaus hörte sie Johnnys und Samsons tiefe Atemzüge. Selbst der Hund hatte ihn nicht gehen hören.

In den folgenden Minuten erlebte sie einen Rückfall, ein tatsächliches physisches Zurückfallen in die Unsicherheit, die sie vergessen hatte. Vor ihr tauchten, schnell nacheinander, die Seiten ihrer selbst auf, von denen sie in den letzten Monaten geglaubt hatte, sie hätte sie allmählich überwunden: Die ätzende Eifersucht, der umnebelte Zorn, die erbitterte Rachsucht, das poröse Selbstmitleid, die blutende Eitelkeit. Die ganze Vielfalt der Masken ihres Selbsthasses tauchte auf, wie zu einem Empfang, einem schwarzen Mitternachtsfest.

Als sie alle versammelt waren, hielt Madelene ihnen eine Rede, eine sehr kurze, aber endgültige Rede.

»Er wiegt einhundertundfünfzig Kilo«, sagte sie. »Wenn er mich liebt, gehe ich davon aus, daß er sich auch mit euch abfinden kann.«

Sie hatte lautlos und mit geschlossenen Augen gesprochen. Jetzt öffnete sie die Augen. Der Wagen war leer. Die Gäste waren verschwunden. Durch das Glasdach fiel ein blauer Kegel Mondschein.

Das Licht wurde durch den Schatten von Erasmus unterbrochen.

Es war nichts zu hören, Madelene spürte nur eine schwache Bewegung von Matratze und Decke. Dann war er da.

Sie öffnete die Augen nicht. Sie sagte nichts. Sie streckte nur die Hand aus und ließ die Finger durch den kräftigen Pelz gleiten. In ihrem Inneren arrangierte sie sich zum erstenmal in ihrem Leben mit der Tatsache, daß man selbst den Menschen, den man liebt, nie ganz verstehen wird.

8

Die zweihundert Menschen, die an diesem Freitagnachmittag Ende Juli versammelt waren, um den New London Regent's Park Zoological Garden einzuweihen und den Direktor des neuen Tierparks zu feiern, waren weit weniger, als der Festsaal hätte aufnehmen können, aber man hatte sie mit Sorgfalt ausgewählt. Nicht einer von ihnen war als Einzelperson, um seiner selbst willen eingeladen worden. Sie waren eingeladen, weil sie Hunderte oder Tausende von anderen repräsentierten oder weil sie über bedeutende Kapitalmengen oder große politische und administrative Macht verfügten oder über Grund und Boden oder über Wissen oder weil sich in ihnen die öffentliche Meinung kristallisierte. Und jeder von ihnen symbolisierte einen bedeutenden Aspekt der gesellschaftlichen Haltung gegenüber Tieren.

Anwesend waren Vertreter der Londoner Stadtverwaltung, der Regierung, der zwölf größten Tierschutzvereine, der Vereinigung der zoologischen Gärten von Großbritannien, der Vereinigung der zoologischen Gärten in Europa, des Verbands der Safariparks, der naturwissenschaftlichen Fakultäten an den britischen Universitäten, Investoren, Sponsoren, Vertreter der Veterinärpolizei, des britischen Fremdenverkehrsverbands, Repräsentanten des

Royal Institute of British Architects, des Vereins der zoologischen Museen von Großbritannien, des Verbands der praktizierenden Tierärzte und des World Wild Life Fund. Das Königshaus war durch Prinzessin Anne, die Schirmherrin der Royal Zoological Society, vertreten.

Zweiundzwanzig geladene Journalisten und drei ausgewählte Fernsehsender sollten die Ereignisse des Nachmittags der Nation übermitteln, und nicht nur der Nation, sondern der ganzen Welt, denn an diesem Nachmittag freute sich nicht nur das britische Volk, sondern die gesamte Weltöffentlichkeit.

Sie freute sich, weil die Einweihung ein bewegender Ausdruck der Einigkeit war. Ausdruck dafür, daß eine Gruppe von Wohlhabenden und Grundstücksbesitzern, ein Staatsapparat und die Bevölkerung einer Großstadt – inmitten einer sonst in vielerlei Hinsicht unbarmherzigen Kultur – zur Vernunft gekommen waren und der Welt und sich und den wilden Tieren eine Freistatt geschenkt hatten. Das war international erhebend wie eine Sportveranstaltung, doch ohne die nationalistische Aggression des Sports, weshalb sich die Welt an diesem Tag freute, von Tristan da Cunha bis nach Spitzbergen hatte man sich auf den Tag gefreut wie auf den Beginn des Karnevals in Rio, mit ähnlicher innerer Bewegung wie bei den Fünfzigjahrfeiern zum Zweiten Weltkrieg oder beim Fall der Berliner Mauer.

Und London wußte es, wußte, daß es an diesem Tag allein auf dem Podium stand, weshalb man die Feierlichkeiten absichtlich etwas auf kleiner Flamme gehalten hatte. Wie ein kokettes kleines Mannequin, das weiß, daß es sich keiner Konkurrenz stellen muß, ging die Stadt vor der Welt mit stillem Lächeln und in schönem und einfachem Kostüm zur Unterstützung der gefährdeten Tierarten über den Laufsteg.

Der unwiderstehliche Optimismus, der in der Luft lag, war sogar bis dorthin vorgedrungen, wo man davon lebt, immer das Schlimmste zu erwarten, nämlich bis zu der für die Bewachung des Festsaals zuständigen Sondereinsatztruppe der Metropolitan Police, weshalb Madelene, Johnny und Bally, als sie die Einladungen und Ausweispapiere, die ihnen Susan beschafft hatte, vorzeigten, ohne größere Schwierigkeiten an den ersten beiden Kontrollpunkten der Kette vorbeikamen, die die Polizei um Regent's Park, Primrose Hill und Albert Terrace gebildet hatte.

Johnny und Bally trugen zum erstenmal in ihrem Leben einen Frack. Sie fühlten sich, wie sie aussahen, nämlich wie zwei Südpolpinguine im Tropenexil, und genau das war der Nachmittag auch – tropisch. Die Sonne knallte von einem wolkenlosen Himmel herab, und neben den beiden Männern wirkte Madelene in ihrem von Susan ausgeborgten Kleid wie ein Amazonaspapagei, farbenprächtig und mit schillernden Federn.

Am Eingang zum Saal standen zwei Sicherheitsbeamte und eine Frau, die die Gäste begrüßte, scheinbar, um sie willkommen zu heißen, in Wirklichkeit aber, um jeden einzelnen zu identifizieren.

Die Frau war Adam Burdens Sekretärin.

Als sie Priscilla erkannte, stand sie stocksteif.

»Er sagt, daß er Sie nicht kennt«, sagte sie. »Ich habe ihn gerade gefragt. Er hat noch nie von Ihnen gehört.«

»Das sagen alle Männer, wenn sie ein Techtelmechtel gehabt haben«, sagte Madelene. »Was sagt denn Ihrer?«

Die Sekretärin zog sich Schritt für Schritt zurück.

»Ich lebe allein«, sagte sie. »Schon seit Jahren.«

Sie blieb stehen und nahm ihren ganzen Mut zusammen.

»Sie können nicht mehr damit drohen, daß Sie zu seiner Frau gehen.«

Die beiden Sicherheitsposten näherten sich. Madelene beugte sich vor.

»Sehen Sie mich an«, sagte sie.

Die Sekretärin sah sie an. Madelene nahm die Sonnenbrille ab. Um sie herum spürte die Sekretärin eine Welle von Wärme, anders als die meteorologische Hitze des Tages, eine Hitzefront, die von einem verbrannten, an eine Sauna erinnernden Geruch begleitet war.

»Es gibt keine Priscilla«, sagte Madelene. »Hat nie eine gegeben. Es gibt nur mich. Madelene Burden. Ich *muß* rein. Es geht um Liebe. Sieht man mir das an?«

Die beiden Wächter waren bei ihnen angekommen. Bally und Johnny standen wie mit dem Marmorboden verwurzelt.

Die Sekretärin richtete sich auf.

»Es freut uns, Sie hier zu sehen«, sagte sie. »Bitte, gehen Sie weiter.«

Die Wächter wichen zurück, die Sekretärin trat zur Seite, zwei Glastüren öffneten sich. Die Bahn war frei.

Gleichzeitig hielt in der Albany Street mit Blick Richtung Gloucester Gate ein Krankenwagen der Kensington Holland Park Veterinary Clinic. Am Steuer saß Alexander Bowen, einen blauen Kittel über dem Frack. Hinten im Wagen kniete Erasmus an der Pritsche, immer noch in T-Shirt, Jacke, Karatehosen und Sonnenbrille.

»Da ist eine Absperrung«, sagte der Arzt. »Wir müssen die Papiere vorzeigen. Und Sie haben keine.«

Seine Stimme war belegt, seine Hände zitterten. Er war so verschreckt wie seit seinem Staatsexamen nicht mehr.

»Darf ich Sie bitten, das Licht auf dem Dach einzuschalten«, sagte Erasmus. »Das, was blinkt und tatütata macht.«

Der Arzt schaltete das Blaulicht und die Sirene ein.

»Wenn Sie dann die Güte haben würden, schnell zu fahren.«

Wie zum Noteinsatz bog der Krankenwagen auf die Fahrbahn und fuhr geradewegs in Richtung auf die Einfahrt zum New London Regent's Park Zoological Garden.

Ein Polizist trat mitten auf die Straße und bedeutete ihnen, anzuhalten.

»Ich werde alles verlieren«, stöhnte der Arzt.

Erasmus nahm die Sonnenbrille ab. Seine Stimme wirkte in ihrer Ruhe fast passiv.

»Sie transportieren einen kranken Affen«, sagte er.

Bowen kurbelte die Scheibe herunter.

»Das ist ein Krankentransport«, sagte er. »Ein Affe. Er stirbt.«

Der Polizist steckte den Kopf durch das Fenster und sah nach hinten. Bowen schloß die Augen. Als nichts passierte, öffnete er sie wieder und sah in den Rückspiegel.

Auf der Pritsche lag Erasmus unter einem weißen Laken, eine Sauerstoffmaske vor dem rasierten Gesicht.

Der Polizist trat zurück.

»Sie werden von einem Motorradfahrer eskortiert«, sagte er. »Ich hoffe, Sie schaffen es.«

Begleitet von einem Motorradpolizisten, kam der Krankenwagen durch die zweite Absperrung im Outer Circle.

»Da sehen Sie«, sagte Bowen, »daß man mit Ehrlichkeit nicht weit kommt.«

Er winkte das Motorrad weg und fuhr langsam weiter, am Festsaal vorbei. Die Türen waren geschlossen. Davor standen Adams Sekretärin, die beiden Sicherheitsposten und eine Reihe von Polizisten in Galauniform.

»Da drin sind zweihundert der bedeutendsten Persönlichkeiten von Großbritannien«, sagte Bowen. »Da kommen Sie nie rein.«

Er fuhr um die Ecke und hielt an. Als er die Hecktür öffnete, trat Erasmus in blauem Kittel, grüner Operationsschürze und Operationskäppi heraus. In der Hand hielt er einen Feuerlöscher, in die Taschen hatte er eine Auswahl blitzender Instrumente gesteckt.

»Ich habe mich wie ein Arzt angezogen«, sagte er.

Alexander Bowen nahm dem Affen den Feuerlöscher weg, zog ihm die Schürze aus und entfernte die Instrumente.

»Als naturwissenschaftlicher Scharlatan«, sagte er, »geht es darum, das richtige Gleichgewicht zu finden, man muß alle zur Verfügung stehenden Mittel ausnutzen, aber ohne zu erkennen zu geben, daß man sich selber darüber im klaren ist.«

Er nahm dem Affen die Operationshaube vom Schädel.

»Jetzt sehen Sie aus wie ein Chefarzt«, sagte er. »Eher als die meisten Chefärzte.«

Erasmus nahm Bowens Hand in seine.

»Ich möchte mich für dieses Mal bedanken«, sagte der Affe. »Falls es kein zweites Mal geben sollte. Sie haben den ersten Schritt zu einer Freundschaft gemacht.«

Er hatte sich schon abgewendet, als Bowen ihn zurückhielt.

»Die DNA-Analyse«, sagte er. »Da war noch etwas.«

Der Arzt knautschte die Operationshaube in den Händen.

»Ich wollte das Burdens Frau nicht sagen – Entschuldigung, seiner ehemaligen Frau. Ich weiß, was sie denken würde: Jetzt hat die Wissenschaft wieder einen fahrengelassen. Und glaubt, es sei eine Perle der Weisheit. Aber Ihnen will ich es sagen. Verstehen Sie, zwischen dem Gehirn der großen Affen und unserem kann man nur sehr schwer einen Unterschied erkennen. Ein Schimpansengehirn sieht unserem zum Verwechseln ähnlich. Vereinfacht kann man sagen, je mehr Falten, je größer der *neocortex*, um so intelligenter ist das Tier. Ihr Gehirn, das habe ich gleich bemerkt, als Mrs. Burden, Verzeihung, Ihre Freundin, mir die Scanningaufnahmen gezeigt hat. Ihr Gehirn hat die meisten Falten, die man je gesehen hat. Mit dem größten Stirnlappen. Das größte Volumen. Wir haben ja keine Gelegenheit gehabt, über Ihre Lebensweise zu reden. Werden sicher auch nie dazu kommen. Aber trotzdem will ich Ihnen gern erzählen, daß Sie ... also Ihre Vorväter, Ihre Spezies, nachdem sie sich vor einer Million Jahren am Turkanasee von uns getrennt hat, nach Norden gewandert ist. Und danach haben Sie uns überholt. Wir haben uns total geirrt. Burden, seine Schwester und ich. Wir haben geglaubt, wir würden Auskunft über einen der *Hominiden* erhalten, die dem Menschen vorausgegangen sind. Aber Sie sind nicht das, was dem Menschen vorausgeht. Sie sind eher das, was danach kommt.«

9

Auch Adam Burden stand an diesem Nachmittag nicht für sich selbst. Er erschien statt dessen als Sinnbild der historischen Kompromisse zwischen der Öffentlichkeit, der königlichen Familie, der zoologischen Welt und den Investoren, die den neuen Zoo ermöglicht hatten. Er verkörperte den Mythos, die Vorstellung, daß der einzigartige Mensch auch einzigartigen Erfolg hat. Und er trug – seit seine Frau von einem wahnsinnigen Affen entführt und vermutlich getötet worden war – die Stigmata des aufopfernden Wissenschaftlers, mit Demut trug er sie, wie Livingstone bei Lualaba seine Malaria, wie Darwin nach der Weltumseglung seine schwache Gesundheit.

Der Situation entsprechend kann ein Mensch über sich hinauswachsen, und Adam war gewachsen, das sah Madelene sofort, als er vortrat und zum Rednerpult ging. Er war jetzt nicht nur ein frappierend gutaussehender Mann. Die Verantwortung hatte ihm Charisma verliehen.

Als er an das Rednerpult trat und über den Bühnenrand hinaussah, in die ihm zugewandten Gesichter und die schwarzen Kamera- und Fernsehlinsen blickte, hinter denen Millionen von Zuschauern standen, wuchs er noch weiter. In diesem Augenblick sah er Madelene.

Er wurde blaß wie bei einem plötzlichen Blutverlust und

wäre gefallen, wenn nicht eine Hand seinen Arm ergriffen und ihn aufrecht gehalten hätte. Andrea Burden stand neben ihm. Mit der freien Hand schaltete sie in einem schnellen Griff die Reihe der Mikrofone ab. Sie und Adam waren für alle zu sehen. Aber sie waren jetzt außer Hörweite.

»Da ist Madelene«, sagte Adam. »Und Bally. Und der Fahrer.«

»Das sind Ameisen«, sagte Andrea Burden. »Fleißige. Aber doch nur Ameisen.«

»Aber die Presse?«

Unter diesen extremen Bedingungen entfaltete sich Andrea Burdens Heerführernatur wie eine Lotosblüte. Sie ließ sich Zeit, viel Zeit. Wie ein *coach*, der sich nach Art einer Amme um seinen bereits schwer angeschlagenen Schwergewichtsstar sorgt und ihn auf diese Weise dazu bringt, in die letzte, die Siegesrunde zu gehen, streichelte sie Adams muskulösen Rücken und flüsterte ihm sanft, langsam und deutlich ins Ohr.

»Wir sind in England«, flüsterte sie. »Sie werden nicht mit der Presse sprechen. Und wenn sie es tun, sorgt Toby dafür, daß die Presse es nicht druckt. Toby könnte verhindern, daß die Nachricht vom Weltuntergang gedruckt würde. Wenn man meinte, das sei eine Bedrohung für die Sicherheit der Nation.«

Adam schloß kurz die Augen. Dann gab er seine Vorbehalte und seinen Eigenwillen auf und ließ sich in Arme sinken, auf die er sich verlassen konnte.

Er schaltete die Mikrofone ein.

»Königliche Hoheit«, begann er, »meine Damen und Herren, sehr geehrte Gäste. Die Natur ist reich.«

Die Zuschauer im Saal hatten ihn schwanken sehen und den Atem angehalten. Bei seinen ersten Worten atmeten sie erleichtert auf. Als Adam seine eigene Stimme hörte, reckte er sich, strahlend vor zoologischer *star quality*. Die Proben vor dem Spiegel kamen ihm zugute, die festgelegten Worte und die einstudierten Bewegungen taten sich vor ihm auf wie eine Autobahn. Er sah hoch und trat aufs Gaspedal.

»Gestatten Sie mir, den New London Regent's Park Zoological Garden, den größten, den modernsten großstädtischen Zoo der Welt, für eröffnet zu erklären.«

Wände und Dach des Saales waren aus Glas, das ein Netz aus Edelstahljalousien umspannte. Die Jalousien waren geschlossen gewesen, jetzt öffneten sie sich langsam. Hinter Adam, hinter der Stirnwand des Saales, kamen der Zoo, seine Anlagen, seine Dschungel, seine Savanne, seine Seen und Felsen zum Vorschein.

»Ein Kompromiß«, sagte Adam. »Eine Vereinbarung zwischen der technologischen Zivilisation und der Natur. Ein Beweis für die Möglichkeit der friedlichen Koexistenz von Tier und Mensch. Ein technisches Wunder. Und doch verblaßt er neben dem, was ich Ihnen zu meiner Freude jetzt zeigen darf.«

Ein Lichtbild von acht mal vier Metern wurde links von Adam auf eine Leinwand projiziert. Ein Bild von Erasmus, aufgenommen im Wintergarten von Mombasa Manor, mit den Pflanzen im Hintergrund und bei einer Beleuchtung wie Morgengrauen über dem Regenwald.

»Ich habe heute die bewegende Aufgabe, Ihnen die Nachricht von der wichtigsten zoologischen Entdeckung dieses Jahrhunderts, ja vielleicht der wichtigsten überhaupt, vorlegen zu dürfen. Ein bisher unbekanntes Säugetier. Uns näher als der Schimpanse. Ein hochbegabter Menschenaffe.«

Adam hatte seine Rede als eine emotionale Führung angelegt. Nach dem Spannungsbogen der Einleitung und dem vorläufigen Höhepunkt mit dem Lichtbild von Erasmus hatte er in wenigen, beherrschten Wendungen erzählen wollen, daß er statt des Tieres selbst leider das Lichtbild zeigen müsse, weil dieser Affe seine Frau entführt habe. Danach wäre er zu einer Zusammenfassung der wissenschaftlichen Dokumentation übergegangen.

Er kam nicht weiter als bis zur Einleitung. Als er den Mund öffnete und die Arme ausbreitete, spürte er im Saal einen Spannungsanstieg, der sich an ihm vorbei auf etwas hinter ihm richtete. Er drehte sich um.

Hinter dem Festsaal lag ein Gebäude, das einem großen Treibhaus nicht unähnlich war, bei dem es sich jedoch um den von hier aus sichtbaren Teil der großartigen Anlage handelte, die den *Homo londoniensis* beherbergen sollte. Auf dem Dach dieses Gebäudes stand eine Gestalt im blauen Kittel. Als sich Adam umdrehte, trat die Gestalt einen Schritt zurück, nahm einen kurzen Anlauf und sprang in die Luft.

Es war ein phantastischer Sprung. Ein tiefer, trampolinartiger Absprung, ein Flug wie von einem aus der Kanone geschossenen Zirkusartisten und eine selbstmörderische Richtung, direkt auf die Glaswand des Festsaals zu.

Die Landung war leicht, wie die einer Fliege auf einem Stück Zucker. Ganz kurz blieb der Mann – denn jetzt sah man, daß es sich um einen Mann handelte – in den Stahllamellen hängen. Danach kletterte er wie ein Sprinter auf geradem Weg zur Dachkante hoch, wo eine Reihe von Fenstern offenstand.

Um die organische Leichtigkeit des Gebäudes hervorzuheben, hatte man die tragende Struktur der Decke sichtbar gelassen, ein hexagonales System filigraner Stahlrohre, wie Rudimente von Bienenwaben. Daran hangelte sich der blaue Mann entlang, bis er zu einer der Ketten kam, an denen die Beleuchtungskörper hingen. An dieser Kette glitt er bis zur Lampe herab, wo er sich fallen ließ. Er landete direkt neben dem Rednerpult.

Im Saal befanden sich fünfzehn Polizisten. Sie waren bewaffnet, und jeder von ihnen hätte den Neuankömmling mit Sicherheit erschießen können. Doch keiner tat es. Es war in dieser Umgebung nicht möglich, ihn als Bedrohung zu begreifen. Adam, der Mann auf dem Rednerpult, strahlte Selbstsicherheit aus, die Gäste strahlten Selbstsicherheit aus, die Journalisten taten es, die Polizisten, das ganze Gebäude. Der gesamte zoologische Garten war wie ein heißer, jedoch total abgesicherter Flirt mit der Natur und ihrer Wildheit, ein Flirt, den man sich erlauben kann, weil man alles unter Kontrolle hat.

Adam trat zwei Schritte zurück. Der blaue Mann stemmte sich auf das Rednerpult hoch. Er machte den Rükken gerade, stand einen Augenblick still und blickte auf die Versammlung. Dann packte er seinen Kittel, streifte ihn ab und trat aus seinen weißen Hosen heraus. Der Affe Erasmus stand nun – vollständig sichtbar, nackt, behaart, kurzbeinig, kolossal – vor der Weltöffentlichkeit.

Bis zu diesem Moment war der Saal erstaunt und im Zweifel gewesen. Jetzt begriff er. Das hier war arrangiert. Es gehörte zu Adams Rede. Es war ein Beispiel für die phantastische Tierdressur im Londoner und Glasgower Zoo, von der man gehört und die man gesehen hatte. Es war die *live*-Vorstellung des epochemachenden Affen. Von englischen Wissenschaftlern nicht nur aufgespürt und eingefangen. Sondern auch – bereits – gezähmt, eingewöhnt und dressiert.

Der Beifall brach los, ein wilder Beifall, die Polizisten klatschten, die Journalisten trampelten, es wollte kein Ende nehmen. Es hörte erst auf, als der Affe nach einem Mikrofon griff.

»Wir sind gekommen, um uns zu verabschieden«, sagte er.

Die Zuschauer im Saal wurden nicht nur still. Sie waren plötzlich wie leblos. Ihr Wohlbefinden und ihr Weltbild gründeten sich auf die Gewißheit, daß sich das Grauenhafte identifizieren, lokalisieren und begrenzen läßt. Aber das Tier vor ihnen sprach ein perfektes, dunkles Englisch, und mit dieser Sprache rückte es ihnen plötzlich ganz nah, wie die Arbeitslosigkeit, wie die Kriegsdrohung, wie Aids, wie die Umweltverschmutzung.

»Dort, wo wir herkommen«, fuhr Erasmus fort, »pflegen wir zu sagen, wenn ein ... Mensch am Boden liegt, soll man ihm eine Hand reichen. Wenn er sie ausschlägt, soll man ihm beide Hände reichen. Wenn er auch die ausschlägt, soll man ihn trotzdem aufheben. Aber wenn er sich dann dennoch von einem abwendet, dann soll man ihn fallen lassen. Ich hoffe, niemanden zu verletzen, wenn ich sage, daß ihr am Boden liegt, alle liegt ihr am Boden. Also haben wir beschlossen, es zu versuchen. Aber es ist mißlungen. Wir haben uns geirrt.«

Die Zuschauer froren jetzt, trotz der Nachmittagshitze froren sie in ihren Fracks und Capes, hinter ihrem Schmuck und ihren Orden, ihren Kameras und Handfeuerwaffen froren sie.

»Wir haben es versucht, in vielen Ländern gleichzeitig haben wir es versucht, und mein Versuch war der letzte.«

Erasmus drehte sich um, langsam drehte er sich, wie ein Dressman bei einer Modenschau. Ganz deutlich sahen die Zuschauer die Operationsnarben, die Bißspuren, die noch nicht verheilten Brandwunden und die vielen rasierten Stellen, an denen Adams Elektroden befestigt gewesen waren.

»Ich habe versucht, einer von euch zu werden«, sagte der Affe, »wir alle haben es versucht. Aber es hat nicht so gut geklappt. Wir sind uns jetzt alle einig, die Zeit ist noch nicht reif. Wir können nicht mehr tun. Für diesmal. Es ist zu ... schwierig. Wir kehren jetzt heim.«

Im Saal entstand eine Bewegung. Auf das Podium trat ein Dekan der Universität London, ein bekannter Mann, der jedoch wegen seiner Kritik an der naturwissenschaftlichen Verachtung der Idee einer globalen Verantwortlichkeit nie Rektor geworden war. Er stellte sich neben das Rednerpult und blieb einen Moment so stehen, ganz still, ein großer Mann mit grauem Bart. Dann griff er mit der Hand hinter den Frackaufschlag, packte die Hemdbrust, zog sie heraus und riß sie ab. Die Brust darunter war behaart, aber nicht menschlich behaart, die Haare waren weißlich, gewellt und lang wie die einer Allongeperücke. Er zog den Frack aus, öffnete die Hose und ließ sie fallen. Er stand nun nackt neben dem Rednerpult, nur in einem Paar kolossaler Lackschuhe. Ein Affe, ein Wesen wie Erasmus, aber größer, älter, mit silbrigen Haarspitzen.

Eine Frau trat zu ihm, eine große, eine bekannte Frau, die stellvertretende Vorsitzende der Royal Zoological Society, eine öffentliche Persönlichkeit, Sprecherin des Tierschutzverbandes, eine Intellektuelle, eine Befürworterin des Totalverbots von Tierversuchen, die Person, die mehr als irgend jemand anders dazu beigetragen hatte, daß sich zweiundfünfzig Nationen dem Great Ape Project anschlossen, das den Menschenaffen der Welt den gleichen rechtlichen, ökonomischen, ethischen und sozialen Status verschafft hatte wie geistig Behinderten. Wie der Dekan blieb auch sie einen Moment ganz still stehen.

Aus dem Saal erklang ein Schrei, herzzerreißend, flehend. Er stammte von ihrem Mann. Wie ein Wahnsinniger versuchte er sich durch die Zuschauer zu zwängen, um das Bevorstehende zu verhindern. Aber er kam nicht durch, die

Menschen standen wie angefroren, wie Eiszapfen standen sie da und versperrten ihm den Weg.

Die Frau zog ihr Kleid über den Kopf und warf es fort. Sie hatte ein glattrasiertes Gesicht, war ansonsten jedoch mit einem langhaarigen Pelz bedeckt, nackt, nur in Unterhosen, so groß, als seien sie aus einem Jollensegel genäht.

Zwei Beamte des Landwirtschaftsministeriums kamen durch den Saal nach vorn. Den zweihundert Gästen waren sie unbekannt, aber im Ministerium und in der Regierung waren sie berüchtigt, ausgegrenzt, schon längst isoliert und politisch unschädlich gemacht, weil sie unermüdlich, hartnäckig und bescheiden immer wieder darauf hingewiesen hatten, daß sich die Frage des Überlebens der wilden Tiere in keiner Weise vom Problem der unersättlichen materiellen Gier der reichen Länder trennen lasse. Ihnen folgten ein Polizist, zwei Tierwärter und ein Fernsehproduzent, Personen, die für die zweihundert Gäste im Saal bis zu diesem Augenblick anonym gewesen waren, die in ihrer täglichen Umgebung jedoch bereits seit langem sowohl gefürchtet als auch aufgrund ihrer unbegreiflichen, radikalen Aufrichtigkeit mit Faszination betrachtet wurden. Diese Aufrichtigkeit war wie eine ständige, inaggressive Mahnung gewesen, daß irgend etwas am modernen Leben völlig falsch sei. Die Menschen wichen zur Seite, die kleine Prozession trat auf die Bühne und zog Anzug, Frack, Uniform aus, legte Waffe und Pressekarte ab. Sie waren Affen.

Nicht einer der Zuschauer würde später, bei den Verhören, imstande sein, sich daran zu erinnern, wie viele Affen zuletzt auf dem Podium gestanden hatten. Aber alle meinten, es sei voll gewesen, es müßten zwischen hundert und zweihundert gewesen sein.

In Wirklichkeit waren es zwölf. Sie standen ganz still und lösten dennoch einen Sturm aus, der den Gästen durchs

Gehirn blies, einen Sturm verwirrender Bilder von Löwen, Urechsen, Schlangen, Drachen, tollwütigen Hunden, Krokodilen und wahnsinnigen Mandrillen, das gesamte zoologische Schreckenskabinett ihrer Kindheit.

Erasmus ergriff das Mikrofon.

»Wenn wir weg sind«, sagte er, »werdet ihr uns vergessen. Bis wir wiederkommen. Nur eines sollt ihr bitte bis dahin im Gedächtnis behalten, nämlich wie schwer es ist, mit Sicherheit zu sagen, wo in jedem von uns das aufhört, was ihr Mensch nennt, und das anfängt, was ihr Tier nennt.«

Er sprang vom Rednerpult, die zwölf Affen blieben kurz nebeneinander stehen. Darauf gingen sie langsam rückwärts zur Treppe des Podiums, und dann waren sie weg.

Eine Minute lang verblieb der Saal ruhig, versteinert vor Schreck und in der undeutlichen Erinnerung an die Worte des Affen. Dann lebten die Menschen wieder auf. Ihr erstes Lebenszeichen war irrational, kopflos und deshalb absolut ehrlich. Sie wurden von Trauer überwältigt. Sie begriffen, daß sie verlassen worden waren, etwas Wertvolles hatte sie verlassen, eine große Macht hatte ihren Schutz zurückgezogen. Sie bewegten sich planlos durcheinander, wie Kleinkinder, die ihre Eltern suchen, sie stießen zusammen, und erst allmählich, im Laufe einiger Minuten, wich die Zerknirschung der Wut, der Rachsucht des Kindes gegenüber den Erwachsenen, die es im Stich gelassen haben. Sie brüllten los, sie schrien, wie Tiere schreien, Waffen wurden gezogen, sie wollten die Verfolgung aufnehmen, sie rannten die Tür zu den Garderoben hinter der Bühne ein, kreischend jagten sie durch die Flure und Toiletten, sie stürmten die Treppen hinauf und hinunter, aber die Affen waren fort.

Da aktivierte sich inmitten der haßerfüllten Verzweiflung die reflektorische Funktion des verlängerten Rückenmarks. Ein Mann sprach vom Rednerpult, eine Evakuierung wurde organisiert.

Sie verließen den Saal reihenweise, apathisch wie Vieh. Das Geschehene hatte sie gezeichnet, sie waren schockiert, krank vor Sorge um die Zukunft und im Zweifel darüber, inwieweit die Welt, in die sie zurückkehrten, überhaupt noch existierte.

10

Noch bevor der letzte Gast den Saal verlassen hatte, kam überall in Großbritannien, von Jersey bis zu den Hebriden, eine fieberhafte Aktivität auf, die etwa zwei Stunden anhielt. Danach erstarrte die Nation und war lahmgelegt.

Die erste, verzweifelte Bewegung entstand, als alle Leute, auf dem Land wie in den Großstädten, bei den ersten unklaren Direktsendungen und den ersten alarmierenden Gerüchten alles, was sie in der Hand hielten, beiseite warfen und nach Hause eilten. Sie gerieten in Panik, sie gingen durch, sie trampelten einander nieder, stahlen Autos, eroberten Busse und zwangen die Busfahrer, Taxifahrten zu übernehmen, alle wollten sie nach Hause, so schnell wie möglich, koste es, was es wolle, um zu sehen, ob sie ihre Männer, Frauen, Kinder noch vorfinden würden oder ob diese in Wirklichkeit vielleicht Affen und schon nicht mehr einzuholen waren.

Erst einmal in ihren eigenen vier Wänden, verschlossen sie die Türen, zogen die Gardinen vor, klappten die Läden zu, ließen die Rollos herunter und schalteten den Fernseher ein.

Das einzige, was der Schirm zeigte, war die lakonische Mitteilung, daß alle Programme vorübergehend unterbrochen seien.

Sogar die BBC, deren Stolz es ist, unter allen Umständen senden zu können, die ihre Ehre darein setzen würde, daß im Fall eines neuen Weltkriegs der letzte Überlebende der Welt ein Reporter wäre, der eine ausgewogene und gut formulierte Reportage über den Weltuntergang in den leeren Raum senden würde, sogar die BBC hatte abgeschaltet. Als die Mitarbeiter des *Newsweek Desk*, eilends einberufen, zur Arbeit kamen, blickten sie einander an und begriffen, daß jeder von ihnen – oder jeder andere – ein Affe sein konnte, daß die Unsicherheit so groß war, daß jedes Handeln ein Mißgriff sein konnte. Da war es besser, nichts zu tun, weshalb sie sich mit unhörbarem Gemurmel voneinander abgewandt hatten und nach Hause gegangen waren.

Um zwanzig Uhr verschwand auch die Mitteilung, die Programme seien unterbrochen, denn da wurde der Schirm schwarz; die Elektrizitätswerke, die London versorgen, machten wegen Personalmangel dicht, nacheinander schalteten sie ab, Dungeness A und B, *the French interconnector*, Barking in Essex, die Kohlekraftwerke in Kingsnorth und Tilbury. Ohne ihre Sauerstoffzufuhr versank die Stadt im Koma.

Mit sinkender Sonne verdunkelte sich London zusehends. Der letzte Verkehr kam zum Erliegen, alle Geschäfte waren geschlossen, die Straßen lagen schwarz und verlassen da, kohlschwarz waren sie, wie seit der Verdunklung in Kriegszeiten nicht mehr. Jede sichtbare menschliche Tätigkeit erstarb, sogar die Kriminalität, gelähmt von einer Furcht, die größer war als die Habgier. Selbst in der Welt der Messerstecher, Kartenhamsterer, Gewaltverbrecher, Pusher, Bauernfänger und der organisierten Prostitution muß man sich sicher fühlen, daß der Macker, der Leibwächter, der Lude, der Bookmaker, ja sogar der Henker oder das Opfer ein Mensch ist und kein Tier.

In vier Millionen Familien machten sieben Millionen Londoner eine psychotische Identitätskrise durch. Sie waren von dem Wissen über das Schicksal des übrigen Großbritanniens, Europas, der restlichen Welt abgeschnitten. Sie zweifelten an ihrer eigenen Regierung, ihrer eigenen Gesellschaft. Sie konnten sich der Identität ihrer Vorgesetzten oder ihrer Freunde nicht mehr sicher sein. Sie sahen sich verschreckt an, versuchten sich zu erinnern, wie ihre Kinder und Ehegatten nackt aussahen, grübelten darüber nach, wann sie ihrer Frau zum erstenmal begegnet waren, wie besessen grübelten sie, ob sie vielleicht ein Affe oder die Tochter eines Affen sein könnte. Sie starrten in den Schein der Petroleumlampen oder Kerzen, die sie angezündet hatten, und dachten an das Sicherste und Strahlendste, das sie kannten, das Königshaus. Sie wagten der fürchterlichen Möglichkeit kaum ins Auge zu sehen, konnten es aber auch nicht lassen. Sie begriffen in ihrer Rückschau über eine lange Reihe von Jahren, Thronwechseln und ungeheuerlichen Erbfolgezwistigkeiten hinweg: Sie besaßen keine Sicherheit dafür, daß ihre Königin nicht ein Affe war.

11

Ein Scheinwerfer fegte durch die Nacht, ein einsames Auto fuhr durch London, ganz langsam, vorbei an verbarrikadierten Geschäftsfassaden, über ausgeschaltete Ampelkreuzungen, um mitten auf der Fahrbahn verlassene Autos herum.

Auf dem Vordersitz saß Madelene zwischen Johnny und Bally. Weiß im Gesicht, angespannt, geleitete sie die beiden durch eine Stadt, die sie kaum wiedererkannte, durch Viertel, die sie noch nie in nüchternem Zustand gesehen hatte, durch die sie noch nie zuvor einen Weg hatte suchen müssen.

Trotzdem fand sie ihn, mit der blinden Gewißheit einer Brieftaube. Als sie ihnen mitten in Mayfair das Zeichen gab anzuhalten, hatten Bally und Johnny schon längst die Orientierung verloren. Sie hatten schon eine Zeitlang gejammert, in der Zwickmühle zwischen der Furcht vor der unbekannten Dunkelheit und Verlassenheit draußen und der Furcht vor der Verzweiflung der Frau zwischen ihnen.

Madelene nahm sie an die Hand wie Kinder und führte sie über die Straße, durch eine Pforte, eine Treppe hoch und durch eine Reihe dunkler Zimmer, die wie eine Reuse nach innen zu führen und sich hinter ihnen zu schließen schienen.

Zuletzt standen sie vor einer Tür. Madelene drückte die

Klinke nieder, die Tür öffnete sich zu einer neuen Tür, dahinter war die Sonne noch nicht untergegangen, sondern brannte weißglühend in einer Edelstahlwanne neben einem elektrischen Reißwolf und einem Stapel Benzinkanister.

Geblendet blieben sie in der Tür stehen.

»Kommt rein und trinkt eine Tasse Tee«, sagte Andrea Burden.

Sie stand neben dem Feuer, den Arm voller Papiere in gelben Aktendeckeln. Sie ließ alles in die Stahlwanne fallen, die Akten landeten wie Backsteine und flammten auf wie Benzin. Sogar an der Tür war die Hitze des Feuers noch spürbar.

»Als Kind habe ich sehr gern Puzzles gemacht«, sagte Andrea Burden. »›Sonnenaufgang über der Savanne in der Serengeti‹. Siebentausend Teile. Die anderen Kinder haben gar nicht erst angefangen. Aber war man erst einmal dabei, konnte man nicht mehr aufhören. Zuletzt, wenn nur noch ein Dutzend Teile fehlten, immer vom Himmel – es gab ja praktisch dreitausend gleich aussehende blaue Himmelsteile –, da war man ganz besessen. Meine Mutter erzählte mir, daß während des Krieges Leute bei Bombenangriffen umkamen, weil sie diesen letzten Teil vom Himmel sehen wollten. Sie überhörten den Fliegeralarm. Vom ersten Augenblick an habe ich mit der Möglichkeit gerechnet, daß du ein solcher Mensch bist.«

»Wo ist Erasmus?« fragte Madelene.

»Der Affe? Wohl auf dem Weg zurück.«

»Wohin zurück?«

»Hat er das nicht gesagt? In die Wälder. Um die Ostsee. Die schwedischen und finnischen Wälder. Dieser – Erasmus – da wurde auf der dänischen Insel gefangen, die am weitesten östlich liegt, auf dieser Felseninsel, wie heißt sie doch gleich?«

»Sie müssen sich hier irgendwo getroffen haben«, sagte Madelene. »Vielleicht sind sie immer noch da. Vielleicht sind sie noch nicht aus London raus. Ich dachte, du wüßtest vielleicht, wo ihr Treffpunkt ist.«

»Ist das wichtig? Weißt du, was wir hier haben?«

»Sie liebt ihn.«

Hinten im Zimmer war noch jemand. In der offenen Tür stand Adam mit einem Stapel Aktenordner.

Zum erstenmal seit langer Zeit, vielleicht zum erstenmal überhaupt sah Madelene den Mann, mit dem sie verheiratet gewesen war, ganz klar. Sie sah, daß sie ihn wegen dieser ungeschützten Verletzlichkeit geliebt hatte, die in diesem Moment so deutlich aus ihm herausstrahlte, im nächsten Augenblick verlöschte und einer sorgsam kultivierten Gleichgültigkeit wich, die schuld daran war, daß ihre Liebe nicht hatte dauern können.

»Die Gesellschaft gerät in Auflösung«, sagte Andrea Burden. »Ich habe mit Toby gesprochen. Die Regierung tritt morgen zurück. Es geht das Gerücht um, daß die Hälfte der Minister Affen sind. Man will eine Untersuchungskommission einsetzen. Sagen wir mal, es sind tausend Affen hiergewesen. An den höchsten Stellen. Ihre Intelligenz ist ja unbestreitbar. Jetzt muß das Chaos, das sie zurückgelassen haben, aufgeräumt werden. Es muß sichergestellt werden, daß sie nicht zurückkommen. Daß sie nicht immer noch da sind. Man hat mir den Posten als Generalsekretär der Kommission angeboten. Adam wird wissenschaftlicher Berater. Die Kommission erhält legislative Gewalt. Stellt eine Ad-hoc-Regierung. Wir gehen chaotischen Umwälzungen entgegen. Tausend ist niedrig angesetzt. Adam und ich tippen eher auf zehntausend. Nicht mal hunderttausend sind unmöglich. Allein in England. Und denkt erst mal an den Rest von Europa! Die Neue Welt! Wir wissen nichts über ihre Fortpflanzungsfähigkeit, aber wenn man sich vorstellt, daß global gesehen …, man stelle sich mal vor, da wären …«

»Zwölf. Man stelle sich vor, es wären nur zwölf.«

Alle im Raum wandten den Kopf. Eines der hohen Fenster stand offen. Auf dem Fensterbrett saß Erasmus. Mengenangaben waren ihm noch neu. Um sicher zu sein, daß er verstanden worden war, zeigte er mit den Fingern erst zehn und danach zwei.

Andrea Burden starrte nicht den Affen an. Sie starrte auf die Zahl, die seine Hände verdeutlichten.

»Das ist unmöglich«, sagte sie.

»Zehn«, wiederholte der Affe, »zehn und zwei.«

Mit unmenschlicher Kraftanstrengung unterzog Andrea Burden ihre Strategie einer Neubewertung.

»Das weiß niemand«, sagte sie. »Die Verwirrung ist trotzdem noch enorm. Wie sieht es mit den anderen Ländern aus? Mit Dänemark? Skandinavien insgesamt? Deutschland?«

Der Affe antwortete nicht. Sein Gesicht war ausdruckslos.

Es wurde still. Niemand gab einen Ton von sich, und trotzdem hörten alle Anwesenden durch das Knistern des Feuers etwas, keinen physischen, sondern einen geistigen Laut: das Geräusch des Zusammenbrechens heimlicher und umfassender Pläne.

Andrea Burden lachte auf. Ein verrücktes Lachen. Trotz der Schockwirkung, trotz des zutiefst problematischen Charakters der Situation lachte sie, und ihr Lachen steckte an, war ansteckend wie eine Atemwegsinfektion, Bally fing laut an zu lachen, Johnny lachte, Adam lächelte, nervös zwar, aber doch ein Lächeln, und zuletzt verzog sich das Gesicht des Affen, es war, als lachte sogar das Benzin- und

Papierfeuer mit. In dem hohen Raum verbreitete sich eine irrsinnige Heiterkeit.

Nur Madelene lachte nicht.

»Du hast mich im Stich gelassen«, sagte sie zu dem Affen.

Nichts ist ärgerlicher als jemand, der ein Kollektivvergnügen sabotiert, weshalb Andrea Burden versuchte, sie aufzuhalten.

»Geh weg«, sagte Madelene.

Die andere Frau trat beiseite. Madelene ging auf den Affen zu.

»Du hast uns benutzt«, sagte sie, »mich und die anderen, als Zugpferde hast du uns benutzt.«

»Leider gab es keine andere Wahl«, sagte der Affe.

»Durch Absperrungen, vor Kameras, unter Hunderte von Menschen. Weil wir glaubten, wir könnten dir helfen.«

»Ich brauchte Hilfe, um hineinzukommen«, sagte der Affe. »Menschen gucken Fernsehen. Wir wollten es über das Fernsehen sagen.«

Andrea Burden und Adam waren an die Wand zurückgewichen, Bally und Johnny drückten sich an die Tür. Die Bahn war frei für die erste Auseinandersetzung zwischen Madelene und dem Affen Erasmus.

»Du hast mir nichts gesagt. Du hast mich mit der Sorge und der Angst allein gelassen«, sagte Madelene.

»Bei uns sagt man, die Pläne, die realisiert werden, sind die, von denen man niemandem etwas erzählt.«

Der Affe sah mit statuarischem Selbstbewußtsein auf sie herunter. Aber Madelene stand dicht genug bei ihm, um hinter den halbgeschlossenen Lidern des Tieres die wachsende Panik zu ahnen.

»Du hast vergessen, mit wem du sprichst«, sagte sie. »Sieh mich gut an. Weißt du, wer ich bin? Ich bin die, die du liebst.«

Der Affe sah sie an.

»Ich bereue nie etwas«, sagte er. »Dort, wo ich herkomme, können wir nicht bereuen. Aber wenn ich gekonnt hätte, hätte ich um Verzeihung gebeten.«

Erasmus konnte nicht wegrücken, denn dann wäre er rücklings aus dem Fenster gefallen. Aber er preßte sich jetzt gegen das Fensterkreuz.

»Ich will keine Entschuldigung«, sagte Madelene. »Du sollst gar nichts sagen. Du sollst nur die Schnauze halten. Zwei Minuten lang sollst du die Schnauze halten. Dann weiß ich, daß du verstanden hast. Und wenn du das nicht tust, dann ziehe *ich* heim in die Wälder. Und dann siehst du mich nie wieder.«

Es wurde still, eine Minute, zwei Minuten, drei Minuten lang war es totenstill. Dann bewegte sich Andrea Burden, nervös wie ein Mensch, der versucht, sich auf einer überhitzten Saunabank niederzulassen.

»Die letzten Puzzleteile«, sagte sie, »die letzten Teile vom Himmel ...«

Der Raum war klein, er war einmal eine Dienstbotenkammer gewesen, jetzt diente er als gemauertes Banksafe, drei mal drei Meter in normaler Zimmerhöhe. Die Wände waren bedeckt von gelben Aktenmappen, die auf grünen Emailleregalen vom Boden bis zur Decke reichten.

»Wir leben in einer interessanten Zeit«, sagte Andrea Burden. »Menschen binden sich enger an Tiere als je zuvor. Hunde und Katzen schlafen in den Betten der Leute, man küßt sie auf die Schnauze, streichelt sie zwischen den Beinen. Die Medien quellen über von Tieren. Die Kinderzimmer sind voll davon. Das ist sehr interessant.«

Sie befanden sich nur zu dritt in dem Raum, Madelene, Erasmus und Andrea Burden. Bally, Johnny und Adam waren an der Tür stehengeblieben.

»Wo man hinsieht, gibt es Tiere. Wenn Menschen sterben, wenn andere erben, zwischen Erwachsenen und Kindern, zum Schutz, im Garten, am Haus, bei Sportveranstaltungen, im Kinderzimmer, im Pflegeheim, in der Nähe der Menschen ist immer ein Tier, näher als je zuvor. Und sie sind auch in den Menschen selbst. Ihr Seelenleben, ihr Gewissen, ihre Weltsicht, ihre Angst und Leidenschaft sind voller Tiere. Deshalb kommen sie zu mir. Die Forscher, die Politiker, die Reichen, alle kommen sie, weil sie alle Tierliebhaber sind. Sie kommen, weil ich Finanzmittel, Tierkrankenhäuser, Tierheime verwalte. Neutral habe ich sie verwaltet, unpolitisch, ohne irgend jemandes Gewissen irgendwelchen Anfechtungen auszusetzen. Für sie bin ich die Beamtin, die Juristin, die Psychoanalytikerin, die Priesterin und die Frau mit dem Geld. Und mehr als irgend etwas anderes bin ich die Tierliebhaberin aus ihrer eigenen Schicht. Mir erzählen sie von der Katze ihrer heimlichen Geliebten, dem Jagdhund ihres geschiedenen Mannes, von den Tieren der Kinder, den Tieren, mit denen sie die Kinder geködert haben, von der Schlange, mit der er sie zwang, vor ihm aufzutreten, dem Wachhund, über den er die Kontrolle verlor, von dem Tier, das der Vergewaltigung, dem Zusammenbruch, der Fälschung, dem Mißbrauch beigewohnt hat. Wenn sie mir gegenübersitzen, dann werde ich in gewisser Weise wie dieses Tier, ich nehme dessen Eigenschaften an, seine Hingabe, seine Abhängigkeit, und gleichzeitig verstehe ich wie ein Mensch und höre zu wie ein Mensch. Dann reden sie, sie reden, sie können gar nicht mehr aufhören, es bricht aus ihnen heraus, zwanzig Jahre lang ist es aus ihnen herausgebrochen. Hinterher, wenn sie gegangen waren, habe ich mir Notizen gemacht.«

Sie ließ die Hände über die Akten in den Regalen gleiten.

»Fünftausend Fälle. Fünftausend Skizzen zur wahren

Anatomie der englischen Oberschicht. Der ausschlaggebende Faktor, daß der New London Regent's Park Zoological Garden möglich wurde. Ohne Zwang, ich habe nicht einen Menschen gezwungen. Aber ich habe ihnen eine Ahnung vermittelt, ich habe ihnen gegenüber eine Andeutung gemacht, was sie selbst, ihre Mutter oder ihre Cousine mir irgendwann so nebenbei erzählt hatten. Ich habe ihnen das undeutliche Gefühl gegeben, daß ein solcher Raum wie dieser existieren könnte. Ich habe eine Bemerkung fallenlassen. Bei den Investoren. In der Regierung. Wie sonst, glaubt ihr wohl, wäre es gelungen, das Gebiet als *development corporation* vom Gesetz auszunehmen? Eine solche Planungsgenehmigung hätte normalerweise Millionen Pfund gekostet. So sind sie mir sehr weit entgegengekommen. Und da haben ich und andere die letzten Teile legen können.«

»Das ist Erpressung«, sagte Madelene. »Du bist eine Terroristin.«

Andrea Burdens Augen wurden schmal.

»Die britischen Schlachthöfe morden rund um die Uhr zweihunderttausend Tiere täglich. Die letzten größeren Wildtierpopulationen sind schon fast ausgerottet. Mein Gewissen ist schneeweiß.«

Sie streckte die Hand nach Madelene und Erasmus aus.

»Kommt zu uns«, sagte sie. »Gerade jetzt. Wenn das große Chaos nicht heute kommt, dann kommt es morgen. Bis jetzt haben wir einer Minderheit, einer Elite, die Daumenschrauben anlegen können. Aber die Elite zählt nicht. Die Regierenden üben keine Macht aus. Das weiß ich, mit Macht kenne ich mich aus, ich arbeite damit. Sie verwalten die Macht nur. Nicht die Reichen machen die Welt kaputt, dazu sind sie zu wenige und zu unbedeutend. Ganz gewöhnliche Menschen sind es, die die Erde auffressen. Es ist die kleine Gefräßigkeit, die kleine Hausfrauenhabgier, die kleine Kinderhabgier, Papis kleines Auto sechzigmillionenmal in Großbritannien, zweihundertfünfzigmillionenmal in den USA, siebenhundertfünfzigmillionenmal in Europa. Die müssen wir wachrütteln, dort müssen wir eine Bombe werfen. Der neue Zoo ist der Zünder. Ihr könntet uns helfen, den Sprengstoff auszulegen. Kommt, legen wir zusammen die Teile für den blauen Himmel!«

Madelene schüttelte den Kopf. Andrea Burden sah den Affen an.

»Dort, wo ich herkomme«, sagte Erasmus, »macht uns alles, was knallt, viel zu nervös.«

»Du und deine Art, ihr werdet ausgerottet«, sagte Andrea Burden.

»Wir werden sehen«, erwiderte der Affe.

Er nahm Madelenes Hand, sie gingen rückwärts – quer durch das Zimmer, vorbei an der Glut in dem Stahlkasten.

»Ihr könnt mich nicht verlassen«, sagte Andrea Burden. »Nicht, nachdem ich euch soviel Vertrauen bewiesen habe. Wir brauchen Unterstützung.«

Neben ihr stand Adam. Jetzt hielt er ein Gewehr in den Händen.

Der Affe blieb stehen und sah die Waffe an.

»Wir pflegen zu sagen, wenn man einem Feind begegnet, soll man zuerst versuchen, Frieden zu stiften. Wenn das mißlingt, soll man seinen Charme einsetzen. Und wenn auch das mißlingt, soll man einen Zauber anwenden.«

»Und wenn das auch mißlingt?« fragte Andrea Burden.

»Wenn das auch mißlingt«, antwortete der Affe, »soll man ihn vernichten.«

Es wurde still im Raum, ganz still, eine Minute, zwei, drei Minuten. Dann legte Adam Burden die Waffe weg. Madelene und der Affe gingen rückwärts zur Tür. Adam kam hinterher, unbewaffnet, ungelenk. Vor dem Affen blieb er stehen.

»Ich möchte ... viel Glück wünschen«, sagte er.

Er wandte sich Madelene zu.

»Mir ist klargeworden ... jetzt ... hier ..., daß es so am besten ist. Mit dir und mir, das wäre nie gutgegangen. Ich hätte es ... nicht ertragen. Ich brauche eine, die ... lieber ist.«

Madelene legte ihm die Hand auf die Schulter, eine kleine Bewegung, aber von großer Zärtlichkeit.

»Die findest du auch«, sagte sie.

12

Der letzte Morgen war heiß. Die Sonne schien wie durch ein Brennglas auf London. Zu diesem unangenehmen Licht erwachten die Stadt und ihre Einwohner wie nach dem Versuch, sich zu Tode zu saufen. Ungewiß, ob die Wirklichkeit noch existierte, krochen sie allmählich aus den Häusern und standen – wie man das nach einem Delirium immer tut – vor der schmerzhaften Wahl, die Fehler zu wiederholen, an denen man mit der Zeit stirbt, oder den Versuch zu machen, nüchtern zu werden.

Bei Klein's Wharf holte Bally gerade die Fender der *Arche* ein. Alles, was ihn jetzt noch an London band, waren zwei Vertäuungsleinen, die gleich gelöst und eingeholt sein würden. In wenigen Minuten würde er die Stadt und die traumatischen Ereignisse der letzten beiden Monate hinter sich lassen. Nie mehr würde er zurückkehren, und nie mehr wollte er an das Geschehene denken. Praktisch hatte er bereits aufgehört zu denken. Erst als er auf dem verlassenen Kai zwischen den Lagerhäusern einen Automotor hörte, instinktiv die Hand in die Luke steckte, seine Schrotflinte vom Haken nahm und sah, daß sie so krumm war wie ein Hufeisenmagnet, betrog ihn sein Bewußtsein und zwang ihn, an den Affen zu denken.

Johnnys Transporter hielt an. Johnny, Madelene und Erasmus stiegen aus. Madelene und der Affe drückten Johnny die Hand, gingen über den Kai zur *Arche* und kletterten an Bord.

Bally blickte auf seine unbrauchbare Waffe. Er verspürte ein Pochen in der – immer noch – geschwollenen Seite seines Gesichts. Er sah ein, daß Gewalt, leider, nicht in Frage kam, und erwog statt dessen, sich über seinen Kurzwellensender an die River Police zu wenden und sich auf das Gesetz gegen Piraterie zu berufen, er überlegte zum erstenmal seit seiner Kindheit, ob er nicht an das menschliche Mitleid appellieren sollte.

Bevor er jedoch etwas tun konnte, während er noch verwirrt stillstand, streckte der Affe die Hand aus und nahm ihm die verbogene Waffe weg, bog sie wie zerstreut gerade und warf sie über Bord.

»Wir kommen hoffentlich nicht ungelegen«, sagte er. »Wir haben selber Futter dabei.«

Bally sah auf. Aus dem Wohnteil des Transporters kamen ein Affe, zwei Affen, drei, aus dem Führerhaus drei, aus dem Wohnteil zwei weitere, sieben Affen, zehn, elf Affen, riesig wie Erasmus oder noch größer, alle in Rettungsweste, Ölzeug und Südwester, sie schleppten Kisten und Seesäcke.

»Ich helfe dir, die Leinen loszuwerfen«, sagte Erasmus.

Gerade als Erasmus dabei war, die Taue aufzurollen, als Bally steif wie ein Automat den Gang des Bootsmotors einlegte und vom Kai ablegte, als sich die elf anderen Affen verteilten, um die Schlagseite der *Arche* auszugleichen, da winkte Madelene London und Johnny noch einmal zu. Und gerade, als sie beide Arme in die Luft reckte, verspürte sie eine Bewegung, welche Frauen, die zum erstenmal schwanger sind, normalerweise nicht identifizieren können, jedenfalls nicht so früh während der Schwangerschaft, von der sie aber sofort ganz sicher und zweifelsfrei wußte, daß es die Bewegung des Kindes war, ihres gemeinsamen Kindes mit Erasmus, das noch wie ein Fisch im Ozean des Fruchtwassers herumrollte.

Erasmus kam vom Vordeck, Madelene ergriff seine Hand und sah zum Himmel hoch.

»Die letzten Teile«, sagte sie, »das ist nicht nur blauer Himmel. Das ist ein Engel.«

»Was ist das, ein Engel?« fragte der Affe.

Madelene schüttelte den Kopf.

»Das habe ich nie ganz begriffen«, antwortete sie. »Aber vielleicht ein Drittel Gott, ein Drittel Tier und ein Drittel Mensch.«

Peter Høeg

Peter Høeg, geboren am 7. Mai 1957 in Kopenhagen, studierte Literaturwissenschaft und trat als Tänzer und Schauspieler an dänischen und schwedischen Bühnen auf. Er schrieb Theaterstücke, Romane und Erzählungen. Peter Høeg lebt in Brumleby auf Østerbro (Dänemark).

Vorstellung vom zwanzigsten Jahrhundert *Roman*
(rororo 13348)
«Eine blitzgescheite Gesellschaftssatire.»
Frankfurter Allgemeine Zeitung

Fräulein Smillas Gespür für Schnee *Roman*
(rororo 13599)
Der internationale Erfolg dieses literarischen Thrillers hat neben der faszinierenden Geschichte vor allem mit seiner Heldin zu tun: der wunderbar ruppigen, unangepaßten und zugleich zarten und verletzlichen Smilla.
«Eine aberwitzige Verbindung von Thriller und hoher Literatur.»
Der Spiegel

Der Plan von der Abschaffung des Dunkels *Roman*
(rororo 13790)
Peter Høegs Roman geht unter die Haut – als Anklage eines unmenschlichen Schulsystems, als philosophische Betrachtung über die Zeit, als autobiographische Bewältigung und als ganz zarte Liebesgeschichte.
«Ein Buch für die Ewigkeit!»
Stern

rororo Literatur

Die Frau und der Affe *Roman*
(rororo 22315)
«*Die Frau und der Affe* ist ein ganz besonderes Dschungelbuch, ein Märchen-Thriller, eine spannend und komisch erzählte Fabel über die Hinterhältigkeiten der Zivilisation und die Sehnsucht nach Vereinigung mit der Natur.» *Stern*

Von der Liebe und ihren Bedingungen in der Nacht des 19. März 1929
(rororo 22314)
Sechs Geschichten von der Liebe, und alle spielen in derselben Nacht. Ein Geschichtenzyklus als kleines Welttheater, das von Dänemark bis Indien, von Lissabon bis Zentralafrika reicht.
»Vielleicht helfen Geschichten wie diese, mit der Verlorenheit der Welt fertig zu werden. Peter Høeg kann sie erzählen.»
Frankfurter Rundschau

Rowohlt im Internet:
www.rowohlt.de

Helmut Krausser

Helmut Krausser, 1964 in Esslingen geboren, lebt heute in München. Er war u. a. Spieler, Nachtwächter, Zeitungswerber, Opernstatist, Sänger in einer Rock 'n' Roll-Band und Journalist. (Halb-) freiwillig verbrachte er ein Jahr als Berber. Nebenbei studierte er provinzialrömische Archäologie. 1989 erschien sein erster Roman. Es folgten mehrere Erzählbände, Theaterstücke, Tagebücher und ein Opernlibretto.

Der große Bagarozy *Roman*
192 Seiten mit 8 Fotos. Gebunden und als rororo 22479
Ein merkwürdiger Patient erzählt der Psychiaterin Cora von seinen Visionen, in denen ihm Maria Callas erschienen sei. Dann behauptet er, der leibhaftige Teufel zu sein.
«Wer das sprachliche Handwerk so beherrscht wie Helmut Krausser, der hat eine große Zukunft.»
Hajo Steinert, Deutschlandfunk

Spielgeld *Erzählungen & andere Prosa*
(rororo 13536)

Fette Welt *Roman*
(rororo 13344)
Fette Welt *Das Buch zum Film. Verfilmt von Jan Schütte mit Jürgen Vogel. Roman*
(rororo 22425)
«Bis zum Finale ist *Fette Welt* ein Roman zum Verschlingen, ein Buch, das in einer mitreißenden Sprache nie ein Klischee bedient.»
taz

rororo Literatur

Könige über dem Ozean *Roman*
(rororo 13435)

MAI. JUNI *Tagebuch des Mai 1992. Tagebuch des Juni 1993*
(rororo 13716)

JULI. AUGUST. SEPTEMBER
Tagebuch des Juli 1994. Tagebuch des August 1995. Tagebuch des September 1996
(rororo 22335)
«In diesen wunderbaren Skizzen aus dem Intellektuellenleben begegnet man allem, was dieses Leben eben wunderbar macht.»
Die Welt

Schweine und Elefanten *Roman*
(paperback 22526)

Helmut Krausser / Marcel Hartges (Hg.)
Das Kaninchen, das den Jäger erschoß *und andere bizarre Todesfälle*
(rororo 22617)

3689/5

rowohlt paperback

Janice Deaner
Fünf Tage, fünf Nächte *Roman*
(paperback 22666)
Zwei Fremde, eine Frau und ein Mann, besteigen in New York den Zug nach Los Angeles. Beide hüten ein Geheimnis; beide fliehen vor ihrem bisherigen Leben. Sie kommen ins Gespräch, und schon bald entwickelt sich eine Nähe zwischen ihnen.

Daniel Woodrell
John X. *Roman*
(paperback 22648)

Elfriede Jelinek
Macht nichts *Eine kleine Trilogie des Todes*
(paperback 22683)
«Im ersten Teil hat eine Täterin gesprochen, die nie eine sein wollte, im letzten Teil spricht ein Opfer, das auch nie eines sein wollte. Die Zeiten, da alle Opfer werden sein wollen, sollen ja erst noch kommen.»
Elfriede Jelinek

Toby Litt
Unterwegs mit Jack *Roman*
(paperback 22408)

Stewart O'Nan
Die Armee der Superhelden
Erzählungen
(paperback 22675)
In diesen preisgekrönten Erzählungen entfaltet Stewart O'Nan die ganze Bandbreite menschlichen Lebens zwischen Verzweiflung und Hoffnung. «O'Nans spannendes Werk ist zum Heulen traurig und voller Schönheit, seine Sprache genau und von bestechendem Charme.»
Der Spiegel

Literatur

Thor Kunkel
Das Schwarzlich-Terrarium
Roman
(paperback 22646)
Thor Kunkels Roman vermischt Elemente der schwarzen Komödie mit Pulp-Fiction und utopisch-technischer Phantasie zu einem ebenso düsteren wie hellsichtigen Panorama der siebziger Jahre.

Dakota Hamilton
Hinter dem Horizont geht's weiter *Roman*
(paperback 22558)
«Krimi, Komödie und Liebesgeschichte – dieser Roman ist wie ein Harley-Davidson-Trip an einem sonnigen Nachmittag: ein rasanter Spaß.»
Quill & Quire

Weiter Informationen in der **Rowohlt Revue**, kostenlos in Ihrer Buchhandlung, und im **Internet: www.rowohlt.de**

3719/3

Romane und Erzählungen

Julian Barnes
Flauberts Papagei *Roman*
(rororo 22133)
«Dieses Buch gehört zur Gattung der Glücksfälle.»
Süddeutsche Zeitung
Briefe aus London 1990-1995
(rororo 22128)
In fünfzehn Briefen aus London erzählt Barnes von Margaret Thatcher, John Major und Tony Blair und wirft vielsagende Blicke hinter die Kulissen von Lloyd's of London und über die Mauern des Buckingham-Palasts.
«Unglaublich witzig.»
Stuttgarter Nachrichten

Andre Dubus
Sie leben jetzt in Texas *Short Stories*
(rororo 13925)
«Seine Geschichten sind bewegend und tief empfunden.» *John Irving*

Erri De Luca
Die erste Nacht nach einem Mord *Erzählungen*
(rororo 22406)
Die Asche des Lebens
Erzählung
(rororo 22407)

Stewart O'Nan
Engel im Schnee *Roman*
(rororo 22363)
«Stewart O'Nans spannendes Erzählwerk ist zum Heulen traurig und voller Schönheit, seine Sprache genau und von bestechendem Charme. Die literarische Szene ist um einen exzellenten Erzähler reicher geworden.» *Der Spiegel*

rororo Literatur

Nicholas Shakespeare
Der Obrist und die Tänzerin
Roman
(rororo 22619)
«Ein spannender und poetischer Roman über Gewalt, Ethik und Liebe.»
Süddeutsche Zeitung

Alexandru Vona
Die vermauterten Fenster
Roman
(rororo 22459)
«Ein Jahrhundertwerk.»
Saarländischer Rundfunk

Daniel Douglas Wissmann
Dillingers Luftschiff *Roman*
(rororo 13923)
«Dillingers Luftschiff» ist eine romantische Liebesgeschichte und zugleich eine verrückte Komödie voll schrägem Witz, unbekümmert um die Grenzen zwischen Literatur und Unterhaltung.

Weitere Informationen in der **Rowohlt Revue**, kostenlos in Ihrer Buchhandlung oder im **Internet: www.rowohlt.de**